智謀 真田幸村

雪花山人

原書房

智謀　真田幸村

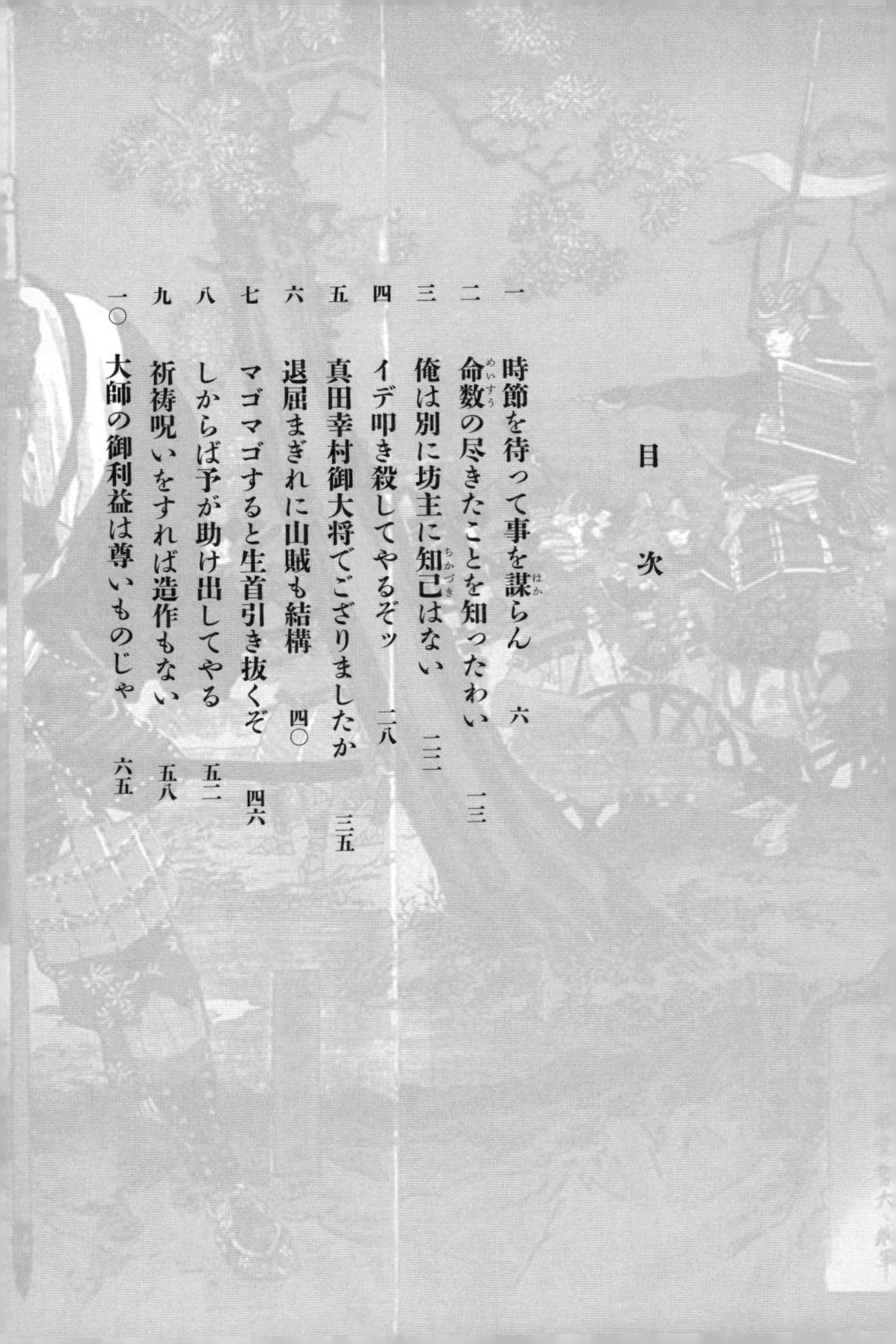

目次

一　時節を待って事を謀らん

昔より勇将名将も数多いが、智略才謀神の如く、彼の稀世の大英雄豊臣秀吉公をして、実に幸村という奴は人中の龍であると讃嘆せしめた真田左衛門尉海野幸村のごときは、我が国武士道の権化……亀鑑とも称せらるるべき人物でござります。一片の恩義に報いんがため、傾く豊臣家の衰運を臨みみて、甘んじてその招きに応じ後藤、薄田、塙、木村なんどという一騎当千の豪将と共に悪戦苦闘、ついに武士道を全うしたのは、世人もよく知り、かつ真田幸村と言えば、三尺の児童でもその名を知らないものはござりません。本編は幸村を中心として、まず幸村の浪々から引き続き難波戦記中幸村に関して面白い箇所を選んで申し上げまする。

さて、真田幸村の家系を尋ねますると、人皇五十二代嵯峨天皇の第六皇子より出で、その恒貞親皇というお方のお子を幸恒といい、このお方が武家に下られ信州海野を賜り、海野小次郎幸恒と名乗られた。これがそも真田家の祖先でござります。それより九代目の小次郎幸氏という人が、右幕下頼朝に仕えてやはり信州を領していた。それからところがまたそれから二十代目に当って、海野信濃守宗綱という人の代になって信州の真田を領して姓を真田と改め、その後御子息の真田弾正太夫幸義といえる人が信州更科の城主村上左衛門尉美清に仕えていたが、その人の嫡男を真田弾正忠幸隆といった。天晴器量人にすぐれた勇士で、主君美清殿にも特別御寵愛になっていたが、讒者の舌頭にかかって村上家を浪人なし、同国箕輪の山中に閑居していた。その後甲州武田家の臣山本勘助入道鬼斎というものがワザワザこの箕輪の山中に来たって。

この人の肝入りでついに武田家に仕え、たびたび武勇を現わし、武田家の英雄三弾正の随一と呼ばれた保科弾正、高阪智恵弾正とともに鬼弾正とうたわれ、この鬼弾正に四人の子があって、総領を源太左衛門といい、次男を兵部尉幸輝、この人は長篠の戦いに討死した。三男を安房守昌幸、四男を隠岐守信尹といった。しかるに三男安房守昌幸は信州上田を領し、おなじく武田家の幕下であったが、信玄薨去の後はその子息伊奈四郎勝頼が父の居城を亡ぼしてしまった。それは全く織田信長公と不和となり、天正十年三月織田、徳川、北条の三家が軍勢を以て攻めかかり、勝頼は天目山において討死をとげた。その当時昌幸は心の届くかぎり主君の存意を嗣ぐべく、嫡子源次郎信幸、次男與三郎とともに、一族郎党とともに居城信州上田城へ立て籠った。これを聞いて信長が大いに怒り、

「ヤアこの上は信州上田へ兵を向け、すみやかに真田安房守を一戦の許に打ち亡ぼさん」と、急ぎ軍馬の準備をなし、関東八州の北条家へ沙汰をいたし、その上街道一の

良将と呼ばれた徳川三河守家康にも右の趣を通じ、織田、徳川、北条三家の兵を合し、十七万有余の大軍をもってドッとばかりに信州上田城を差して攻めよせた。

第一に上田城の南門へ攻め寄せたのは徳川の同勢、吉例によって酒井左衛門尉が先陣、二陣は榊原小平太康政、三陣が大塚五郎左衛門、千葉康高、第四番が大久保七郎右衛門忠世、おなじく忠助、第五番が本多平八郎忠勝、第六番が徳川三河守家康公御本陣、第七番が本多作左衛門秀次、天野三郎兵衛、これは諸軍小荷駄を預かる役目、また北門より攻めかかるのは北条氏政、氏康の親子、先陣は小皿木出羽守の同勢、大手の方よりは信長の大軍、吉例によって先陣は柴田権六勝家、第二番は明智重兵衛光秀、真っ先に白地に黒く結び雁の紋ついたる旗差物金房の大纏を日光に輝かしながらドッとばかりに鬨の声をあげて攻めよせた。

しかるに真田親子はわずかに五百余人の同勢をもっていろいろ軍略を廻らし、城は少しも落ちる模様も見えず、かえって神算鬼謀をもってたびたび目にあまる大軍を打ち破り、城はさながら金城鉄壁、石垣一つ壊すことが出来ないので、さすがの信長もこの城ばかりはほとんど持てあましておられました。ところがその当時羽柴筑前守秀吉は、信長の命によって中国征伐に赴いていたが、この戦争を聞くと等しく引ッ返し、主君を諫めて真田親子助命の義を願い出でた。ここにおいて信長は大いに持て余しているところではあるし、秀吉の諫言もあるので、ただちにその言葉を容れて信州上田はそのまま真田親子の者に下し賜ってめでたく戦争は中止和談になったが、その縁によって昌幸は秀吉公天下を掌握されて後これに仕えていた。

しかるにこの安房守の子息で嫡男を伊豆守信行、次男を與三郎幸村、本編の主人公左衛門尉幸村でござります。

しかるに読者諸君も御存じの通り、稀世の英雄豊臣秀吉公も天寿には勝つことが出来ず、慶長三年八月中旬病篤く、命旦夕に逼った時、一子秀頼公がいまだ五才の幼児であるから、その行末を気づかい、前田利家、徳川家康の両人を枕辺近く召され、我この世を去りたる後は、汝等両人において天下の後見職を務め、我子秀頼が十五才になったならば、彼に天下を渡してくれるようと、くれぐれも遺言して御他界になった。しかるにその翌年三月、前田利家はこの世を去り、天下の後見は家康公唯一人となりました。

これによって五奉行の一人で、野心勃々たる石田治部三成は大いに心配して、どうかして家康を討ち亡ぼしたいものと、その当時奥州会津の城主、上杉景勝の臣直江山城守とひそかに心を合せ、両々相呼応して兵を挙げた。家康はただちに諸将を率いて奥州会津征討のために下野小山の駅までまいりました時に、かねて示し合せてあったので、石田三成は諸大名の妻子のものを人質にとって、一挙に家康を討ち亡ぼさんと謀り、濃州関ヶ原に旗翻すということに相なりました。

これによって今しも家康に従って奥州に下向した大名の中で、妻子の者を人質に取られたものは大いに驚き、小山より引っ返し、いずれも石田方に随身することになったから、その当時はまことに徳川方に味方するものも少なくない。しかるにこの関ヶ原の戦いになると、かの真田家においても親子兄弟集まって評定をした時、昌幸は舎弟隠岐守に打ちむかい、

「その方とわが嫡子伊豆守の両人は関東方へ味方いたすがよい、その訳と申すは倅伊豆守の妻は徳川家四天王の一人たる本多平八郎の娘であるから、関東に縁を結べるもの。また次男幸村は大谷刑部吉隆の娘を娶りおれば、これはまた大阪方に縁あるもの。よって我と幸村は大阪方に味方いたさん。その方と伊豆守とは徳川家に味方をいたすべし。親子兄弟が敵味方と分かるるも時節といい、また武士道の已むを得ざるところである。必ず違背することは相ならぬ」と、厳しく言い渡して親子兄弟は二手に分れた。

ところが徳川家も関ヶ原において大阪方と兵を交うることになって、二代将軍秀忠公もすぐさま関ヶ原に出陣せんがため、軍勢を木曾街道より繰出したが、昌幸および左衛門尉幸村の両名は信州上田に籠城してこれを食い止めたので、秀忠公の軍勢も関ヶ原へ乗り出すことが出来ない。そのうちに家康公は自ら関ヶ原へ出馬いたされ、ついに一戦勝利となり、その後三井寺を本陣と定めておられるところへようよう遅れ

ながら秀忠公は御着陣となった。すると家康公は大いに御立腹になった時に、秀忠公は上田で真田親子のためにさんざんに悩まされたことを述べると家康公ますます御立腹、

「ウム、不埒なるは真田親子、誰かある彼らの首を取って立ち帰るものはないか、信州一ヶ国にて五十七万石を遣わすべし」という厳命が下った。なんしろその当時真田親子といえば、名を聞いてさえ恐れたくらいであるから、一人として我立ち向かおうと申し出るものもござりません。この時その座に控えていた真田伊豆守は一膝進み出で、

「ハッ……なにとぞこの役目仰せ付けられ、五十七万石のお墨付頂戴仕りとう存じます」と、申しあげた。家康公もこれを聞いて大いに喜び、

「ウム、伊豆その方立ち向かうか、ヨシそれッ……」とあってさっそくその墨付をお下げになった。伊豆守はこれを受けて、うやうやしく押し戴き、

「ハッ……恐れながらこの五十七万石に私の知行のうち三万石を添え、都合六十万石返納いたしますゆえ、なにとぞ我が父昌幸舎弟幸村両名のものの御助命仰うつけ下し置かれますよう、只管願い上げ奉ります。しかる上は我、彼の地へ乗りこみ、父および舎弟にキット信州上田を退城いたさせまする」と、申しあげると、家康公はしばらく考えておられたが、

「イヤもっともなる願い、ナカナカその方一人で昌幸を討ち取ることは思いもよらぬことと存じたるが、血縁の情をもって意見いたしたならば必ず親子のものも退城いたすであろう。しからばこの願いは聞き届けて遣わす」と、仰せられた。

これによって伊豆守はさっそく暇を告げて上田へ乗りこみ来り、まず最初は父昌幸、および幸村に関東へ降参の儀を勧めたが、何しろいったん大阪へ味方をした上は、あくまでもわが決心を翻すことは出来ぬという。そこで、

「しからばなにとぞ当上田をば御退城を願いたい」と、勧めた。この時昌幸はニッコと笑みを含んで、

「たとえ関東が百万の軍勢を従え、当城を取り巻くとも、それに恐るる我ではないが、何を申すも秀頼公はまだ御幼少に渡らせられ、ここに戦いを交える時は石田の二の舞を演ずるばかり、よって汝の言葉に従い、しばらく当城を退去におよび、時節を待ってふたたび事を謀らん」と、一族郎党二百七十五名を引き連れ、紀州高野山へ参り、一心谷の蓮華乗院へ来ると、院主はいたって懇意の間柄であるから、この人に話をいたし、蓮華乗院の周旋によって九度山村という所の地所を買い求め、ここに屋敷を建てることになった。

おなじ浪人でも深編笠を冠って高砂やこの浦船と謡を唄いながら扇を叩いて合力を乞う浪人もあるが、真田の浪人などは金も沢山あるので実に立派なものでございま

す。そのうちに立派な屋敷も出来、ついにここへ移り、家には十勇士の面々とその他三輪琴之助、松崎藤兵衛の人々を置き、その余は百姓あるいは商人と姿を替えて皆別れ別れとなり、世の中の形勢を窺い、一朝事ある日にはたちまちご主人のお手許へ集まろうという手筈を定めて、それぞれどこかへ身を隠しました。

二　命数の尽きたことを知ったわい

そこで真田親子は別にすることもないので、幸村は暇に任して糸をもって、ポツポツ内職に紐を編みはじめ、それを家来の者に持たせて町へと売りに出させたが、これが現今残っている真田紐の濫觴で、真田が編み出したから真田紐というのでござります。そのうちに幸村の妻は病床に臥したが、とうとう大助という可愛らしい倅を残して気の毒にも冥土黄泉の客となったので、一同涙ながらに野辺の送りを済ませた。その後昌幸、幸村の親子は人目にかからぬように裏の庭へ城の形のようなものをこしらえ、戦いの時の籠城あるいは攻め方の工夫を練っておりました。

しかるに幸村は妻を失ったその翌年の春、父昌幸はふと風邪の心地と打ち臥したが、なにぶん老体のことでござりますから、おいおいに衰弱いたし、病気は日々に重るばかり。これによって幸村は大いに心痛なし、いろいろに手を尽くして介抱いたしましたが、医薬の効さらに見えず、さすが剛勇の昌幸もとうてい全治の見込みないのを知って、幸村と大助を枕許へ呼び、苦しき息をホッとつき、

「倅、残念な次第じゃわい……秀頼殿はもはや十四才になられたから、今一ヶ年永らえておれば関東方と大阪方の手切れの戦いを見るであろう。その時には思う存分の勇戦をなし、今一度徳川を討って、いさぎよく冥土へ参りたいと思うが、天なり命なり。……アア是非もなや……今死するは残念なれど……その方わが志を受けつぎ、この大助をも育て、必ず徳川天下を覆しくれよ、臨終の際に申し遺すはこればかりであるぞよ」と、凹んだ両眼よりハラハラ涙を落とした。

「ハハッ……お父上、もとよりその辺の事は覚悟いたしておりまする。さりながらお気を丈夫にお持ち下されて、今一度御全快遊ばしまするよう……」

「イヤイヤいかんいかん、予はもはや命数の尽きたことを知ったわい……我死なば必ず法体にいたさず、甲冑を着せ兵杖を持たせ、紀の川へ沈みにかけてくれよ。関東の亡ぶるを見るまでは成仏いたさぬ」

　あくまで豊臣天下を思う忠義の一言、幸村は涙を流して差し俯向きました。すると昌幸は大助に向かわれ、

「ヤヨ大助、只今この爺が申した通りであるから、その方も天晴の勇士と相なり必ず徳川を破ってその名を後世に残しくれよ。その方の働きを見ずして死ぬるは残念じゃ

わい……」

倅と孫を見返り、この遺言がこの世の別れ、武田家の大忠臣、なおまた豊臣家に仕えて忠義を尽くした名士、安房守昌幸殿もとうとう六十七才を一期としてそのまま眠るが如く往生を遂げました。さすがの幸村もその場へワッと泣き崩れ、しばしの間は顔もあげず嘆きましたが、今更嘆いても返らぬことであるから、是非もなく遺言に従い、その遺骸に鎧兜を着せ、杖をつかせ、これを石の唐櫃に入れ、紀の川へ沈みにかけたが、ナカナカ立派なものであった。しかしこの水葬は内々で、表面は昌幸殿の衣類だけを棺に入れ、立派に葬式を営み、法号を正誉千雪居士と称えた。

かく幸村はわずかの間に妻と親とに死に別れたので、ハッと気が逆上したのか、さながら阿呆の如く、ぞくにいう健忘という病気にかかってボーッとしておりました、しかしこれは関東へ油断をさせんという計略であった。十勇士の連中は幸村の手足の如く精忠を尽くしておりましたが、そのうち筧十蔵は毎度幸村にむかって、

「御大将、たびたびお願いいたします通り、亡父の敵梅谷勇之進および毒婦お絹の二人を討ち取りたく、どうかしばらくのお暇を下されまするよう……」と、しきりに仇討ち出立を願い出でました。だいたいどうしてこの十蔵の親の十兵衛は梅谷勇之進に討たれたかと申しますると、これには深い仔細のあることで、十兵衛は幸村の父昌幸殿の家来で、三百石を頂戴していたが、いたって武勇優れた人物、昌幸殿もことのほ

か寵愛なし、海野六兵衛幸基(ゆきもと)の娘の升江(ますえ)を十兵衛の妻に周旋せられた。

十兵衛も大いに面目を施し、夫婦仲もいたって睦まじく暮らしているうち、一人の男子を設け、これがすなわち後年七人影武者の一人となった筧十蔵でござります。夫婦は蝶よ花よと養育なし、十蔵が早九才になった時、母の升江はフトした病気でこの世を去り、男の手一つで養育しておりましたが、フト十兵衛は病気となり、いろいろに手を尽くしたがさらに利目(ききめ)もなく、医者の勧めに随(したが)い、しばらくのお暇を願い、伊豆の熱海の温泉へ出かけ、しきりに体の保養をしていた。しかるにある日のこと隣座敷でパチリパチリと碁を囲む音がいたしました。元来十兵衛は碁はいたって好きであるから、間襖(あいのふすま)を細目に開き、ひそかに覗いてみると、男と女が碁を打っております。どうも見受けるところ女の方が強いらしい。十兵衛はすぐさま亭主を呼んで尋ねてみると、

「へエ、あのお方は奥州の絹商人で三洲屋清兵衛(さんしゅうやせいべえ)さまとおっしゃいますお方で御婦人はなんでも京都で芸者であったとか申しまするが、旦那が身受をなさって今は御家内にしていらっしゃるので、名をお絹さんと申しますが碁は三四段をお打ちなさるそうで、珍しいお方でござります」

「フム……女で三四段打つとは大したものだ」と、そこで十兵衛はただちに隣室へ出かけ、

「許されい、拙者は隣室に泊っている、信州真田家の臣筧十兵衛と申すものである。以後御懇意に願いたい」

「これはこれは、手前は甲州の甲府町三洲屋清兵衛と申し、ここに居るのは家内の絹という不束者、サアマアこちらへ……」

「イヤ、ありがとう存ずる。しからば御免……」と、十兵衛は座について、

「時に清兵衛どの拙者も碁はいたって下手の横ずき、一つ教導を願いたいもので……」

「イエイエ旦那さま、手前は御覧の通り黒石を持って、正目を置いております。家内は免許三段をうちます……コレお絹、旦那様があの通りおっしゃるから一手二手お相手申したらよかろう」

「ハイ、旦那さま。女風情がお武家へ御教導をもうすはおこがましうはござりますが、それではお相手もうしましょう」

「さっそくの承知千万かたじけない」と、二人はパチリパチリとうち始めましたが、ナカナカお絹は強い。サアこれからというものは十兵衛間がな隙がなお絹に就いて碁を習っていた。そのうち湯治が済んで清兵衛は本国へ帰る時、

「さて筧の旦那さま、手前はもう国へ帰りまする。旦那さまも湯治をおしまい遊ばし、御帰国の際はぜひお立ち寄りを願います」

「イヤかたじけない、拙者も湯治中世話になった礼は帰国の節に必ず参上いたす」

するとお絹も、

「旦那さま、お待ちもうしております故、ぜひお立ち寄り下さいまするよう……」

と、ニッコリ笑みを含み、心ありげに十兵衛の顔をうち眺め、そのまま清兵衛夫婦は甲府の城下を差して立ち帰りました。

後に十兵衛が十日ばかり入湯してスッカリ全快したので、熱海を出立して約束通り途中甲府へ立ちより、三洲屋清兵衛と聞くとすぐ知れたので、早速尋ね二日ほど滞在して丁重なる扱いを受けたる上、無事に上田へ立ちかえり、主君安房守殿へお目通りなし、

「ハッ……ただいま立ち帰りましてござります」

「オオ十兵衛、よく帰った。熱海の湯治場で何か珍しいことでもあったか」

「ハイ、別段これと申しあげることもござりませぬが、湯治中女の碁うちに出会い、たいそう慰みに相なりましてござります」

「フム、それは面白かったであろう。しからば一席囲んでみよう……ヤヨ誰か碁盤をもて……」

「ハッ……」

「サア十兵衛一手参ろう」と、安房守は白石で、十兵衛黒石を持って三目置いていた

のでござりますが、今うって見るとまるで反対になっている。「イヨーたいそうその方は上がったな……イヤ感心感心」と。

安房殿も驚いておられました。するとその後半年ばかりもいたして、フト三洲屋の女房が訪ねて来たので、十兵衛は大いに喜び、奥へ通して面会いたし、

「これはお絹殿、先年は熱海湯治中大変御厄介(ごやっかい)に相なった……」と、いろいろ話してみるとお絹は良人(おっと)清兵衛に死にわかれたというので、十兵衛も気の毒がり、二三日滞在させておりました。ところがこのお絹という女はいたって淫婦でござりまして、熱海に居る間から十兵衛に思いをかけ、良人(おっと)清兵衛を毒害して、この度十兵衛の後を慕うて来たのであるが、そんなこととは知らず正直の十兵衛その夜も久し振りで碁を囲み、とうとうお絹は鉄面皮にも、その夜十兵衛の寝所へ忍びこみ有無をいわさず思いを遂げた。どうも怪(け)しからん淫婦でござります。

その翌日十兵衛は何食わぬ顔をして主君のお目通へ出で、お絹の一条を申しあげると、

「フム、それはちょうど幸い、さっそくその者を予の目通りさせい」と、仰せあり十兵衛はすぐに召し連れて登城いたし、主君のお相手をもうしあげると、なるほどナカナカ強い。ことにすこぶる美人、上々の首尾でその日は御前を下がりました。後で安房守殿はときどき登城させるよう仰せあり、十兵衛もお受けいたして退城した。サア

それが家中の評判となって。

拙者も某もと、彼方此方から若侍連中が指南を頼みにまいりまする。そのうちに梅谷勇之進といらいたって美男子で、かつ弓馬剣槍の達人でござりましたが、日々十兵衛の屋敷へ来たり、碁の指南を受けているうち、淫婦お絹はこの勇之進に心を寄せ、ついに十兵衛の目を忍び、互いにいい交情になり、大胆にも邪魔になる十兵衛を亡きものにせんと企て、ひそかにその機を狙っているその折柄、いよいよ慶長五年九月関ヶ原の戦いとなり、真田家は上田城にあって江戸中納言の大軍を食い止めるということになり、真田家の勇士豪傑それぞれ手柄を現わしたる中に筧十兵衛は一方の大将となり、徳川名題の井伊掃部頭の味内において、豪将の聞こえ高き木股土佐というものと一騎撃ちの勝負におよび、なんなく土佐を組み伏せその首を掻き落とさんとしたる一刹那、後ろから飛んで来た一人、いきなり十兵衛の横腹をグサッと突き立てた。

いかな豪勇無双の十兵衛もアッと驚き、振り返って見るとこはそもいかに、味方の一人梅谷勇之進であるから、怒りの大音張りあげ、

「ヤア、汝は味方討ちをいたすかッ」と、怒鳴りつけると、梅谷は尻目にかけ、

「オオ十兵衛、いかにも味方討ちである。今期の際に我がいうことをよく聞け。汝が内縁の妻のお絹は拙者と疾くより姦通なし、貴様が邪魔になる故、ただいまこの所で討ち取るのだ、観念して往生しろ」と、言われて十兵衛は無念の歯噛みをならし、

「己れ憎き梅谷めッ」と、立ちあがらんとしたが、急所の痛手に体も自由にならず、ついに勇之進のために討ち取られてしまいました。この時組み敷かれた木股土佐は危うき命を助かって大いに悦び、

「アイヤ、貴殿は何人でござるか。拙者は井伊の家来、木股土佐でござる」

「某は真田の家来梅谷勇之進と申すものでござるが、仔細あって味方討ちをいたし、貴殿の一命をお救い申したのでござる。御免……」と、言うより早く戦場を遁(のが)れ、お絹を連れていずこともなく逐電(ちくでん)いたしました。しかるにこの事誰も知るまいと思いのほか、見ているものがあってただちに筧十蔵に告げた。十蔵大いに驚いて、

「己れ梅谷勇之進めッ。父の敵遁(のが)してなるか」と、ただちにその場へ駈けつけたが、その時既に梅谷の行衛(ゆくえ)は知れず、ただ無念の涙を流していた。そのうちに早くも戦争は済み、真田親子は上田城を開けわたし、紀州へ差して落ち延びられ、十蔵もお供いたして立ち退き、おなじく十勇士の一人として忠節を尽くしていたが、これがすなわち筧十蔵が父の仇討ちをしたいという訳でござります。

ところが幸村もかねて父の遺言もあり、今に関東と関西とお手切れとなり、合戦の始まるは必定、この上は豊臣家恩顧の大名の胸中を探り、味方につけて置く必要があるので、ここに諸国漫遊を思い立ち、かつはついでに十蔵の仇討ちをさせんものとおもわれまして、名も田真雪村(でんしんせっそん)と改め、頭こそ丸めないが、常に法師頭巾(ほうしずきん)を少しも離さ

ず、旅僧の姿に扮たち、お側去らずの忍術の大名人猿飛佐助と筧十蔵の両人を随え、一同の者に留守を頼み置き、ブラリ九度山を発足いたされた。

三　俺は別に坊主に知己はない

まず幸村主従三人は紀の川をを下って和歌山城下へ出て来き、その当時和歌山の城主は浅野但馬守行長でござります。だいたいこの浅野家は豊臣恩顧の大名のうちでももっとも太閤殿下の信任厚き家柄でござりますが、今は全く徳川家に随身して大阪へ味方する心は毛頭ない。そんなものを相手にしても仕方がないと、和歌山城下を素通なし、加太の浦へ渡り、それより廻りまわって泉州の大川へやって来た。ここは名高い圓光大師というのがあるので幸村はこれへ参詣して、ちょうど寺の内に茶店があったので、三人はズイと入り、

「婆さん茶を一つくれんか」

「ハイハイ御出家さまにはようこそお参りでござります」と、それへ茶を持ってくる。主従は床几に腰打ちかけ、茶を飲みながら辺りの風景を眺めていたが、

「御大将、この圓光大師というのはいったい何でござります」

「ウム、これは浄土の法然上人のことだ」

「なぜここにござりますので……」

「ウム、これは深い訳がある。というのは親鸞上人の弟子に十連坊と安楽坊という二人の名僧があって、ある時説教をしていたところが、その説教に感じ、仏門に入って尼法師になったのが、その頃美人の聞こえ高き鈴虫松虫という、時の御帝の御寵愛の、お妃であった。しかるに十全の御帝は御寵愛の鈴虫松虫が尼になられたゆえ、大いに逆鱗にふれたまい……」

「フーム……その逆鱗というのは何のことでござります」

「ハッハ……逆鱗というのはお憤り遊ばしたことだ。つまり十連坊と安楽坊の仕業であるというので、両人をお捕らえになり、十連坊は六条河原、安楽坊は江州間淵で打ち首になった。その大師の坊親鸞上人は越後へ流され、熊谷蓮生坊は佐渡へ流されるという騒ぎ。親鸞上人の師の坊法然上人は、都五条の御影堂に、無官太夫敦盛の御台所千草の前が良人敦盛に死にわかれ、このうちへ預けられてある。この千草の前と法然上人が不義しているという嫌疑を蒙り、ついに上人を空ろ舟に乗せて流した。

「その空ろ舟とはどんな舟でござります」

「どうもその方らは何にも知らんで困る。空ろ舟というのは、舟の中に箱のようなものがこしらえてあり、それへ罪人を入れ、出られないようにして大海へ流す。その舟が処々の浜辺へ流れ着く。しかし罪人を上へあげてはならんというので、土地の者が穴の中から食物を入れてまた突き流す。彼方へ流れ此方へ流れ、とうとうこの泉州の大川の浜辺へ流れついたのじゃ。すると漁師共は妙な舟が流れついたと騒いでいる。この時上人は穴より手を差しだし、我は法然上人と申すものだ。助けてくれたら漁があるようにしてやると言った。そこで漁師どもは助け出す。法然上人は舟から立ち出で、浜辺に立って珠数をつまぐり、一心不乱に念仏唱名を唱えると、不思議や沢山の魚がとれて近年にない大漁であった」

「へーン……そりゃ妙ですな。南無阿弥陀仏で魚がとれるとは……何か手品でも遣ったにちがいない。のウ猿飛」

「そうだそうだ」と他愛がない。

「ハッハ……これが法然上人の徳の高いところである。その後疑い晴れて京都へ呼び戻され、今に京都の黒谷に法然上人の古蹟が残ってある。それでこの泉州大川にも圓光大師を安置してある訳だ」

「なるほど。それで判りました」

それより三人は茶店を立ち出で、今しも境内を出ようとすると大勢の若いものが雲斎の稽古褌を肩にかけ、

「オイオイ、どうしても今年は血を見なければ納まるまい。なんでも一番勝ちを取りたいものだ」と、大声に話しながらゾロゾロ向こうへ行く。これを聞き咎めた十蔵

が、

「オイオイ猿飛、血を見なければ納まらんというのは何事だろう」

「サア何であろう」

「ヨシヨシ、俺が一つ聞いて見よう……オイ若い奴ら待て待て」

「ヘエ、何ですかお武家様」

「今話していたのには今年も血を見なければ納まらぬと言っておったが、どこかに喧嘩か果たし合いでもあるのか」

「ヘエ、喧嘩や果たし合いではござりませんが、実はこの向こうに毎年相撲がござります。和歌山から大勢漁師がやってきて、この和泉の漁師と取り組みます。ところが相撲の果てにはキッと大喧嘩になって両方に沢山の怪我人が出来、血を見なければ止まないのが習慣になっております」

「フム、それは面白いな」

「ところがここ二三年は泉州の方が勝ち続けで、和歌山の方はそれを残念に思い、なんでも今年は勝たなきゃならんというので、和歌山の法福寺という寺に香川賢龍という坊主がおります。もとは上杉の浪人とかで大層力の強い奴だそうで……なんでもそいつを頼んで連れて来るそうですから、こっちも相手に負けないよう強い者を一人連れて行きたいと、だんだん捜しておりましたところ、幸い庄屋どんの家に逗留している越前敦賀大谷家の浪人で、金ヶ崎栄次郎という豪傑が見つかりました。この人を友ヶ島と名乗りをつけ、今日出て貰うことになっております、だから面白い相撲になるんで……、時にお前さんも大分体は立派ですがなんなら飛び入りをなすってはどうです」

「ウム、それはますます面白い。都合によったら飛んで出て、皆打ち投げてやるぞ」

この十蔵は十勇士の中でもいたって気の荒い、腕力では随一と呼ばれた勇士でござりますから大いに面白がった。

「御大将、猿飛なんと面白いではないか。早く行こう行こう」

「マア待て待て、そう急くな。金ヶ崎栄次郎と申したが、彼は大谷家で武勇の聞こえをとった豪傑だ。主家断絶の後は浪人して、当地方に参っていると見える。ついでに一度面会いたして見よう」と、幸村は両人を連れて、ドンドン庄屋勘左衛門の家へやってまいり、

「頼む、当家に金ヶ崎栄次郎という者は逗留しているか」

「ハイ手前方にお出でござります」

「どうか取り次いでくれ」

「ハイ畏まりました」と庄屋はこの事を栄次郎に話すと、

「ハテナ……坊主が俺に会いたいと……フム……俺は別に坊主に知り合いはないが

……」と、ノッシノッシ表へ出てきて見ると、こはそもいかに、主家とは縁者の間柄である真田左衛門尉幸村でござりますから大いに愕(おどろ)きハッとその場に平伏して、

「ハッ……これはこれは、真田の御前でござりまするか、まずもって御機嫌の体を拝し、栄次郎恐悦至極(きょうえつしごく)に存じ奉りまする」

「ウムその方も無事で結構結構、今聞けばその方は相撲に雇われて友ヶ島と名乗って出るそうだが、真実であるか」

「イヤ、これは恐れ入りまする……だが御大将には出家のお姿でいずれへお越し遊ばしまする」

「されば、予もその方と同じく、関ヶ原の戦争以来世をせばめられ、九度山に閑居いたしておりしところ、今にも関東関西手切れにならんは必定、これによって故太閤恩顧の大名を語らわんと、かくは漫遊に出かけたのである」

「そうでござりまするか。ではなにとぞ只今より私をお伴の中へお加え下されまするよう、ひとえにお願い申しあげまする」

「ウム、しからば予に従い伴をいたしたがよかろう」

この話を聞いて庄屋は吃驚(びっくり)して頭をペコペコさげ、「ヘエ……まずこちらへ……」と、主従三人を奥の一間へ請じ、酒肴(しゅこう)をもち出して饗応した。

「イヤ、かたじけない。今日は一つ相撲を見物いたそう……」と、これより庄屋に案

内いたさせ、一同打ち連れて相撲場へと乗り込んだ。

はや相撲場ではワイワイ鬨の声をあげ、双方頻りに争うている。しかるに出る奴も出る奴も和歌山方は大敗北、泉州方は大悦び、

「ヤイ、紀州ミカンめ。お粥腹でひもじいのか」

「ざまア見やがれ。ウワーウワー」悪口タラタラ盛んに罵っております。和歌山方は切歯して口惜しがり、今日こそぜひ恥辱を雪いでくれんものかとかねて雇い込んだる賢龍坊をひそかに頼むと、

「ウム、ヨシヨシ見ておれ」とたちまちグルグルと着物を脱いで褌をしめ込み、パラリ土俵の上へ飛び上がった。これを眺めて泉州方は、

「イヨー大きな坊主が飛び出したぞ」

「フム、こいつは大きな坊主だ。昔の武蔵坊弁慶か、常陸坊海尊か、まった根来の小密茶か、なんと強そうな坊主じゃないか」といずれもその風体を見て、大いに愕き意気地なくも尻込みしていた。

四　イデ叩き殺してやるぞッ

この時賢龍坊は土俵の真っ只中へ仁王立ちになり、

「ヤイッ、和泉の木っ葉野郎早く出て来んか。誰も相手になる奴はないのか、お粥腹でひもじいのか。それとも腰が抜けたのか」

悪口雑言、大気炎を吐き出した。和泉方は地団駄踏み、

「オヤッ……腰が抜けたかとはひどいことを言やアがる……坊主降りろ、坊主が相撲を取るということがあるか」

「黙れッ。貴様等ごとき無学文盲の者は何も知るまい。坊主が相撲を取れんということがどこにある。昔天竺印度(てんじくいんど)において釈迦(しゃか)と提婆(だいば)が相撲をとったこともあり、それよりおいおい日本へひろまったのだ。サア出る奴は一人もないのか、なければこの賢龍に降参しろ」

「オイオイ、なんといまいましいことをぬかしやがるではないか」と、中には巧者の力自慢の若者、三四人飛び出したが、いっぺんに二三間刎(は)ね飛ばされ、青くなって引き下がる。これではならぬと、

「オイ、あの庄屋さんの家に居た友ヶ島関はどうした」と、ワアワア言っております。この時幸村は佐助、十蔵、金ケ崎を連れ、庄屋の案内で見物しておりましたが、あまり賢龍坊の大言に片腹痛く思っていられると、気早の十蔵、

「御大将、私が一つ飛び出しましょう」

「イヤ、待て待て。俺がちょっと出る」

「両人、しばらく……これは拙者が頼まれているのであるから……ちょっと……」

「イヤ、すべてこういうことは拙者に限る……」と、三人争い始めた。

幸村はニコニコ笑っておられたが、

「ヤヨ、三人の者静まれ静まれ。まず第一に金ケ崎が出て、後は両人鬮引きにせい」

「ハッ……鬮引き鬮引き」と、言うので猿飛、十蔵の両人が鬮を引くと、金ケ崎の次が十蔵、最後が佐助と極まり、まず金ケ崎はすばやく着物を脱いで素ッ裸となり、褌をキリリとしめ、

「ナアニ両人とも出るには及ばぬ。俺があの坊主を投げ殺してやるから安心せい安心せい」と言い捨て、土俵の上へ飛びあがった。大勢の見物人がこれを見て、

「イヨー和泉方からも大きな人間が出たぞ。こいつは面白い勝負だわい……」と、片唾を飲んで見ている。土俵の上では金ケ崎と賢龍坊とは互いに睨み合いの姿、互いにエイッヤッ……と烈しき掛声をかけ始めた。見物人は大いに驚き、

「オヤ、こりゃ妙な角力だ、まるで柔術の稽古みたいではないか」と、口々に囃し立てたが、此方両人はそんなことには少しもお構いもなく、カッキと四つに引っ組んで、エイッオーッと喚き叫び、互いに金剛力を絞り出し、押し合い捻り合いを押っ始めたが賢龍の力が優っていたものか、あるいは角力巧者であったか、ヤッと掛けた声もろとも栄次郎の利腕引っ掴んで土俵の真っ只中へ頭転倒と投げ出した。和歌山方は

勇みたちドッと鬨の声をあげ、「ざまア見やアがれ。後へ出る奴はないか、どうだどうだ」と、口々に呼ばわる。

それに引き替え、和泉方は頼みに思う友ヶ島が打ち負けたので残念で堪らず、いずれもギリギリ歯噛みをして口惜しがっていると突然幸村の後ろにいた十蔵が、

「オオ心配するな。俺がいるぞッ」と、クルクルッと素ッ裸になって、土俵の上へポイッと飛びあがり、

「サア坊主、俺が相手になってやるぞッ」と、大手を広げてヒラリ賢龍に組みついた。此方賢龍は心得たりと、エイヤッと挑み合っておりますうちに、十蔵は十分食い込んで賢龍の腕に手をかけ、褌(まわし)の三つを引っ摑み、大力に任してウーンと目よりも高く差しあげた。

和泉方はドッと総立ちになり、ワアワア狂気の如く叫び立てた。十蔵はもうよかろうと、ヤッと一声、賢龍は土俵の真っ只中へ物の美事に投げつけた。ところがこの賢龍という坊主はなかなか気強い男であるから、ムクムクシャンと起きあがり、ヤッとふたたび十蔵に武者振(むしゃぶ)りついた。

「エエイ、何をするかッ……」

十蔵またもや利腕引っ摑んで岩石落とし、砂に埋もれと投げつけると、またもや起きあがって賢龍坊はしがみついて来る。十蔵は取っ手は投げ取っ手は投げ、四度まで

続けると、賢龍はますます口惜しがり、たちまち四本柱に諸手をかけて、メリメリバリバリッと引き抜きビュービュー振りまわして十蔵に撃ってかかった。十蔵もいかで猶予いたすべきおなじく、四本柱を引き抜き、

「ヤア小癪な坊主め、イデ叩き殺してやるぞ」と、グワングワン互いに丸太を撃ち合わして戦い始めた。見物人一同は吃驚仰天、

「ヤア豪いことになったぞ。危うい危うい」

「ヤア、今年の喧嘩は大分時刻が早いぞ」

かねてから喧嘩の準備をしているから堪まらない。和泉、和歌山の双方より飛んで出で、みるみる大喧嘩がおっぱじまった。この時、十蔵は面倒なりと、エイッと叫んで賢龍坊の頭上を目がけ、微塵になれと烈しく撃ちおろした。何かはもって堪まりましょう。賢龍の頭は粉っ葉微塵となって、ウムとそのまま即死してしまいました。

これを眺めた幸村は、

「ヤヨ十蔵必ず無益に人の命を取るな。永居は恐れ早々引きあげよ引きあげよ」

主従はドンドン角力場を引きあげ、海岸より船で淡路に渡り洲本よりまたもや便船に乗り、四国は阿波の名東郡徳島の城下へやって来た。この当時阿淡両国は二十五万七千石蜂須賀修理太夫家政の領分地、この蜂須賀のことは太閤記に委しく出ている通り、尾張より出た蜂須賀小六という人物で、以前は野武士の頭目であった

が、木下藤吉郎の見出しに預かり、だんだんと立身出世して今は阿波徳島の城主として恐ろしい威勢でござります。

ところが話は少しく以前に逆登りますが、蜂須賀家政はかの関ヶ原の合戦には徳川方に味方なし、非常に家康に重く用いられることとなり、戦争が終わって後、家政は城がないというのも至極残念であると考え、関東へ差して願い出でた。徳川家においてもすぐに聞き届け常山（じょうざん）という縄張の名人を差し向けた。この常山の先祖は太田道灌（おおたどうかん）で、道灌は軍学兵法に達し、なかんずく築城の術にもっとも妙を得ていたので、江戸紅葉山千代田城（こうようさんちよだじょう）は太田道灌が築いたということは、かの山吹きの歌と共に、誰一人知らないものはござりません。よって家康はその子孫の常山をば徳島の蜂須賀家へ差し向けられた。

常山はつくづく地理を考え、城取り絵図面縄張りの法を編み出し、城を築く場所は素目山（すもくさん）いう所が適当であると、家来に命じて素目山を検分に遣わしたところ山中に一つの辻堂があって、四国の行者という荒見ヶ岡笹之進（あらみおかささのしん）という山伏がその中に籠り、手には金鈴を鳴らし、正面には仏像を安置して護摩（ごま）を焚き一心不乱に祈っている。家来の面々はこれを見て、

「いかに行者、この度我が君が当素目山に城郭をお築きになるにつき、この地を検分に参ったのである。汝早くこの所を立ち退くべし」

「お控えあれ。我数年以前よりこの山に住んで行をなし、生涯この地に留まる所存。いくら蜂須賀公の仰せなりともここを立ち退くことはまかりならん」

「黙れッ。当地はわが君の御領分である。しからば領主は親も同様。さすればその命に従い、さっそく立ち退くが至当であるに、聞き入れぬとは不敵の一言。しいて強情張るにおいては召し捕るがどうだ」

「コハ面白い。サア召し捕れるものなら召し捕ってみられよ」とハッタと睨んだその眼色、身の毛もよだつ程恐ろしき有様であった。

しかし多勢を頼む家来の面々、「それッ、小癪な奴、召し捕れい」と、よってたかってなんなく笹之進を縛りあげ、ただちに日の峰の館へさして引き立て、このことを言上におよぶと、太守家政公、そうそう行者を目通へ引き据えさせ、よくよく御覧になると、こはいかに行者というのは石地蔵、しかもそれを雁字搦みにしてある。

「ヤアヤア者ども、汝ら素目山の行者荒見ヶ岡笹之進を召し捕って帰ったと申すが、これは石地蔵ではないか」

「イエ、そんなことは……」と、よくよく見ると、石地蔵であるから、

「ヤヤッ……コリャどうじゃ。たしかに行者と思ったのに……ハテ面妖な……」と、皆々呆れていた。蜂須賀公はことのほか御立腹、

「白痴者めッ、その方ども今日より百日の閉門申し付ける。立てッ」と、叱り飛ばさ

れ家来の面々はすごすごお目通を退いた。

五　真田幸村御大将でござりましたか

後で家政公は家老樋口内蔵助（ひぐちくらのすけ）、加島出雲（かしまいずも）、稲田九郎兵衛（いなだくろべえ）の三老臣をお呼出しになり、

「ヤヨ三人の者、ただいましかじかかくかく……実に不審の至りと考える。全体何者であろうか」

「ハイ、それは正しく狸（たぬき）の仕業であろうと存じます」

「フム、しからば内蔵助、その方に申しつける。早々（はやばや）怪しの行者を引っ立てい」

「ハッ、畏（かしこ）まりました」と樋口はすぐさま人数を引き連れて、素目山へ乗りこんでみると、なるほど一人の行者が護摩を焚いて何かしきりに祈っている。引っ捕らえようとすると、怪しの行者は一心に珠数を押しもんで一心不乱に祈ると、怪しや正面の堂の中から一団の陰火（いんか）がパッと燃えあがり、みるみるうちに前後左右一面の火となり、マゴマゴすると焼死にそうなので、一同命カラガラ逃げかえり、このことを太守へ申しあげると、

「控えろ内蔵助。汝老臣の身でありながら逃げ帰るとは見ぐるしい。今日より百日閉

門申しつける。目通叶わぬ立てい」と、またもや閉門仰せつけられました。

　その後代わって加島出雲が出かけたが、これまた山鳴り振動してほうほうの体で逃げ帰り、おなじく百日の閉門、三番目には稲田九郎兵衛が出かけたが、これもおなじく身震いして逃げ帰り、さんざんの不首尾で閉門。さすが豪気の修理太夫も大いに御心配、百計尽きて思案に暮れていられた。ところへお目通をいたし、行者討ち取りの役を願い出でたのは、蜂須賀家の大忠臣長谷川隼人でござります。

「オオ隼人か。しからばその方参って首尾よく召し捕って参れ」

「ハッ、畏まりました。つきましては今日より七日の間の御猶予を下し置かれまするよう……」と、願い出で、隼人は日の峰神社へ七日の間断食祈念をこらし、ちょうど満願の日に身支度して、重藤の弓に鵜の霜降りの矢を携え、素目山へ来たって堂の中を見ると、案にたがわず、白髪の老人が仏像に向かって護摩を焚いて、念珠サラサラと押しもみ脇目もふれず祈念に及んでいる。この体眺めた隼人は、

「ヤアヤア怪しの行者。汝一度ならず二度三度、妖術を行い、人々を悩ますことは不届き至極。長谷川隼人、君命を受けてまかり越したり。イデ覚悟いたせよ」と、言うより早く弓をキリキリと満月の如く引き絞り、アワヤ切って放さんとしたる時、行者笹之進は、

「エエイッ……、またしても我が行を妨げんとするか。その矢が我が身に立つなら美

事立ててみよ」と。言うより早くスックと突立（つった）ちあがり、なにやら声高らかに唱え、一心不乱に祈り始めた。

「己れッ、憎き行者め。我が手並を見おれッ」とおなじく日の峰神社を一心に念じ、狙いを定めて兵仏（へいふつ）と切って放すと、手練（てだれ）は誤（あやま）たず行者の右の眼をブスーリ射抜いた。行者も何かはもって堪まるべき、アッと叫んで、後ろへドッとぶッ倒れた。隼人はすかさず飛びかかって押えつけ、一刀の鞘（さや）を払って斬りつけんとした。この時行者は苦しき息の下から、

「アア残念なり。我幼少の頃より大師を深く信じ、四国八十八ヶ所の霊場を八十八度巡拝なし、ついにこの地に庵（いおり）を結び、ここに生涯を終らんと決心なしたるに、蜂須賀公我が威光をもってわれを追い退けんとなせしゆえ、われ行法をもって悩ましたのである。しかるに今汝来たって我を追わんといたすによって、死すどもこの地を去らじと思いしに、汝の忠義の矢先に当って相果てる……たとえ死すとも怨霊（おんりょう）蜂須賀家に祟（たた）りなし、必ずや思い知らせてくれん」と、さも恐ろしき顔色でハッタとばかりに隼人を睨みつけた。

されど豪気の隼人少しも屈せず、

「ヤア、この期におよんでなんの囈言（たわごと）、恨みを残さず成仏せい」と、首掻き落とすと不思議なるかな、素目山天地も崩れるばかりの鳴動。隼人はビクともせず、その首提（ひっさ）

げて立ちかえり、この次第を逐一言上すると、

「ウム、天晴天晴。その功によって百石の加増を与える」と、お賞(ほ)めに相なり、隼人は大いに面目を施して引きさがり、そこでさっそく城を築いて出来あがったのがかの徳島城で、今なお常山島(じょうさんじま)という古績があり、また城下には常山の屋敷跡もござります。かく立派に城は出来上がったが、夜な夜な怪しき光り物がして、城内は日夜怪しきことばかり。太守始め一家中の面々はいずれも心配して安き心もなかった。


しかるにお話変わって真田主従四人は、城下新町橋(しんまちはし)の阿波屋喜助(あわやきすけ)という宿へ泊り、その翌日は素目山の城を見物いたさんと、早くも大手へ差しかかって来られた。すると正面には見張番所があって、その前には万字(まんじ)の定紋(じょうもん)を染め抜いた幔幕(まんまく)をグルリ引き廻らし、役人どもがイト厳重に控えている。ところへ幸村三人を従えてズカズカ入り込まれた。役人は早くもこれを見て、

「コラコラ旅僧、何処へ通る。ここは大手御門である。汝等の来るべきところではない。帰れ帰れ」と権柄ずくに叱りつけた。しかし相手は真田幸村。

「アイヤ、御番士。蜂須賀殿、御子息長門(ながと)殿も御在城であるか」

「ナナナなんだ……お殿様を呼ぶのに蜂須賀殿、長門殿とは不埒な一言。ハハア察するところ貴様は発狂者であろう。返せ返せ」

「イヤイヤ、決して発狂者ではない。ちょっと修理殿、長門殿に対面いたしたきこと

があってまかり越した。面倒だが取り次いでくれ」

「控えろ。いよいよ貴様は不埒千万な坊主だ。グズグズ申すと打ちあげるぞ」と、バラバラと十人ばかりの役人が幸村の周囲をグルリ押っとり巻いた。

しかし幸村は平気の平左。

「アッハ……」と、声高く笑われた。

「オヤ、こいつ……笑ったな。われわれ役人を嘲弄（ちょうろう）いたすか。それッ撃ち据えろッ」と、早くも撃ってかからんとした時、筧十蔵飛んで出で、

「控えろッ」と、一人の奴の横面ビシャーリ、キャッと叫んでぶっ倒れた。

「ヤア、こいつ」と、またも撃ってかからんとするを、

「控えい。無礼いたすな。ここに居られるは誰だと思う。以前信州上田の御城主真田左衛門尉幸村公である……」

「無礼いたすとかくいう筧十蔵、猿飛佐助、金ケ崎栄次郎承知いたさん。片っ端から睨み殺すぞッ」と、ハッタと睨みつけられて、役人どもはこれはとばかりにうち驚き、六尺棒をそこへ投げ出して、

「ワフ……ヘエ……さては大軍師真田幸村御大将でござりましたか。そうとは知らず無礼の段々、恐れ入り奉ります」と、前の勢いはどこへやら、一同大地に頭をすりつけて三拝九拝におよんでいる。

「イヤイヤ、決して咎めはいたさん。かく姿が変わりしゆえ、知らないのは無理はない。早々予が参りしことを蜂須賀公に申し入れてよかろう」

「ハハッ、承知いたしました」

番卒どもは急ぎ玄関番に伝える。玄関番から順々に奥へ通じ、お側御用人から主君に言上すると、

「ナニ、真田幸村が見えたと申すか。関ヶ原の合戦以来いずくへ姿を隠したか更に行衛が知れざりしが、当地へ参りしとは懐かしい……早々ここへ……」

「ハッ……」と、答えて家来どもは一同出迎え、幸村主従を城内の大広書院へ案内いたしました。

六　退屈まぎれに山賊も結構

大広書院の正面には城主家政公、子息長門守家成公悠然と御着座、幸村もそれと差し向かいになり、褥の上に泰然と控えられました。

「珍しや幸村どの、よくぞ参られた。慶長五年関ヶ原合戦の後、昌幸どのと御身とはどこへ立ち退かれしやさらに行衛も存ぜざりしが、まずご無事で重畳でござる。して昌幸どのは……」

「ハイ、実は関ヶ原戦いの際、石田ごときに味方いたす所存ではなかりしが、舅大谷(おおたに)吉隆(よしたか)に勧められ、よんどころなく徳川どのへ敵対いたし、不運にして味方はさんざんの敗北、それがため上田の城を明け渡し、親子もろとも紀の国高野山の麓九度山に閑居なし、風月を友として気楽にこの世を送るうち、父は先年病死いたし、その際拙者に向かってしかじかの遺言。よって拙者は田真雪村と名乗り、旅僧に姿をやつし、豊臣家取り立ての大名の動静を探らん所存でござる。そも御当家は太閤殿下に対して最も縁故深きお家柄。何とぞ関東関西お手切れとならば、ただちに大阪方へお味方なし下されたく、幸村ひとえにお願い申す」と厳然と申しこむと、修理太夫はうなずき、

「いかにも……真田どのの仰せの通り、われら太閤殿下に御恩を蒙(こうむ)りしこと決して忘却仕(つかまつ)らず、必ずイザの節には豊臣家にお味方いたす所存。しかしながら大阪城内には、秀頼(ひでより)公の母君淀(よど)どのの心得違い、大野、織田らのごとき佞人(ねいじん)を愛せらるるゆえ、城内の人心一致せず、それがため加藤、福島らは当時徳川に随身……かくいう家政も徳川に従っている。さりながら今にも戦い起こらばあくまでも秀頼公をお助け申す精神でござる」

「まことに千万かたじけない。それ承わって拙者も大いに安心いたした。さだめし殿下も草葉の陰よりお悦びでござろう」と、それより話は四方八方(よもやま)のことに移り、後は酒宴となりました。

幸村主従は丁重なる饗応を受け、その夜は城内に一泊、翌朝家政の目通へ出で、

「昨日は案外の饗応に預かり有り難き仕合わせに存ずる。時に家政殿にお尋ね申すが、幸村昨夜臥床にあって考うるに、何か当城内に障りがあると見らけたが差し支えなくば包まず語って頂きたい」

「イヤ御身の眼力には驚き入った。いかにも仰せの通り当城内に近頃夜な夜な怪しきことあり。臣等一同も種々の心痛。これを静めんと思えど、まだ怪物の正体も見届けること叶わず。甚だ困っているところでござる」

「なるほど。然らば拙者が易を立て、判断して進ぜましょう」と、懐中から算木筮竹を取り出して、暫く考えていられたが、ややあって、

「アイヤ、家政どの。易の表によって判断すると、これはどうやら死霊の祟りのように思われる。もしやお心に覚えはござらぬか」

「フム、仰せの通り覚えがござる」と、行者荒見ヶ岡笹之進の一条を委しく物語られた。

「ハハア、たしかにその行者の祟りと心得る。それを静めるには別に仔細はござらん。その亡霊を祭ってやれば必ず障りは止むに相違ござるまい」

そこで幸村の言葉に従い、ただちに四国行者の亡霊を祭ると、案の如くその後はなんの異変もござりません。家政公もかねてより幸村の才智識量の程を慕っているの

で、ぜひしばらくの間は滞在あるよう勧めたが、幸村は再会を約して別れを告げ、徳島城下を発足した。

途中十蔵の父の敵梅谷勇之進及びお絹の行衛を尋ねて見ると、土州高知(どしゅうこうち)に女で三段の碁打がいるということを聞き込み、

「十蔵その方と金ケ崎の両人は、これより高知へ乗り込み、その女の碁うちを尋ねて見よ。万一尋ねる敵であったらすみやかに討ち取ってしまえ。予はこれより讃州路(さんしゅうじ)へ入り込み、丸亀(まるがめ)の城主生駒雅楽頭(いこまうたのかみ)の胸中を探り、その上順々高知へ参るであろう」

「ハッ、承知いたしました」と、両豪傑は一直線に高知をさして乗りこみ、幸村は忍術遣いの猿飛佐助一人を従え、だんだんと道を急ぎ、四国八十八ヶ所の内(ない)、第三番の札所大寺(おおでら)という所も過ぎ、これより阿波と讃岐の国境逢阪山(あさかやま)の麓へと差しかかった。

側を見ると一軒の茶店があったので、主従はズイと入り、

「爺(おやじ)さん、茶を一つくれ」

「ハイハイ、御出家様にはようこそお越し……して今夜はどこでお泊りでござります」

「フム、この山を越えて讃岐路へ入り込んで泊るつもりである」

「メメメ滅相な……御出家さまはまだ何にもお聞きなされませぬか」

「フン、何にも聞かんとは……一体どんなことじゃな。何か面白いことでもあるのか」

「イエイエ面白いどころか、この頃この逢阪山には山賊が住んでおりまして、往来の旅人を脅かすという噂。それゆえ七つ下がりとなっては誰一人逢阪山を越すものはございません。もう既に七つ下がり。今夜はどこかこの辺でお泊りなされませ」と、親切に言う。幸村はニッコリ笑われて、

「ハッハ……その親切はあり難いが、拙僧は見らるる通り諸国行脚の旅僧。出家というものは三界無庵（さんかいむあん）、家なしといって樹下石上（じゅかせきじょう）を宿となし、山に寝（い）ね野に臥（ふ）し、木の根を枕にするものじゃ。盗賊を恐れていては廻国は出来ん。退屈まぎれに山賊も結構。チョイチョイそんなものに出会わんとははなはだ退屈で困る……」

「トトとんでもない。相手は恐ろしい山賊だそうでございますぞ」

「イヤ、どんなに強くってもいい。出会ったら最後、有りがたい経文を聞かせて改心をさせてやるまでじゃ」

「チョチョ戯言（じょうだん）言っちゃアいけません。命を的に人の物をとる盗賊が経文を聞かせたくらいで、改心する奴があるものですか。そんなこと言わないで……悪いことは申しません。この辺にお泊りなさりませ」

「イヤ、愚僧は思い立ったらぜひ登りたい。サア佐助、参ろう参ろう」と、佐助を連

れて表の方へ立ち出でる。これを眺めていた茶店の爺、

「どうも途方もない剛情な坊主だ……今に酷い目に遭って逃げて帰るだろう」と呆れ返って眺めていた。此方主従はドシドシ歩きながら、

「御大将、山賊が居るとはなんと面白いではござりませんか」

「ハッハ……犬も歩けば棒に当たるとやら。歩いていると面白いことがあるわい」

「そうでござります。ちょっと私が一足先に見て参りましょうか」

「ウン、それもよかろう。その方は日頃の忍術で一つ驚かしてやれ。予はボツボツ後から参るから……」

「ハッ……、ではお先へ御免ッ……」と、言うかと思うと、佐助の姿はパッと消えた。

佐助は姿を隠したまんま、ドシドシ登っていくと、頂上に近き辻堂の前で、五人の山賊らしい奴らがドンドン焚火をしながら、いずれも大盃を口にしながら大声に話している。

「どうじゃ、もうサッパリ通らんではないか」

「そうだな。これでは軍用金を集めるどころの騒ぎではない。どうだボツボツ下の方へ降ていこうか」

「ハッハ……、マアそう短気なことを言うな。我我三人がこうして頑張っていると、ちょっと恐れて通らんが、ナーニ今に誰か来るだろうよ」と言っているところへ、早

くも近づいた猿飛佐助。一人の鼻柱をグイッと捻じあげた。

「痛いぞ……、オイオイつまらん真似するな」

「兄貴、何を言っているのだ」

「何を言っているではない。俺の鼻を誰か捻じあげた者がある。玄蕃、貴様だろう」

「俺は知らんよ。この通り酒を……」と大盃を口のところまで持って行こうとすると、杯はスーッと宙に舞いあがった。

七　マゴマゴすると生首引き抜くぞ

これには玄蕃といわれる男も驚いて、

「オヤオヤオヤ、コココリャどうじゃ杯の宙吊りとは……」

「フン……なるほど、コリャ妙だ……」と言っていると、上から盃がバタリ落ちたが、中にはもう一滴の酒もない。

「痛いッ……兄貴、耳など引っ張ってどうするのだ」

「誰がそんなことをするものか。オヤッ……この徳利はカラだ……。フンこりゃ妙だ。今まで一杯あった酒が……」と二人の奴らは騒いでいるところへ、ノッシノッシ登って来られた真田幸村、恐れ気もなく、ズカズカ一同の側へ進み寄られ、

「アイヤ山番の衆、御苦労御苦労。愚僧は廻国行脚の旅僧。宿を取り損なって大いに難渋いたし、ことに寒さもまた一しお……しばらく焚火に暖まらして下され」と言いながら、一人の手下らしい奴をポイと刎ね退け、悠々と暖まり始めた。

「ウワーッ……こいつ途方もない乱暴な坊主だな……」と、あまりのことに呆ッ気に取られている。幸村はだいぶん体も暖かくなったので、

「イヤ、これはありがとう。どうやら暖まったようだ。山番の衆お邪魔をした」と、言い捨てて立ち去ろうとした。此方三人は互いに顔を見合わせ、どうも大胆不敵な坊主もあったものと思ったが、

「コラコラ坊主、待て待て」

「ハイ、何か用かな」

「いかにも。用があればこそ呼び止めたのじゃ。だいたいここを何と心得る。地獄の一丁目があって二丁目のないところ、知って通るか知らずに通るか。第一われわれを山番などとは怪しからん。噂に高き山賊だ。サア懐中物は申すにおよばず着ぐるみ残らず置いて行け」

「ハハア。愚僧は山番と思ったら山賊か、フン……」

「コラ山賊か、フンとは何事だ。はやく出せ出せ」

「イヤ、宜しい。山賊も稼業のうちだ。サアサ衣類も金も残らず進上する……」と、

幸村は無頓着にも衣類をグルグル脱いで皆与え、「サア一々あらためて受け取って貰いたい」

「フン……こいつ存外穏やかな坊主だ……命は助けて遣わす、はやく行けッ」と、言われて幸村はニコニコ笑っていられた。

「オヤッ……この坊主、薄気味の悪い奴だ」

「ヤイッ坊主。貴様は只の奴ではあるまい」

「アッハ……さすがは山賊をするほどあって、よく人のことが判るな。感心感心」

「何が感心だ……はやく本名を名乗れ名乗れ」

「アッハ……いくら山賊でも人の姓名を尋ねんとするものは、まず自分の姓名を名乗るくらいは知っておろう」

「こいつよくグズグズぬかす奴だ。われわれは仔細あって山賊となっているが、今名乗る訳にはいかん」

「仔細か五さいか知らぬが、山賊などするものはよくない。貴様たちが名乗ることが出来なければ、愚僧も名乗ることはならぬ」

「オヤ、この糞坊主め。言わないとあれば言わして見せるがどうだ」

「フン、そんな器用なことが出来るか」

「こいつ、怪しからん奴だ。それッ遣っつけてしまえッ」と、三人の奴はズラリズラリ大刀抜き放ち、幸村の面前へニューと突きつけた。

「サアこれでも言わんか」

「アッハ……そんな悪戯をしてはいかん」と、さらに愕（おどろ）く色も見えない。

「こいつ、イマイマしい奴だ。覚悟せい」と、中なる一人、幸村の正面からズバリ斬りつけた。ヒラリ体（てい）を躱（かわ）した幸村、杖を手ばやくピタリ正眼に構えたが、鵜の毛で突いたほどの隙もござりません。それもその筈、百万の大軍も恐れない名代の大軍師、相も変わらずニコニコ笑っておられます。

「己れッ……」と、またも一人横合よりズバリ斬りつけ、アワヤ幸村は真ッ二つになったかと思いの外、パッと体を躱したその素ばやさ。トントンとスカタン食ってよろめくところを、持った杖で相手の利腕（ききうで）をピシーリ。アッと叫んで大刀ガラリ取り落とすところを、佐助立ち寄って襟首引っ摑み頭転倒と投げつけた。

「己れッ小癪なッ」また続いて斬りつけてくるを、バンバン左右に払い退け、佐助は姿を隠したまんま、ビシャーリビシャーリ横ッ面をブン殴る。

「ウワーッ……何者だ俺の横ッ面を殴る奴は……フム……この蛸入道（たこにゅうどう）め。怪しげなことをするなッ」

「そうだそうだ。ぬかるなッ」と、三方より斬ってかからんとした時、スックと姿を現わした猿飛佐助。

「ヤイッ、山賊ども。心得違いをいたすなッ。これなる旅僧は只の出家と思っておるか。真実は信州小県郡上田の御城主であった真田左衛門尉幸村公であるぞ。まった俺は郎党猿飛佐助だ。マゴマゴすると生首引き抜くぞ」と、言われて三人は、アッと驚き慌てて大刀投げ捨て大地に平伏した。

「ハハッ……これはこれは真田幸村御大将とも存ぜず、失礼の段平にご勘弁に預かりたし……先刻より御尊体を拝し、只の旅僧とは思われず、さだめし由緒あるお方とぞんじ、ワザとお試し申せし次第……まったくわれらは備前国岡山浮田家の浪人花房志摩……まった弟三左衛門。そこに居るのが浮田玄蕃と申すものでござります」

「ウム、さては浮田家の豪傑であったか。してどうしてかかる所で往来の人々を苦しめるか」

「はい。いったん断絶した主家を再興なさんものと、味方を語らい軍用金を集め、徳川家に敵対なさんものと、かく山賊となっているので……しかし町人や百姓より金銀を奪い取りしことなく、この四国の大名をうち亡ぼして降参させ、その上事をなさんという心底でござります」と一伍一什を物語った。幸村はニッコリ笑って、

「ウム、予も普通の山賊ではあるまいと思ったから、佐助に命じ、あらかじめその方らの様子を探らせたのである」

「エーッ。どうりで、先刻から鼻を摘んだり、耳を引っ張ったり、酒を飲んだりした

のは猿飛貴様か」

「ハッハ……いかにもそうだ」

「イヤ、どうも酷い目に遭わしおったな……しかし真田御大将には旅僧の姿で、これからどこへお越しなさるのでござります」

「されば、実はしかじかかくかく……その方らも今より大阪へ乗りこみ、秀頼公のお味方をなし、戦場において軍功を現わしなば、浮田家の再興も出来るであろう。はやく大阪へ入城いたせ」

「ハッ、あり難き大将のお言葉。なにとぞ一書お認めのほどを願わしゅうぞんじます」

「ウンよしよし」と摂州茨木(せっしゅういばらき)の城主で当時大阪城内の執権職片桐東市正且元(かたぎりとういちかみかつもと)に宛て、サラサラと一書を認め、「サア、これを片桐殿に渡してよく頼まれよ」

「ハッ、有りがとうござります」と、三名の者は手紙を貰って、それよりただちに大阪差してのり込んだ。此方幸村主従は廻りまわって、やがて土州高地の城下へ乗りこんでまいり、城下の入口一軒の茶店に休み、両人(ふたり)は茶を飲んでいた。おりから表の方を通りかかった二三人の若者、

「ナア太郎作(たろさく)よ。聞いたか。あの赤岡(あかおか)の一件を……」

「ウン、聞いた聞いた。あの両人(ふたり)の浪人さんは恐ろしい強いお方で、孕石(はらみいし)のお屋敷ではずいぶん荒れたそうだが、やっぱり大勢には叶(かな)わないと見えるな」

「だけど可愛想じゃねえか。乾殺し……人間の干物にしてしもうんだということじゃねえか」

「この度清十郎若旦那の仇討ちに加勢して、悪役人の曲直を糺そうって豪い人を殺すのは気の毒だな……」と、話しながら通りかかるのを、幸村主従はチラリ聞いて顔見合わせ、

「オイオイ若い衆」

「なんだ御出家」

「お前方はなんだか面白そうな話をしているが、どんな話だ」

「面白いどころか大変な話で……」

「フム、そりゃなお聞きたい。聞かしてくれ」

「マア御出家さんも、お武家もお聞きなされ。こうなんで……」と、若者は一伍一什を物語りました。

八　しからば予が助け出してやる

その話では、ここに土州赤岡の町に造酒屋で清左衛門という人があった。いたって犬ずきで三鱗と名づける大きな犬を飼っていた。読者諸君も御存じの通り土佐犬と言

えば喧嘩犬で名代の産地、犬に喧嘩をさせ、それに金銭を掛けるのが流行するそうで……もっとも現今はあまり流行しないそうであるが……とにかくこの三鱗というのはなかなか強い。

ところが新京極に屋敷を構え、五千石を戴いている山内家の家老孕石長門(はらみいしながと)という人の飼犬に錦山(にしきやま)というのがあった。これもたいそう強い奴で、高知でも随一といわれていたくらい。したがって犬ずきの人々は孕石の錦山と清左衛門の家の三鱗と喧嘩をさせたら、さぞかし面白かろうと、誰いうとなく言い出した。

ところが土地の無頼漢で山荒しの仙太(せんた)という奴、なんでも一つ金儲けをしようと、さっそく両家に出かけてかけ合うと、案外早く話が纏(まと)まり、いよいよその月二十日、一の宮鳥居前の広場で興行をした。いろいろ多くの犬喧嘩があって、最後に三鱗と錦山の勝負。しばらく嚙み合っているうち、ついに三鱗の勝ちとなった。孕石家の犬係松谷番造(まつたにばんぞう)は大いに残念に思ったが、仕方がないので錦山を連れて屋敷へ立ち帰ると、主人長門は大の立腹、鉄扇(てっせん)取りあげ、骨も砕けよと番造の額をビシャーリ打ち据えた。何かはもって堪るべき、番造の額は破れて血はタラタラタラ。

「ヤイ番造。よっく聞け。この鉄扇が血痕で汚れた。このついた血の汚れを払い、元の通りにいたしたら、これまで通り召し使って遣わす。只今より出て行けッ」と、血のついた鉄扇を番造の眼前に投げ出した。番造は件(くだん)の鉄扇取りあげて、

「心ありげな今のお言葉……さては清左衛門を殺してしまえという謎に違いない。ヨシッ」と、番造はなにやら考え、その後は絶えず清左衛門の出入を窺い、ある夜清左衛門が他から帰るを待ち受けて、とうとう殺害して、素知らぬ顔して屋敷へ帰り、名も和田一と改名して仕えていた。

このこと誰も知るまじと思いの外、一人の乞食がこの始末を見ていて、清左衛門の倅の清十郎に知らせた。清十郎は愕いて泣く泣く父の死骸を引き取り、松谷番造吟味の儀を役所へ願い出でた。長門は早くもうまく手をまわし、願書は握り潰し清十郎には何の沙汰もない。これはとても我が手では討ち取ることは出来ないと、甲の峰の龍田大明神へ一七日の願をかけ、一心に祈願しているところへ、ちょうど通りかかったのが筧十蔵と金ケ崎栄次郎の両人。話を聞いて気の毒に思い両人は清十郎を連れて、平生よりいたって評判のわるい孕石長門の屋敷へ出かけ、松谷番造を引きずり出して、清十郎に親の仇を討たしてやった。ところが孕石の家来は無礼者、狼藉者と騒いでいるうちに、はやくも奉行所より大勢の役人のり込んで来たり。ヒシヒシと押っとり囲み、多勢に無勢、いかに豪勇の両人もついには召し捕られて牢へ打ち込まれ、両人は牢の中でさんざんに荒れまわるので、なんでも干し殺してしまおうと企んでいるということが、人々に洩れ聞こえたのである。

幸村は委細を聞いて、

「フム……そうか。それはまた気の毒……しかし上と下ではどうしても叶わん……長いものには巻かれろということもある。南無阿弥陀仏南無阿弥陀仏」

「御出家さん。お前さんはなんだか妙なことを言っているが、人を助けるが出家の役目。お前さんの念仏の功力で助ける工夫はありそうなものじゃ」

「ハッハ……いくら出家でも念仏の力で人を助ける訳にはいかん」

「なるほど。それもそうじゃな……」と若者達は大きな声で語りながら立ち帰って行く。後に幸村は佐助に打ち向かい、

「佐助。両人(ふたり)の浪人というのはどうやら十蔵と栄次郎の両人に違いない。どうかして助けてやりたいものじゃ。さしずめ急ぐのは両人が食物に苦しんでいるそうだ。予は領主山内(やまうち)殿に対面して掛け合うつもりだが、それまでに万一のことがあってはならん。その方今夜食物を携え、牢屋へ忍び込み、安心しろと申し伝えるがよい」

「ハッ……畏まりました」と、そこで主従は赤岡の造酒屋清十郎の宅を尋ねて、一夜の宿を頼むと、もとより近辺で並びなき金満家。ことに慈善深い家であるから、快く承知して両人を奥の間へ案内した。

主人の清十郎に面会して、

「実はここに居られるは、かく旅僧に姿をやつしておいでになるが、以前は信州上田の御城主真田左衛門尉幸村公である」と、聞いて清十郎は吃驚仰天(びっくりぎょうてん)、

「ハハッ……道理で御人品といい、尋常の御僧ではないと思っておりました。それにしても真田の御大将様が手前のような宅へ御尊来下さいましたのは……」

「イヤ、その不審はもっとも……われ仔細あって四国路を漫遊いたし、この度当所へ参りしところ、城下の入口にてしかじかかくかくの話を聞き、キットわが家来の筧十蔵、金ケ崎栄次郎の両人と存じ、ワザワザまかり越したのであるが、はたしてそれに相違ないか」

「ハイ、決して間違いはござりませぬ」

「ヨーシ。しからば予が助け出してやる。ついては役人の惨酷により食物に苦しんでいるよし。今夜両人に何か馳走を与えてやりたいとぞんずるから、その用意をいたしてくれ」

「ヘエ。それは承知しておりまするが、なにぶんにも持ち込めないので……」

「その義は心配するな。これなるは予の家来、猿飛佐助と申す忍術遣いだから、忍び込むくらいの事は雑作もない」

「ヘーン……御大将には便利な御家来があって結構でござります。それでは只今すぐにこしらえまする」と早々握り飯と馳走をこしらえ、佐助に渡した。そこで佐助は身支度におよび、ヒラリ表へ飛び出し、瞬くうちに牢内へ忍び込み、ジーッと容子を窺っていると、

「アア苦しい……コラッ牢番ッ……干し殺すなどとは卑怯千万なり。殺すならひと思いに殺せ。コラッ、馬鹿者ッ、はやく殺さんか」と怒鳴り立てているが、牢番の奴らは耳に蛸、そしらぬ顔をしている。

「ハッハ……意気地のないことを言うな。しっかりせいしっかりせい」

「何をぬかすぞッ。ここへ来い。摑み殺してやるから……」

「ハッハ……寛、金ケ崎、騒ぐな騒ぐな」

「オヤッ……俺の名を呼ぶ奴は誰だ」

「フム……こりゃ妙だ……」

「オイオイ俺だ俺だ。俺の声か分らんか」

「フム……オオそういう声は猿飛か」

「オオそうだ」

「エエッ……猿飛か。よく来てくれた。しかしどこにいるのだ」

「ここに居るここに居る」

「姿を現わせ姿を現わせ。して御大将はどうした」

「実はこうこう……サアこれを食って気をたしかに持て……そんな大きな声を出すな」と、言うかと思うと、牢の中へ大きな風呂敷包が、バラリと落ちた。

「ヤア、ありがたいありがたい」と、両人は嬉し涙をハラハラと溢(こぼ)して、

「サア猿飛。貴様はどこに居るかしらんが、腹さえ太ればこんな牢の一つや二つくらいはなんでもない」

「イヤ、そんな乱暴なことをしてはいかん。今に助け出すから安心しておれ。俺はこのまま帰るぞ」と、佐助はそのまま清十郎の宅へ立ちかえり、幸村に委細を言上すると、

「ウム、ヨシヨシ。無事であるのが何より……明日は助けてやろう」と、その夜主従は丁重なる饗応を受けて寝につき、翌朝幸村は佐助を連れて高知城を差してまいり、今しも大手の門をズイと入ろうとすると、警護の役人バラバラと立ち現われ、

「ヤイ坊主。勝手に御門を通らんとは何事だ。汝らのくる場所ではない。下がれッ」と、頭から怒鳴りつけた。幸村はニッコリして、

「コラッ……番卒。我は真田左衛門尉幸村であるぞッ」

「エエッ……さては大軍師真田幸村御大将……知らぬこととは申しながら失礼いたしました。何とぞお許しを……してこの度は何ん等の御用向き……」

「イヤ、山内土佐殿に対面いたしたく推参(すいさん)いたした。すみやかに取り次いでくれよ」

「ハッ。承知仕る」と、番卒は驚いて、奥の方へ飛んで入った。

九　祈禱呪いをすれば造作もない

城主山内土佐守(とさのかみ)はこれを聞いて、

「ナニ。真田幸村殿が参りしとな……丁重に取り扱い、これへ……」

「ハッ……」と、答えて大勢の家来は門前まで出迎え、幸村主従は悠々(ゆうゆう)城内の黒書院へ通られた。ここで土佐守との対面、

「イヨー珍しや真田どの。久々の対面、その許にも御壮健で祝着(しゅくちゃく)にぞんずる……」

「イヤ御同様でござる」

「して幸村殿には以前に変わりし僧侶の姿。いったい如何なされたので……また本日は何用あって参られしぞ」

「されば、拙者今回四国漫遊の目的は余の儀にあらず。土佐どのにも御承知のとおり、関ヶ原の一戦に不覚を取り、その後は紀州高野山の麓九度山に閑居まかりありしところ、今にも関東関西手ぎれ相なる模様。その時は内大臣秀頼公にお味方申す筈の諸大名、多く徳川家へ随身なし、今家康の勢いは破竹の如く、おいたわしきは秀頼公……よって太閤恩顧(たいこうおんこ)の大名を語らわんと、かく姿をやつし廻国いたしおる次第。なにとぞ土佐どのも、スワ合戦と相ならば、真っ先に大阪へお味方願わしゅうぞんずる」

「いかにもその儀は承知いたした」

「イヤ。早速の御承引忝(かたじけ)ない。時に土佐どの。今一つ申しあげたきことがござる」

と、老臣孕石の奸計（かんけい）、その他政治むきにつき、手に取るが如くに申し述べた。土佐守は大いに愕かれ、

「まことに真田どの、土佐赤面仕る（つかまつる）」と、あって直ちに家老孕石に切腹仰せつけ、まったそれぞれ処分におよぶ、十蔵、金ケ崎の両人を出牢させ、幸村に引き渡した。

幸村は土佐守の潔白なる処置に感じ、一礼述べて城内を立ち出で、清十郎の宅へ戻り来って、一伍一什の話をすると、清十郎の悦びはいかばかり……幸村主従を大切にした。

「時に清十郎、この十蔵の父の仇梅谷勇之進、まった毒婦絹と言えるもの、女ながらも碁を三段打つというもの。もしや当地へまいっておりはせぬか」

「アッ……惜しいことをなされました。この間まで参っておりましたが、今はこの地を立って、なんでも志州（ししゅう）の菜切（なき）りに行っているとの噂でござります」

「ナニ。はや当地にはいないのか。しからばこれより志州へのり込まん。十蔵、金ケ崎。その方ら両人はわれらより先に参ったがよかろう」

「ハイ」

「しかし余り行くさきざきで荒（あ）ばれんようにせよ」

「ハッ……承知いたしました」と両人は早くも身支度におよび、即刻志州を差して乗りこんだ。その翌日になると、幸村主従も清十郎に別れを告げ、高知を出立してだん

だん土佐を廻り平城村というところまでくると、志州菜切へ出る船があるとの事。主従はこれ幸いとそれへ乗りこみ、次第次第に沖合に出で、船は順風に帆を孕ませ、矢を射るが如く走っていたが、今しも紀州の潮の岬という所までさしかかると、一天にわかに掻き曇り、黒雲漲り渡ったと見る間に、忽ち暴風サッと吹き来たり、怒濤天を蔽い、あたかも屏風を立てたるが如く、船は木葉に等しく、キリキリ舞いあがり揺りおろされ、今にも覆えらんばかりの有様でござります。

　こうなってくると、戦場にあっては百万の大軍を物の数ともせぬ幸村主従も、船の中ではどうすることも出来ず、いずれも生きた心は少しもなく、船はとうとう転覆してしまい、乗合客はみるみる浪に渫われ、行衛も知れぬ。

　しかるに、幸いにも幸村は古座という所の漁師周三というものの船に救いあげられ、いろいろ介抱の末、ようよう息ふき返した。

「オオ御出家じゃねえ……なんでもいいなんでもいい、お気がつきましたかい」

　衣は着ているが、いつしか頭巾は脱げてどこへかなくなり、長い髪の毛があるので、御出家ともなんとも言わず、妙な顔をしていた。

「イヤ、どうもありがたい。厚く礼を申す……」と、大いに悦び、それより周三の宅へ引き取られて体の養生をしているが、なにしろいったん溺死にしたのであるから、どうも体の具合がよくない。ただブラブラとその日を暮らしていた。

「モシ旦那さま。この先に河井の温泉というのがありますが、マアそこへ行ってしばらく入湯をして、ユックリ養生をして見なせえ」と、親切に言ってくれるので、また も頭巾を作ってもらい、スッポリ頭から冠って、相も変わらず旅僧となって河井の温泉にきて入湯していると、浴客は辺り構わぬ高話。

「ヤア三左衛門さん。下田原の松右衛門はえらい災難にかかったじゃありませんか」

「エエそうですとも……気の毒なことじゃ。しかし捨てる神があればまた助ける神もあるとやら……正直な人はまた助けてくれるものがありますよ」

「ヘエ。誰か助けた人があるんですか」

「エエ……ありますともありますとも。この頃評判の四国行脚の佐助という人。あの人が呪いをして助けたのですよ」

「ハハア。それはありがたいことですな」と話しているのを聴いた幸村は、

「フフム……さては佐助は水死したと思っていたが、なお存命とみえる……今の四国の佐助というのは猿飛に違いない。あいつまた例の忍術で人目を晦まし、妙なことをやっていると見える。一つ参って逢ってみよう」と、一週間ばかり入湯していると、体も大分快くなったから、ひとまず古座の周三の家へ立ちかえり、厚く礼を述べて出立。ただちに下田原へさしてやって来た。

ところが浴客の話していた下田原の松右衛門という者が、いかなる災難を受けた

かというと、押方村(おしかたむら)の利三郎(りざぶろう)というものから、百両の金を借りる時に、庄屋喜左衛(きざえ)門(もん)が証人で証文を入れた。すると庄屋と利三郎が共謀し、百の字の上に五の字を書き入れ、期限になって五百両の金の催促したが、もとより百両より借りた覚えはないと、松右衛門は言い張ったが、肝腎証人の庄屋がイエこれは五百両であったと言いたて、とうとう正直な松右衛門は負けとなり、五百両の金を支払わねばならぬことに相なりました。しかしなかなか漁師の身で、五百両の大金が容易に出来そうなことがない。ついに親族一同をよび寄せ、いろいろ相談におよんでいた。ところがこの松右衛門の宅で養生しているのが、過日の難船で海中の藻屑(もくず)とならんとした猿飛佐助でござります。

フトこの事を立ち聞きして、一番恩返しをしてやろうと、そこへ出て来て、

「ヘエ、皆さん御免……」

「オオお客人。とんだことをお耳に入れて……」

「委細は残らず次の間で聞きました。手前は四国の行者で、そんなことを祈禱呪(まじな)いをすれば造作はない」

「モシ、戯談(じょうだん)じゃござりませんぜ。五百両の金を返すのが、祈禱や呪いで済むものですか」

「ところが済むから妙だ……」

「ヘーン……そんなことが出来ますか。出来るなら一つやって見て下さいまし」

「よろしい。明日にもなったら庄屋と利三郎が謝罪に来る……」

「ヘエー。そんなうまいことがお呪いで出来ますか」

「いかにも出来る」

「それではなにぶんにもお願い申します」

「イヤ、承知した」と、佐助は受け合って自分の部屋へ戻ってきた。間もなくその日の暮方になると、

「松右衛門どの。ちょっとそこまで行って来ます」

「オオ行者さん、どこへ行きなさる」

「この辺に山がありますか」

「ヘエ。山は高いのでも低いのでも沢山あります」

「その山に大師堂はあるまいか」

「大師様のお堂の見えるのは、この左に見えるお山です」

「イヤ、かたじけない。これからそこへ行って祈禱呪いをして来る」と言い捨てて、プイッと表の方へ立ち出でた。あとで一同は、

「どうも奇妙なことを言う人だが、どんな呪いをするのであろう」と、みなみな不思議がっておりました。

一〇　大師の御利益は尊いものじゃ

その夜の八つ時分に佐助はブラリ戻ってきて、

「サア松右衛門どの。呪いはキット利目がある。安心して寝るがよい。明朝は必ず庄屋と利三郎が金をもって謝罪にくる」

「ヘエ。大きにありがとうぞんじまするる」と、一同喜んで寝についた。しかるにちょうど夜の明け方表の戸をトントンと叩き、

「松右衛門さん、ちょっと開けて下さい。押方村の喜左衛門じゃ」と、しきりに呼び立てる。

「ヘイ、今開けます」と、松右衛門は起きあがって、戸を引きあけ、

「サアお入りなさい」

「どうも松右衛門さん。済まんことをした。許して下され。利三郎も心得違いをしたと、大きに後悔、こうして同道で謝罪(あやまり)にきた。それはお前さんの入れた証文。実は五の字を書き入れて五百両と直したのじゃ。証文はお返しする。また貸した百両の金も入らん。ここに十両持ってきた。いろいろ心配かけた入れ直しに取って置いて貰いたい。これで勘弁して下され。どうも悪いことは出来ない。お大師さまのお罰が恐ろし

い」と、平あやまりに謝罪っている。松右衛門は何が何やらサッパリ分らず不思議に思い、

「イエ、訳さえ分ればよろしゅうございます。この百両は戻します。十両の金も貰う訳には参りません」

「イエイエ。百両の金を受け取ると、お大師様の罰が当ります。どうか十両の金も納めて下され」と、無理矢理に納めさせて、二人とも青くなって立ち帰ってしまった。後に松右衛門いよいよ不審が晴れず、しかし夢ではないかと大いに悦び、

「モシ、行者さん。いったいどんなお咀ないをして下さったか知りませんが、貴君の仰る通り、今かようかよう、二人謝罪にきました。どうも妙ですな……」

「イエ、何んにも妙なことはない。弘法大師の御利益は尊いものじゃ」

「しかし行者さん。こういう利目があれば病人でも御祈禱で治りましょう」

「治るとも治るとも。どんなことでも信心の徳によって出来んということはない」

「ヘエ、そうでございますか。ありがたいことで……」と、これから松右衛門はただちにこの事を村中へ触れ廻った。

サアそうすると村中の者は大騒ぎ。ゾロゾロ参詣人が出てまいり、

「私は三年越の眼病でございますが、どうか御祈禱を……」

「私は中風で跛でございますが、どうぞ……」と、近郷近在、それからそれへと聞き

伝えて、ゾロゾロ病人をかつぎ込んで来る。松右衛門は表の方へ荒筵（あらむしろ）を敷き、行者佐助をそこへ座らせ、前に賽銭箱（さいせんばこ）を置き線香を立て、自分もともに信心なし、大勢の参詣人が周囲を取り巻き、

「南無大師遍照金剛、南無大師遍照金剛、オンアボキャ、ベイロシャノ、マカモダラ、マンハンドマジンバラハラハリタヤウン……」と、一心不乱に光明真言を唱えお賽銭をバラバラ投げつける。投げるのもよいが、佐助の頭を目がけて投げるのであるから、佐助は頭が痛くてたまらない。しかし痛いなどとは言うことも出来ずに困っている。おまけに線香の煙で目も鼻も開いていることが出来ない。

　しかしこれは欲得でするのではない。いわば一時の山が当ったようなもので、だいたい猿飛が忍術をもって非道の庄屋と利三郎とを威しつけたから、証文と金を戻してきたという評判がパッと広がったので、こういう騒ぎになったのでござります。

　この噂を河井の温泉で聞いた真田幸村は、なんでもこれは猿飛に違いないと、下田原へ来て見ると、はたして多くの参詣人が手を合して拝んでいる。幸村は群集の後ろから伸びあがって覗きこみ、

「イヨー、佐助が澄ましこんで座っているわい……」と、人押しわけてズイッと入りこみ、

「ヤア佐助ではないか」と、声かけられた。

佐助はヒイッと見あげると、これなん主君の幸村でござりますから、アッと驚き、バラリ下へ飛びおり、両手を支えて頭をさげ、「ハハッ……」と平伏した。これを眺めて多くの参詣人は、

「オヤッ……行者さんが平伏しているが、ではこれはキット弘法大師様に違いあるまい。南無大師遍照金剛……」いずれも珠数をもみ立てもみ立て、幸村の周囲を押っとり巻き光明真言を繰返し繰返し一心不乱に祈り立てた。

幸村主従は可笑しくってたまらない。マサカ笑う訳にいかず、いい加減にその場を胡魔化し、その夜は松右衛門の家へ一泊なし、主従は互いにその無事なるを打ち喜び、夜と共に語り明かした。なにしろいつまでかかる所へ永居する用もないので、その夜のうちに下田原を出立なし、上田原よりだんだんと道を急ぎ、色川村から那智の観音に詣で、大雲峠、小雲峠の難所を通り、車明神から湯の峰、熊野本宮から九里八丁、音無川を下って、今しも新宮河原へ差しかかると、彼方の方でワアワアと言う大勢の鬨の声、

「佐助、何んだろう」

「ちょっと見て参りましょう」と、佐助は身軽に駈け出したが、やがて戻って参り、

「ハイ、御大将申しあげます。今日この河原で小屋がけの興行があり、見物同士の間違いから、武士と坊主が戦っている容子でござります」

「フム、そうか。何ものか見届けてやろう」と、その場を差して乗りこんできた。ところがこの河原へこの度茶番狂言の興行があって、見物人はギッシリ一杯詰め込んでおります。そこへひときわ目立った立派な若夫婦が至極仲睦まじく見物している。これは熊野河田村(くまのかわたむら)の大庄屋田中惣次郎(たなかそうじろう)、女は鶴屋(つるや)という料理屋の仲居。東国でいう女中であったお品(しな)という女、しかしこのお品というのは、以前結城宰相(ゆうきさいしょう)の家来後藤兵衛(ごとうひょうえ)の娘で、兵衛は関ヶ原合戦で主家は断絶、その身は浪人となり、妻と娘をつれで処々方々と、うろついているうちに、兵衛は病死なし、親子は廻りまわってこの新宮へきたが、親子は至極貧乏に暮らしていると、近所の人の勧めによって、娘お品は鶴屋という料理屋へ奉公したがお品は天性の美人。その上愛嬌があるので、鶴屋の家はにわかに大繁昌をした。

しかるに新宮の町に道場を開き、新宮左馬之助(しんぐうさまのすけ)の家中へ武術指南をいたしている竹下一龍齋(たけしたいちりゅうさい)、以前は上杉家の浪人であった剣客者が、フトこのお品を見染め、いろいろ口説きたてたが、お品には既に大庄屋の田中惣次郎という、深く言い交した男があって、どうしても一龍齋の心には従わない。

しかし此方はナカナカ思い切らず、どうかしてお品を手に入れたいものと、しきりに心を悩ましている矢さき、この興行場へ両人(ふたり)が夫婦然として仲よく見物にきているのを見て、腹が立ってたまらず、ついに難題を持ちかけて喧嘩を惣次郎に吹っかけた。それを見兼ねて見物の中から、ヌッと飛び出した一人の大入道。

「ヤア待った。たかの知れた土百姓を捕らえて、喧嘩を吹っかけるとは卑怯であろう。愚僧がその者に代って相手になるぞ」と、大手を広げて仁王立ちに突立った。ところがまたもや見物人の中から大兵肥満の一人の武士。

「ヤアヤア坊主、待て待て。その勝負は俺にくれ」

「黙れッ。俺が先きに飛び出したから先約だ。貴様はそこで見物しておれ」

「エイッ……先約も後約もあるか。貴様にこの勝負をやられては、俺の一分が立たん。しいて勝負がしたいなら乃公と貴様と先へ勝負してどっちか一方片付いた上で、向こうの鼻ッたれ武士と勝負をするのだ。どうだ」

「オオ面白い。サア来いッ」と、互いに身構えをなし、アワヤ果たし合におよばんとした。見物人はこれを見て、

「オーイ喧嘩は脇へ飛んでしまった」

「ナーニ。一方はちょっと日延べで坊主と大男の喧嘩、どっちも強そうだ。オイ二人とも負けるな負けるな」

今は茶番どころでない。実演が見られると、一同ワイワイ騒ぎ立てていた。

一一　大儀ながら案内頼む

折りしも見物人の中から見た幸村主従、

「ヤア御大将。片方は金ケ崎栄次郎らしゅうございます」

「オオ金ケ崎じゃ金ケ崎じゃ。十蔵と両人(ふたり)を遣わしたが、まだこの辺でウロウロしているのか。オオ、片方の法師姿は、宮部熊太郎(みやべくまたろう)という名代の豪傑だ」

「ヘエ、あれが名代の宮部熊太郎という奴で……一つ金ケ崎に加勢して、宮部をやっ付けてやりましょうか」

「イヤイヤ、両虎相争う時は、一方は死し一方は傷つく。汝乗りこんで引け分けてやれ」

「ハッ……心得ました」と、猿飛はバラリその場へ躍り出で、「ヤア、双方待った待った。乃公(おれ)が挨拶する。待て待て」

「オオ貴様は猿飛か。して御大将はどうした」

「御大将はそこにお出でになる」

「オオこれは御大将でござりましたか。一別以来御壮健の体を拝し御目出度うぞんじます」

「オオその方も無事で結構結構」と、主従は話をしている。

「オーイ大男。乃公は因州鳥取(いんしゅうとっとり)の浪人、宮部熊太郎というものだが、汝が大将大将と、いうのは何ん人だ。姓名を聞きたい」

「ナニ、貴様が名代の宮部熊太郎か。乃公は大谷家の浪人金ヶ崎宗次郎である。まったそこにおいであるのは真田幸村御大将である」

「エエッ……さてはかねて父禅祥坊(ぜんしょうぼう)から御尊名を聴いていた、真田幸村御大将でござりましたか。ハハッ……」と、丁寧に一礼した。

「オオその方の父禅祥坊も、関ヶ原の一戦で不覚を取り気の毒千万。予もまた不運にして信州上田を立ち退き、当時紀州九度山に閑居なし、世の動静を窺っている。汝も徳川に恨みがあれば、今より予と共に大阪方へ味方せられよ」

「ハッ……委細承知仕りました」

ともに大阪方へ尽くすことを誓った。

幸村は宮部熊太郎の手の内を見たいと思われたので、

「ヤヨ熊太郎。この場の果たし合いは汝に申しつけるぞ」

「ハハッ……心得ました」

宮部は再びその場に躍り出で、

「サア竹下一龍斎とやら、ここへ出て来い。乃公が相手になってやるぞ」と、怒鳴り立てると、竹下も土地では相当に威張っているので、今さら引くに引かれず、

「オオ合点だ……坊主の分際で小癪な奴だ」と、これが相手は天下名題の豪傑、宮部

熊太郎とは知らないから、大刀の鞘払いにおよび、ヤッと一声ズバーリ斬りつけた。

「エエイッ……生意気なり」と、宮部もおなじくズラリ抜き放ち、上段下段丁々発止と、ややしばらくの間斬り結んでいるうちに、宮部は面倒とや思いけん、バラリ一足踏みこみ、エイッと大喝一声もろとも、ズバリ斬っておろした一刀過たず、竹下の真っ甲よりバラリずんと、唐竹割りに真ッ二つ。見物人はワアワアと鬨の声をあげた。折しも彼方の方より新宮の城主新宮左馬之助の家来の面々、各自に得物を振りかざし、ドッとばかりに四方から押ッ取り囲み、

「ヤア竹下先生の敵、覚悟せいッ」と、無二無三に斬ってかかった。心得たりと熊太郎、大刀振りかぶって前後左右に斬り払う。これを眺めて金ケ崎、猿飛の両人も手当り次第に摑んでは投げ、取っては投げ、バラバラバラッと人礫。幸村は大音を張りあげ、

「ヤア三人のもの、決して命を取るでないぞ。三手に分れてやッ付けい」と、いちいち下知に及んでいられる。サアこうなってはたとえ新宮家の者が総出になっても、叶いそうなことがござりません。三人ながらいずれも一方の大将を引き受けるという、一騎当千の豪傑ぞろい。下知を伝えているのが日本無双の大軍師真田幸村であるから、みるみるうちに新宮勢はドッと崩れ立ちワアワアと四方八方へ、蜘蛛の子を散らすが如くに逃げ散った。

この時幸村は、

「ヤアヤア新宮左馬之助の家来たしかに承われ、我はかく旅僧とはなっておれど、まことは以前信州上田の城主で真田左衛門尉幸村なり」と、呼ばわった声に新宮の家来の面々、アッと驚き、

「ヤヤッ……叶わん筈だ。真田幸村御大将の軍配だ。これでは何百人あっても勝てるものではない」と、家来一同その場へバッタリ平伏して、

「これはこれは、真田幸村大将でござりましたか。存ぜぬこととは言いながら、無礼のだんだんお許し下されたし……。何とぞこれより新宮城まで御光来下されたし……我我御案内仕りまする」と、三拝九拝におよんだ。

「ウム。しからばせっかくの勧め。左馬之助殿へも久々の対面、大儀ながら案内頼む」とあって、それより一同に案内せられて新宮城へ登城、左馬之助に対面。互いに久闊の挨拶終って後、

「なにとぞ関東関西手切れの際は、豊臣家へお味方下されたし」

「いかにも承知仕った。決して御心配なきよう……」と、快く承諾いたされ、幸村は堅く約束を結んで、いろいろ四方八方の話をした上、再会を約して当地を発足した。

この時幸村は、

「その方らは一足先きへ、志州菜切へ乗りこみ、筧十蔵の様子を探れ。予は佐助を連

れて後から参るであろう」

「ハハッ……畏まりました」と、ただちに出立した。その幸村主従はその辺の地理、人情等を調べながら志州へのり込んだ。その当時志州鳥羽は三万六千石九鬼長門守の居城の地、梅谷勇之進および毒婦お絹の両人は、井伊家の家老木股土佐より添書を貰って、九鬼家の家老野村吉左衛門の屋敷へきて滞在していた。筧十蔵は早くも知って、願書を差し出して仇討を願い出でたが、吉左衛門は遂に両人の者を密かに逃がし、何処までもさるものは居ないと言い張った。

十蔵はたしかに居た筈であるにと、大いに残念がったがどうすることも出来ず、思案にくれているところへ宮部、金ケ崎の両豪傑がのり込んで来て、これを聞いて大いに怒り、三人で九鬼家へ荒ばれこまんとしたところへ、幸村主従が乗りこみ、いろいろ三人をなだめ、この上はなんでも敵の奴らを欺すにかぎると、ここで二手に分れ、幸村主従は三人に別れ、志州路より勢州路に出で、いつしか東海道筋に出で、なんでも関東方の動静を窺ってやろうと、主従は大胆にもだんだんと江戸を差して下った。

途中別に変わった話もなく、早くも府中の城下へ乗りこんでまいり、駿河屋藤兵衛という宿に泊りこんだ。佐助は例の忍術をもって、彼方此方の様子を探ってみると、明日は浮島原で大御所公が調練を御覧になるとの事、

「フム。それは面白かろう。では一つ見物にまいろう」と、翌朝主従は浮島ヶ原をさ

して出かけた。さしも広い原には竹の大矢来を構え、大勢の群集はズッシリ詰めかけている。東正面一段高きところには桟敷を設け、丸の内に軸なし葵の定紋つけた幔幕を張り廻らし、床几に悠然と腰打ちかけているのは、これぞ大御所徳川家康公でござります。側には酒井、榊原、井伊、本多の四天王をはじめ、御譜代の十八松平、あるいは旗本の勇士豪傑、ズラリ綺羅星の如く居流れている。その有様は実に堂々たる態でござりました。左翼の大将は南光坊天海僧正、右翼の大将は大久保彦左衛門忠教、左右に千人宛の軍卒を従え、鉄砲組、槍組、弓組と備えを立てて双方に打ち向かう。正面には太鼓櫓を構え、あるいは陣鐘をかけ、法螺貝方は法螺貝構え、時刻の来たるを今や遅しと待ち受け、矢来の外には雲霞の如き見物人、十重二十重に押し重なり、鳴りを静めて見物していた。

一二　縛を解き裏口から追っ払え

幸村主従は大勢の中に交って、ジッと見ていられたが、そのうちに時刻が来たとみえ、相図の太鼓がドンドンドンと鳴り渡り、貝方はブーブーと吹き鳴らすと、左翼右翼の南光坊、大久保彦左衛門はいずれも馬上にあって、サッと采配を打ち振ると、左右の千人がズーッと備えを立てた。左翼の備えが鶴翼の備え、右翼が魚鱗の備え、こ

の有様を見ていた佐助は密かに幸村に打ちむかい、

「御大将、あの備えはなんという備えでございます」

「ウム。あれか。左が鶴翼、右が魚鱗だ」

「ヘエーいろいろ軍法があるものですな。しかし大将、どうせあの家康という奴は、今に関西大阪方に兵を差しむけるに違いない。今のうちに亡ぼしてしまうがよろしゅうございましょう。私が得意の忍術で一つ……」

「コリャコリャ佐助。詰らぬことを言うものではない」と、密かに制して、なお軍陣の様を説明しておられた。そのうちに調練も済み、家康公は家来を引き連れ、浮島本城へ引きあげられた。幸村主従も十分見物して宿へ立ち帰った。


誰気づくまじと思っていたが、早くも幸村の姿を見たものがある。諸大名または旗本連中はそれぞれお目通しして御挨拶を申しあげる。戦目付初鹿野河内守（いくさめつけはつかのかわちのかみ）が御目通へ出で、

「ハッ……恐れながら申しあげます」

「オオ河内か。何事じゃ」

「ハッ……今日お催しの軍馬調練、戦場で馴しめのお稽古につき、数万の見物人拝見いたしておりましたるその中に、怪しの出家一人、自分の供に何か頻（しき）りに批評をしているのをちょっと承わり、何ものならんかと、その者の後をつけさせますると、府中

の町の駿河屋藤兵衛方に入るのを見届け、宿帳には田真雪村と記してあり、田真とは真田の逆読み、雪村とは幸村のことで、以前信州上田の城主真田左衛門尉幸村に相違ございませんから、決して御油断なきよう……」と、言上におよんだ。

家康公はことのほか、真田親子を恐れているから大いに愕かれ、

「ナニ、幸村が入りこみいると申すか。そは捨て置くことは相ならん。予が天下に恐れるものは彼よりほかにはない。誰か一命を抛って幸村の宿へ忍びこみ、密かに討ち取るものはないか。首尾よく仕終うせたものには三千石与えるぞ」と、言いながら一座を見廻されたが、誰れあって幸村を討ち取って、来ようというものはございませんでしたが、末座に控えていた旗本の一人、渡邊半蔵というものズカズカと進み出で、

「ハッ、恐れながら申しあげ奉ります。この大役なにとぞ拙者に仰せつけられたく、身命を抛ち、わが君のために必ずや幸村を討ち取って御覧に入れまする」

「ウム半蔵か。よくぞ申した。しからばこれなる村正の短刀、これを遣わすから首尾よく討ち取って参れ」

「ハハッ……畏まってございます」と、半蔵はお目通を退き、わが屋敷へ立ち帰り、夜に入るを待ち受け、いとも身軽に扮たち、かれこれ子の刻時分に屋敷を立ち出で、府中の町へ一目散駈つけてまいり、駿河屋の裏口へ窺い寄り、なんなく高塀乗り越えて庭前へ忍びこみ、ようよう幸村の居間を見つけ出し、

「オオそうだ。不意に斬りこんで遣ろうか、イヤ待て待て。相手は日本一の大軍師。その上無双（むそう）の豪傑。ウッカリ斬りこんで仕損じたら一大事。彼ら主従の寝入るのを待ちうけて、忍びこむのに限る」と、木影に隠れて、時刻の来るを待っていた。そのうちに刻一刻と時は過ぎて行く。時分はよしと抜足差足、ノソリノソリ立ち寄りました。

此方幸村は今しも睡（ねむ）りにつこうとした時、頃はちょうど秋のはじめ、今まで庭前でジージーと鳴いていた虫の音が、パッタリ止んだ。幸村はジーッと耳傾け、

「ハテナ……今まで鳴いていた虫の音が、にわかにその音をとめるとは合点がいかぬこと……ハハアさては庭前に曲者が忍び入ったるよな。フム……」

ただちに次の間に寝ている佐助を密かに呼んだ。

此方猿飛佐助は甲賀流忍術の大名人であるから、夜でも犬猫のように目が見え一丁四方針の落ちた音でも聞き逭さぬという便利者。先刻からはやくも人の忍んでくるような足音を聞きつけていた。しかしこん度は一人旅や朋輩連れとは違い、大将のお供であるから、何事も幸村の命がないと飛び出さなかったが、今しも呼ばれたのでさっそく来ると、幸村は何やら佐助の耳許で囁き、

「よいか、決して殺してはならんぞ」

「ハッ、承知いたしました」

「決して抜かるな」

さすがは幸村公だ。泰然自若として蚊帳の中で睡りにつかれた。此方半蔵は廊下を入って居間近く忍びより、ソーッと内らの容子を窺うと、はやグウグウと鼾の声が聞こえるので、

「ウム。占めた占めた。ヨシッ、今夜こそ真田幸村の命数もつきた時節が来たわい」と、ハヤる心を押し静め、障子に手をかけ音せぬように、スーッと開き、よくよくみると座敷内には蚊帳が吊ってある。

「フム……この内に寝ているのが幸村に違いない」と、村正の一刀を鞘払いにおよび、アワヤ蚊帳の釣手をきり落さんとした途端、こはそも如何に何者とも知れず、顔をツルリ逆撫でにした。さすがの半蔵もハッと愕いて、辺りを見まわしたが誰も居ない。もとより猿飛が姿を隠して悪戯をしているのであるから、気のつきそうなことはない。

「ハテナ。これは不思議だ。気の故かしらん……」

再び釣手に手をかけようとすると、グイッと鼻柱を捻じあげた。

「イタッ」とジロジロ辺りを見まわした。「これはいよいよ妙だ。何者が悪戯をするのか知らん……」

心を取り直して、切り落とそうとすると、こん度は髷をグイグイ引っ張る。

「ウワーッ……コリャイヨイヨ妙だ……ハハア……この家には狐狸でも住んでいる

とみえるな。エエイッ……かかる大役を受けていながら、狐狸ぐらいに邪魔をされて堪るかッ。イデこの度こそは」と、勇気をはげまし、切って落とさんとすると、イキナリ半蔵の首筋ムンズと引っ掴んだと思うと、ヤッと一声、庭前へ投げ出され、アッと愕き起き上がらんとするところをグイッと押えつけられ、声を出すことが出来ないので無言のまま、刎ね返さんとしたが、いつしかグルグル巻きに縛しあげられ身動きすることさえ出来なかった。

「ヤヨ佐助。引っ捕らえたるか」と、言う声が聞こえると、自分の側に一人の武士の姿がアリアリと現われいでた。半蔵はハッと驚いていると、

「ハッ、ただいま曲者は召し捕りましてござります」

「ウム、しからばその者をここへ引け」

「ハッ……」と、答えて猿飛は縛しあげた曲者を縁側へ引き据えると、幸村は手燭(てしょく)片手に進みより、

「コリャ、その方は何者か知らねど、察するところ大御所公の命を受け、この幸村を害せんがため、刺客に入り込んだものであろう。一命を取る奴ではあるが、この度だけは許してやる。汝立ち帰り大御所公に申し伝えよ。この真田幸村はこれしきの事に命を取られるものではない。いずれ近々関東関西手切れとなれば、戦場で鉾を交え、腕ずくで幸村の首をあげたまえとすみやかに立ち帰って必ず申し述べよ。コレ佐助。

こいつの縛(いましめ)を解き、裏口より追っ払え」

「ハッ……畏まりました。ヤイ曲者。貴様らごときが百二百、束になって忍んできても御大将を討ち取るなどとは思いもよらぬことだ。俺は真田家の郎党で猿飛佐助というものだ。狐狸妖怪と思ったのは俺の悪戯……どうだ驚いたか。御大将の仰せ仕方がない。命だけは助けてやるから早々立ち帰れ」

縄を解いてブラリ提げノコノコ塀際まで来たり、外へドーンと投げ出しました。

一三　幸村の体はまだ少し入用だ

渡邊半蔵は苦もなく投げ出され、コロッコロッと転げ、思わずホッと一息吐いた。だいたいこの半蔵と言えば徳川家でも名代の家臣。性来の大力、かつ、槍を取っては向かうに敵なしと呼ばれたほど、旗本中では槍術の大名人。槍半蔵槍半蔵といわれたほどの豪傑だが、あたかも狐にでも摘まれたような有様。

「オヤオヤオヤ。これは叶わん筈だわい。猿飛佐助と言えば有名な忍術の大名人。あんな奴が居るとは少しも知らなかった」と、ほうほうの体で逃げ出し城内へ立ち帰り、夜中ではあるがすぐさま大御所公のお目通へ出で、しかしかかくかくと申し述べると、家康公も舌を巻いて驚かれ、

「アア実に恐るべきはあの幸村である。さりながらこのまま捨て置くときはあくまで関東方の難儀。ことに枕を高くして寝ることは出来ん。ぜひとも幸村を討ち取らねば相ならん……」と、ただちに旗本の中から鉄砲の名人と呼ばれた大本勘兵衛、亀岡佐市という二人の者を呼出して、

「いかに勘兵衛、佐市の両人。汝ら日頃の砲術をもって、真田幸村を途中につけ狙い、必ずや共に討ち取ってまいれ」

「ハッ……委細承知仕りました」と、両人はただちにお目通を下がり、屋敷へ立ち帰って姿を替え、種子島の短銃を懐中して、ひそかに幸村を付けねらった。

此方幸村はそれを知っているのか知らないのか。その翌日府中の町を出立して、ブラブラ東海道を関東差して下ったが、もとより少しの油断もない。ことに猿飛は始終幸村の側につき添うて、凄い目で辺りをギョロギョロねめ廻しながら歩いている。此方大本、亀岡の両人は旅商人の姿にかえております。幸村主従は悠々寛々として路を歩き、府中を立って江尻、興津、由井、蒲原の宿々を打ち過ぎて、その夜は吉原の宿に宿を取った。すると両人も従っておなじ宿へ入りこんだ。

幸村は佐助にむかい、

「佐助。油断はならぬぞ。府中を立ってこの吉原へ来るまでの間、怪しの二人の旅商人が後になり先きになり尾けて来るようだ」

「イヤ居りました居りました。そう仰ればあいつらは怪しの奴。ことによったら今夜でも忍び込もうとするのでござりましょう」

「ウム。こちらに油断があれば忍び込むかも知れん。しかし彼ら二人共刀を差しておらんところを見ると、懐中に種子島の短銃くらいを所持しているであろう」

「へエ……すると飛び道具をもって……よろしい、今夜彼らの居間へ忍び込み、鉄砲の火薬を水に湿し、役に立たないようにしておいて、一番計ってやりましょう」

「ハッハ……それも面白かろう」と、二人はそのまま平気でいた。

そのうちに早くも夜に入ると、佐助はいつの間にか大本、亀岡の居間へ忍びこみ、チャーンと弾薬に湿りをくれ、

「うむ、これでよいこれでよい。こうして置けば丸の飛んで来る気遣いなしだ。ハッハ……」と、冷笑いながら戻って参り、

「ハッ……申しあげます。煙硝は水で湿しておきましたから、いくら火蓋を切っても大丈夫でござります」

「ウム。それは大儀であった……」と幸村は床について寝てしまった。しかし忠義無頼の猿飛はナカナカ寝ない。夜具の中から首突き出し、目を光らして二人の来るのを待ち受けていた。そんなこととは露知らない両人は、互いに示し合せ、

「ウム。今夜こそ真田主従をただ一発の下に討ち取りくれん。いかに無双の軍師で

も、暗夜の礫は防ぎ難し。この飛道具さえあれば大丈夫……」と、両人は喜び勇み、宵のうちより見定めおいた幸村の居間を差して忍び寄り、ジッと耳を澄まして中の容子を窺うと、グウグウと鼾の声が聞こえる。首尾はよしと両人はソーッと障子を開き内等を覗くと、蚊帳を垂れてその中に誰か寝ている容子。

「オオ、これぞまさしく幸村であろう」と、ソロソロ窺い寄って釣手を外し始めた。

中では幸村先刻からチャーンと知っている。

「ハハアどうやら来たようだわい」と、ワザと寝た振りをして空鼾を掻いて、二人の容子をジーッと見ておられた。

　猿飛は次の間からこれを眺めて可笑しくってたまらない。今にも吹き出しそうなのをこらえ、

「馬鹿な奴だ。火薬の湿っているのも知らず、いくら力んだところで役に立つものか」と、瞬きもせずに眼張っているうちに、両人はソロソロ種子島の短銃を取り出し、幸村の胸板に狙いをつけ、バンと引金をきって放した。普通ならばズドーンと烈しき音がするが、火薬が湿っているから、シュッとなったきり丸が飛び出ない。

「オヤッ……コリャどうじゃ」と、再び慌てて引金を引いたが、さらに音もしない。

「オヤッ……コリャ妙だ……」と、あまりの事に茫然と立ちすくんでいた。時に佐助は盗んでおいた弾薬を、側の火鉢の中へサッと投げ込むと、パチパチ、シュッシュッ

と恐ろしき物音。

両人は吃驚仰天して、

「ウワーッ……こりゃ大変……仕損じたり」と、そのままドンドン逃げ出してしまった。

するとと宿屋のうちはにわかに大騒ぎを始めだし、亭主は早速幸村の部屋へ来たり、

「モシ、御出家様。どうかなさいましたか」

「オオ亭主か。宵に旅商人が二人泊ったであろう。あいつらが居間へ忍び込んだから、今ようよう追っ払ったところである」

「ヘエ、どうも吃驚しました。シカシどこもお怪我はございませんか」

「イヤイヤ安心してくれ。少しも怪我はない」

「マア、それは結構でございました」

それからは別に何事もなく、早くも夜は明け離れた。そこで幸村主従は吉原の宿を発足して、だんだんと道を急ぎ、道中名代の箱根の峠にさしかかった。

「佐助、この箱根山が危険だぞ。油断するなよ」

「また出ますか」

「いかにも……飛道具でわれわれを討ちとらんと、待ち構えている奴があるに違いない」

「どうも五月蝿い奴でござりますな」

「ナーニ、少しも恐れることはない。気をつけておれば大丈夫じゃ」と、主従は辺りに十分気を配りながら今しも峠で難所といわれた蛇腹峠(じゃばらとうげ)に差しかかってくると、はや日も西山に没して、前後左右は森々たる樹木がおい茂り、実に物凄(ものすご)き場所であったが、イキナリズドーンズドーンと轟きわたった二発の銃声、その途端に主従はバッタリ地上にぶッ倒れた。して遣(や)ったりと大本勘兵衛、亀岡佐市の両人、

「オイ亀岡、どうやら此ン度こそは一発で遣ッつけたらしいぞ」

「そうだそうだ。ウムウム唸ってるようだ……占めた占めた」と、両人は火縄を振って、ズカズカ幸村主従の側へ近寄り、今しも隠し持ったる短刀引き抜き、アワヤ主従の首を掻き落とさんとしたる一刹那。

幸村と佐助は猿臂(えんぴ)をのばして二人の足首引っ摑んで、グイッと引き倒した。不意を食(くら)った両人は、ドッとその場へぶっ倒れるところを、なんなくグイッと押えつけ、

「コラッ……関東の蛆虫(うじむし)ども。狸爺(たぬきおやじ)に頼まれて来たのであろう。この幸村の体はまだ少し入用だ。汝らごときものの手にかかって、一命を捨てては地獄へ参って閻魔(えんま)にむかって申し訳がない。家康は天下無双の名将と聞いているに卑怯にも一度ならず二度までも、刺客をもって我を討たんとは何事ぞッ。さりながら汝ら両人は忠義のためになせし仕業。命だけは助けてつかわす。立ち帰って幸村はかようかようと委細に申し

伝えろッ」と、ボーンと投げだすとゴロゴロと転がった。

「御大将、またこいつらを助けてやるのでござりますか」

「こんな蛆虫同様な奴の命を取るのも大人気ない。放してやれ放してやれ」

「ウム。命冥加な奴だ」と、三四間彼方へブーンと投げ飛ばした。

両人(ふたり)の奴はこれはとばかりに驚いて早々府中へ立ち帰り、早速家康公に委細を申しあげると、家康公はイヨイヨ驚かれ、ただちに密使を江戸将軍秀忠にむけ、幸村のことを逐一通知におよびました。

一四　小口から拳骨を食(くら)わしてやれ

此方真田幸村は小田原大磯(おだわらおおいそ)に泊りを重ね、なんなく江戸表(えどおもて)へ乗りこみ、宿をとって翌日大胆にも江戸の町を歩きまわりました。紅葉山千代田の城を場外より望み見て、「アア実に関東の隆盛は陽気充ち充ちている。ことにいよいよ日本国中の大小名中、太閤お取り立ての大名も少なくないが、いずれも徳川方へ随身なし、大阪はあってなきが如し。ただお悼(いた)わしきは内大臣秀頼公である。今に徳川豊臣手切れとなり、すわ合戦と相なるとも、とても武運つたなき大阪方、勝利の程も覚束なし」と、思わずホロリ落涙におよんだが、その後間もなく主従は江戸の地を発足なし、奥州路へと急ぎ、早くも野州路に入り、宇都宮の城下へ入りこみ、野州屋善助という宿屋へ泊りこんだ。

その当時宇都宮は奥平美作守忠昌公七万八千八百石の城下、太閤殿下取り立ての大名であるが、今では全く徳川方に心を傾けている。佐助は早くも城内へ忍び入り、城の要害なども大略取り調べて立ち帰り、幸村に申しあげる。それより主従は四方八方の話をしながら寝についた。

夜はだんだんと更けわたった。真夜中頃に幸村は便通を催し、佐助を起こすのも可愛想と、たった一人厠へ行かれ、用を足して廊下へ出られた。折しも陰暦十八日の月はこうこうと冴えて、庭の景色は手にとるようである。しばらく佇んで眺めていると、何やら塀の外で四五人のものがヒソヒソ語る声が聞こえた。

幸村は聞くともなく耳を傾けていると、

「それではいよいよ太田屋へは明日の晩、花嫁がくるんだな。やっぱり里は近江屋か」

「そうでござります。近江屋庄左衛門の娘お春って、ナカナカの別嬪でげすぜ」

「フム……そんなら輿入れがあって、床入りも済んだ頃に近江屋からだと言って、叩き起して押し込もう。その方が一番埒が早かろう」

「ヘエ。なんでもお頭はそういう段取りだそうですが、お春はなかなかの別嬪ですぜ。あんな別嬪を床入りを済ますまで、捨てて置くのはもったいない。小頭、これは途中でふん奪（だく）って、こっちで占めてゆうゆう太田屋へ押し込もうじゃありませんか」

「助倍（すけべい）なことを言うな。そんな娘の一人ぐらいに眼をつけて、肝腎の大仕事を遣り損っては詰らねえ。早く帰って兄貴と一つ相談しよう」と、ゾロゾロ帰りかけた。

「フム……さては婚礼のドサクサ紛れに、泥棒に押し入る相談をいたしおるな。不埒千万な奴だ」

「御大将、あいつらを引っ捕らえてやりましょうか」

「オオ佐助、聞いていたか」

「ハイ。今何やら怪しな相談をしておりますので、引っ捕らえてやろうかと、ここまで参りまするところ、御大将がお在でになりましたので……」

「ウム。そうであったか。シカシあいつらを引っ捕らえても、まだ仲間がありそうな模様。こりゃ明朝容子を聞き、次第によっては太田屋という家へまいり、盗賊を引っ捕らえ、難儀を救うてやるといたそう」と、主従は何やら打ち合せて、部屋へ帰り、そのまま寝に就いたが、翌朝亭主をよんで委細を聞くと、城下の本町一丁目に太田屋清左衛門（せいざえもん）という呉服屋の金満家があって、一子清三郎（せいざぶろう）というのが、今日両替商近江屋庄左衛門の娘、お春というものを嫁に迎えるという大評判ということであった。

委細を聞いて幸村は、ただちに太田屋さしてやって来た。みると十八間間口（まぐち）の立派な店構え。今日は店も休みと見え、半分は大戸がおりて、丸に立花の紋の幕がズーッと引き廻してある。

「ハハアここだな。佐助、その方は姿を隠しておれ。予が甘く掛けあうから……」

「ハイ、心得ました」と、言うと、佐助の姿はパッと消えた。

「許せ」と、ズイと入った。

「ヘイ、いらっしゃいまし」と、言ったが、坊主が飛び込んできたので、そこに居合せた番頭、小僧三四人は妙な顔をしていたが、「御出家さま。何か御用でござりますか」

「当家の主人、あるいは番頭がおればちょっと会いたい」

　小僧らは横柄な坊主が来やアがった、今日はめでたい若旦那の婚礼の日に坊主とは縁儀がわるいと、互いに顔見合せ、一人の年嵩らしい小僧が、

「ヘエ、今日は少し取り込みがござりますので、旦那も番頭さんも手が離されません。お気の毒でござりますが、どうかお出直しなすって……」

「とり込みというのは倅の婚礼であろう。私は見らるる通り、諸国修業の旅僧であるが、はからずこの家の前を通りかかると、この家の棟に不吉の相が漂うている。せっかくの祝い事に、もしもの事があっては気の毒と、思ってやって来たのだが、主人も番頭も居らねば仕方がない。シカシこのままに済ますと、大変なことが起るぞよ」

と、言われて番頭久吉、こいついよいよ婚礼をつけこみ、金を強請に来たのに違いな

いと、わずかの金を紙に包んで小僧に持たせて追っ払おうとした。

「へエ、御出家。これはホンの少々ではござりますが、どうか今日はお帰りが願いとうござります」と、紙に包んだ金を差した。これを眺めた幸村公は、

「控えい。私しは決して物貰いでないぞ。無礼な事をいたすと……それ小口から拳骨を一ツずつ食わしてやれ」と、言われると、姿を隠していた佐助は心得たりと、ボイと飛びあがって、そこに居る五六人の若者の頭をボカボカと食わした。

「痛い……」

「痛い……」

「ヤア妙な坊主が来おったぞ」と、奥の方へ飛びこんでこの事を番頭や主人に訴える。この家の主人清左衛門というのは、いたって信心深い慈悲心の深い男であるから、

「コレコレ、皆騒ぐことはない。私が行って会ってみましょう」と、店の方へ出てまいり、「コレハコレハ。御出家さまで……私が当家の主人清左衛門というものでござりますが、ただいまは小僧共が失礼いたしたそうで……どうかお許し下さいまするよう……」

「オオその方が主人公であったか。イヤ愚僧はかかる風体はいたしているが、決して物貰いではない。しかるに小僧どもが詰らぬ真似をしたから、一寸懲してやったのだ」

「時に何やら当家に不吉の雲が漂うていると、仰りましたそうですが、それはどういう訳でございます」

「イヤ、それは外(ほか)でもない。運気を見るところ、剣難盗難の相が見える」

「へエ剣難……盗難……それは大変……」

「イヤ、驚くことはない。今夜愚僧を一宿させてくれれば、その悪気を払って進ぜる」

清左衛門はつくづく幸村公の風体を見ると、なんとなく威ある相貌(そうぼう)。これはなんでも豪(えら)い坊さんに違いないと、一室に通して丁重に取り扱う。

「決して心配することはない。ここには構わず婚礼の儀式を遣るがよい。愚僧がここで悪気払いの詛(まじ)ないをしてやる」と、言われて一同は大悦び。ところへ早くも近江屋方から荷物がくる、嫁が来るというので、太田屋は上を下への大騒動。

そのうちに儀式は始まる。三々九度の盃も済んで、新夫婦は一間へ退き、後は一同大酒宴。飲めや唄えとさんざめき、夜ふけて親戚客人はボツボツかえり始め、店の者らもたらふく飲み食いして、そこここにぶっ倒れてグウグウと寝込んでしまった。

一五　容赦なくぶち斬れぶち斬れ

夜は次第次第に更けわたり、もはや丑満刻(うしみつどき)と思う頃、表戸をドンドンドンと破れるように叩くものがある。

「モンモン、一寸お開けなすって」

ドンドンドン。頭の上で叩かれては、いかに寝坊の小僧でも起きる。

「ヘエー、どなたで……用があるなら明日お出でなすって下さい……」

「ええちょっとお開けなすって……近江屋さんからまいりましたが、旦那がちょっとお忘れ物をなすったので……」

近江屋と聞いて小僧も驚き、

「えッ……近江屋さんでございますか。ただいま開けます」と、一人の小僧が起きて戸をガラリ引き開けると、ゾロゾロと入り込んできた異様の扮たちの男十五六人。

「ヒエーッ……」と、声を立てようとすると、

「静かにしろ。声をあげたらぶち斬るぞッ」

「それッ。片っ端から縛りあげろ」

「合点だ」と、その辺に寝ている十五六人の店の者をドーンと蹴あげ、アッと驚く奴を小口からグルグル巻きにし、その間に大勢の奴らはドンドン奥の部屋へ乗りこんだ。

早くもそれと知った猿飛佐助。表へまわり、

「ヤアヤア盗賊ども。よくも押し入ったるよな。片ッ端から引導渡してやるから覚悟せい」と、言うかと思うと、入口の二三人キャッと叫んで、血まみれとなってぶッ倒

れた。

「ヤアどこの野郎だ。俺達の邪魔さらす奴は……」と、見まわすと、後ろの方に当って猿飛佐助は突立っている。

「ヤアこの野郎……」と、五六人の奴ら勢込(いきおい)んで斬りつけたが、トテも叶いそうなことはござりません。みるみるうちにバッタバッタとぶち斬られる。

「オオ佐助。遣りおるか。遠慮は入らん。容赦なく打ち斬れ打ち斬れ」

「心得ました」と、手当り次第に斫(き)ってまわる。

「叶わんぞ叶わんぞ」と、入口の方には佐助が荒(あ)ばれているので、奥の方へ駈込む。今しも奥の間では盗賊の張本鬼神権右衛門(おにかみごんえもん)、頭立ちたる奴十五六人引き連れ、主人清左衛門夫婦を縛りあげ、

「ヤア亭主。俺様は鬼神権右衛門だ。サアグズグズ言わず、在金(ありがね)スッカリ出してしまえ」

　清左衛門はブルブル震えあがり、

「ここに四五十両ござります。ドドどうぞこれで御勘弁を……」

「エエイッ、そんな端(はし)た金は入らん。纏(まと)まった金を出せ出せ」

「纏まった金と言えば、あちらの蔵の中でござります」

「ヨシッ案内せい」

「ヘイヘイ」と、清左衛門はブルブル震えながら、先へ立って案内しようとすると、

「アイヤ主人、案内するにはおよばぬ」と、言いながら、ズイッと入ったのは真田幸村。盗賊らはヒョイとみると坊主であるから、

「なんだ、貴様は坊主ではないか。どこから出て来おった。貴様らの口出しするところではない。引っこんでいろ。サア亭主案内せい」

「イヤ、小泥棒。他人の物を盗ろうなどとは心得違い。サア改心して早く帰れ帰れ。グズしているとためにならぬぞ」

「ぬかすな糞坊主……それッ早く縛りあげてしまえ」

「合点だッ……ヤイ蛸、こうしてやるぞ」と摑みかからんとすると、姿を隠して側にいる猿飛佐助、いきなり横ッ面をピシャーリ打ち殴ると、

「痛い……」と、叫んで、ドスーンとぶッ倒れた。ところへ手下の奴らは、ドヤドヤと逃げこんでまいり、「頭（かしら）……タタ大変だ大変だ。オヤッ……ズボ蛸ここにいやアがるな。頭こいつが邪魔しやアがって、しかじか大変な騒ぎだ……」

「ウム。この坊主が……生意気な野郎だ……ぶち斬ってしまえッ」と、鬼神権右衛門はじめ一同の奴ら、ズラリズラリ抜き連れて、幸村を押っとり囲んで斫ってかからんとすると、辺りの燈火（ともしび）は突然ジーッと薄暗くなった。同時に居合せた十七八人の奴は太刀を持ったまんま、キリキリ舞い出した。

「ウワー……ココこりゃどうじゃどうじゃ」

　佐助の忍術にかかって、裏庭の方へドシドシ出て行く。清左衛門夫婦は呆れ返って見ている。

「サア主人。これから面白い魔法を見せてやる。サア早く店のものらの縛を解いてやるがよい」と、夫婦の縛を解いてやる。清左衛門大喜び。だんだんに店の者の縛も解いてやった。清左衛門はただちに離れ座敷へ行くと、倅は縛られていたが、花嫁お春の姿が見えない。聞けば今泥棒どもにかつぎ去られたとの事。コリャどうしたらよかろうと心配していた。

「イヤイヤ心配することはない。佐助」

「ハッ……」

「花嫁がかつぎ去られたそうであるから、ちょっと一走り参って助けて取らせい」

「ハハッ。よろしゅうござります。ただいまここへ戻して御覧に入れます」と、口中に何やら唱えて九字を切った。清左衛門はじめ、一同はどうなることと心配していると、やがてワッショイワッショイと言う大勢の掛け声。それがだんだんと近づいてきた。人々もその方へ耳を立てると、間もなく十二三人の盗賊ども、お春を引っかついでドシドシ立ち帰って参り、

「それッ、早く逃げろ逃げろ。ワッショワッショ」と、かつぎながら、おなじく裏庭

へ駈けこみ、以前の奴らとワアワア騒ぎながら、グルグル池の周囲を廻っている。

「ホホオ……やりおったな……これから佐助、どうなる」

「ハイ、捨て置きますれば、このまま倒れるまで駈けだしております」

「フム……いかにも妙不思議じゃ。では早くこいつらを縛りあげてしまえ」

「ハイ、畏まりました。コレ誰か荒縄を持って来てくれるように……」

「ヘイヘイ。承知いたしました」と、番頭や手代はどこからか、荒縄を沢山出してきた。佐助は幾本かの縄をとって、パッと投げると、たちまち無数の蛇に変じて、ヌルヌル泥棒の足許から這い上がった。

「ウワー蛇だ蛇だ」

「こりゃどうじゃ。この蛇はどうじゃ……クク苦しい苦しい。首へ巻きつきおった……」と、ワアワア騒ぎ立てるうちに、いずれもバタバタ大地にぶッ倒れて苦しがっている。

「ヤイ、木ッ葉泥棒め。よく見ろ。それは蛇ではない荒縄だ。どうだ。往生したかッ」と、言われて泥棒どもは、ハッと気がついてみると、体は荒縄でギリギリ巻きに縛られている。アッと驚いたが後の祭り。主人清左衛門は、この不思議な有様を眼前に見て、なんでもこの人達は、よほど豪い人に違いないと、ペコペコ礼を述べる。

「イヤイヤ、その礼にはおよばぬ。実は我らはこいつらの入るを知っていて、あの通り剣難盗難の相があると言って参ったのである」

「そうでございましたか。して貴君様の御名前はなんと仰せられまする」

「御無礼あるぞ。かかる姿をしておられるが、このお方こそ以前信州上田の御城主であった真田左衛門尉幸村公であるぞ」

「エエッ……真田のお殿様……」と、清左衛門は一間ばかり飛び退いて平伏した。

「俺は猿飛佐助というものだ。これで泥棒はことごとく召し捕ってやったから安心せい。誰れかはやく役所へ訴えてまいれ」

「ヘエヘエ」と、答えて一人の丁稚(でっち)は町役所を差して駈けつけた。主人は真田御大将と聞いて下へも置かぬ扱い、酒肴を出して饗応する。そのうちに夜はしらじらと明けわたり、奉行所よりは強賊鬼神権右衛門を召し捕ったと聞いてただちに乗りこみ、生捕り三十四人、死傷者二十一人あった。役人らは主人より真田幸村と聞いて大いに愕き、

「ハッ。これはこれは真田御大将でございましたか。私事(わたくしこと)は奉行下役小林三平(ぶぎょうしたやくこばやしさんぺい)と申すもの。この度はお蔭で強賊をお退治くだされありがとうぞんじまする」と、お礼を申しあげ、ただちに下役人を奉行所へ走らす。奉行山本小左衛門(やまもとこざえもん)は真田幸村が当地に来られたと聞き、ただちに城内へ知らせる。城主奥平(おくだいら)公は幸村がきておられると、久々で面会したし、無礼なきよう城内へ案内せいと老臣奥平将監(しょうげん)を迎いとして差し出し、

将監は馬上太田屋へ駆けつけ、幸村公に目通して主君の旨を伝え、幸村主従は案内につれられて宇都宮へ登城した。

一六　グズグズ騒ぐと引導わたすがどうだ

城内において久々で美作守と御対面、美作守はこの度の事について、いろいろ礼を述べられ、幸村は豊臣家のために尽くされるようと頼んだ。

「イヤ、太閤殿下の御恩は決して忘却はいたさぬが、当時大阪城内には佞臣蔓り、忠臣の言は容れられずとか。いかにもお手切れとなる節はぜひとも豊臣家に御加勢仕るが、どうか真田殿らのお計らいで悪人らを退けて戴きたい」

「それは拙者も大いに憂いているところ。いずれは執権片桐殿と相談いたす所存でござる」と、ついにその日は一日滞在。しばらくと引き止められる袖を払って宇都宮城下を発足した。

それよりだんだんと道を急いでやって来たのが、奥州安達郡二本松の城下。その当時二本松は丹羽左京太夫長秀の居城の地。この丹羽家は信長公の妹婿であった家柄で、秀吉公の恩顧を受けた丹羽五郎左衛門の子孫であるから、これを味方に語らわんと、幸村主従は城下手前の本宮までやってまいり、福島屋という宿屋に泊りこみ、湯

からあがって夕飯を済まし、床を敷かせて、今しも眠りにつこうとすると、俄に表の方がザワザワと騒がしくなったので、

「佐助」

「ハッ……」

「あれは何事じゃ。ちょっと行って見てまいれ」

「ハッ」と、言うと佐助の姿はパッと消えた。

今福島屋へ乗りこんで来たのは、土地の無頼漢、博奕打ちの親分で鬼瓦の三八というもの。この本宮の宿手前に高倉という所があって、そこに絹商人で下総屋喜助という金満家があった。その者の娘に当年十八才で、お光という美人があった。このお光は二本松の城下で出羽屋與兵衛という、丹羽家の御用達を勤めている者の倅與三郎とは許嫁の間柄でござりました。

ところが丹羽家の郡奉行鈴木利右衛門という人がお光の美貌に心をうちこみ、何でも彼でも我が物にしたいと手を廻したが、もとより前言ったような間柄で、喜助は少しも聞き入れず、断然謝絶して、娘をこのままここに置いては、どんなことが始まるかも知れないと、早速出羽屋へ縁づけてしまった。サアそうなると鈴木利右衛門は業を煮やして、にわかに鬼瓦の三八に命じ、仕返しせんと付け狙っている。そんなこととは知らず若夫婦は両人連れで親里へかえり、途中泊ったのが福島屋でござりま

す。これを聞きつけた三八は五七人の子分を従え、どしどし福島屋へ出かけてまいり、もっとも三八は目明かしを勤めているので大威張り。

「オオ福島屋」

「イヨー、これは鬼瓦の親分でござりますか」

「ウム。今夜手めえの家に二本松の町人、出羽屋與三郎夫婦が泊っているだろう」

「ヘエ、お泊りでござります」

「俺は少々その若夫婦に用事があって来たのだ。案内してくれ」

「ヘエ、こうお出でなされませ」と、亭主は案内して若夫婦の部屋へやってきた。

この時二人はちょうど差し向かいで、睦まじく食事をしようとしていたところ。

「オイ福島屋。すぐに酒肴の支度をしてくれ」と、言いながらズイッと部家へ入り、

「ヘエ、真っ平御免ねえ……私しゃ二本松で目明かしをしている、鬼瓦の三八という野郎でげすが、出羽屋の若旦那にお近づきを願いてえんで……」と、子分とともにドッカと座りこんだ。若夫婦は人相の悪い奴がゾロゾロ入ってきたので、アッと驚いたが、逃げる訳にもいかず、

「ヘヘエ。お初にお目にかかりまする……私が出羽屋與三郎と申します」と、言っているところへ酒肴を運んできた。

「サア、若旦那。一杯受けておくんなせえ」

「イエ、私はいたって不調法で……」

「オイオイ、酒は飲めねえでも盃ぐらいは受けられねえことはあるめえ。恥を掻かさなくってもいいよ」

「ではござりましょうが、私は少しも……」

「エエイッ……巫山戯たことをぬかすな。俺は多寡の知れた番太の頭……手めえは二本松切っての大金持ちだから、盃は受けられねえとぬかしやがるんだな。ヤイ野郎ども手めえ達も盃を差せ差せ」

「エエようがす……オイオイ若旦那。親分の差した盃が受けられねえかい。軽蔑しやアがるな……そんなことをぬかしやがったら、無理からでも飲ませるぞッ」と、無法に徳利をもってつめ寄せた。

「どうか御勘弁下さいませ……」

「御勘弁も四勘弁もねえ……それ野郎ども、両人をフン縛ってしまえ」

「ヘイ、合点だ……」と、五七人の子分バラバラと飛びかかって手込にしようとする。若夫婦は青くなって、

「アレお助け……」と、振りきって縁側伝いにドンドン逃げ出すと、子分もドシドシ追いかけ来り、今は二人も逃げ場を失い、横手の居間へパッと飛びこんで、

「どどうぞ、お助けの程を……」と、言ったきり、その場へヘタリこんだ。その居

間こそ余人の居間ではない、幸村と佐助の居間でござります。幸村は佐助に取り調べさせて容子は委しく知っているから、

「イヤ、よいよい。ただいま愚僧が助けてやる……心配することは少しもない」と、言っているところへ、バラバラと駈けこんで来た鬼瓦の三八はじめ子分の者。

「オイ坊主。その夫婦をこっちへ出せ。そいつにゃ此っちで言い分があるんだ」

「コリャ居間へ足踏みすることは相ならん。下がれッ」

「オヤッ……この糞坊主め、下がれなんて豪そうなことをぬかしやアがるな。邪魔しやアがると承知しねえぞ」

「ハッハ……グズグズ騒ぐと引導渡すがどうだ」

「ナニ。引導わたす……巫山戯たことをぬかしやアがるな。それッ野郎ども面倒だ。畳んでしまえ」

「合点だッ」と、子分の奴、大刀ズラリ抜き放ち、ドッとばかりに斬ってかかった。

「サア佐助。小口から片づけろ」ヒラリ体を捻ってドーンと突くとヒョロヒョロとする奴を、佐助は襟首引ッ摑んでブーンと投げつける。

「それッ、これは縛って置け」

「ハッ……」と、佐助は鬼瓦の三八をグルグルまきに縛りあげた。

「ヤア俺を縛りやがるな。俺は二本松の御城下で、目明かしの鬼瓦の三八というもの

だぞ」

「黙れ。目赤でも目黒でも悪いことをすれば縛ってやるのだ。ジタバタするな」とボカーリぶン殴った。大力無双の猿飛に殴られてはたまらない。

「痛い……」

「痛いのが判るか。まだ生きていると見えるな……マアマア辛抱しておれ」と、ドーンと庭前へ投げだした。ところへ亭主が入ってまいり、

「オヤオヤ、御出家。お前さんは途方もないことをなさいます……」

「マア驚くことはない。今この鬼瓦とやらが飲みかけた、肴酒(さかなさけ)をここへ持って来い」

「ヘイ、御出家は生臭いものをおあがりになりますか」

「さよう……愚僧は精進(しょうじん)は大の嫌いじゃ。早く持ってこい」と、言われて亭主は呆れ返り、次の間から酒肴をもって来た。

「イヤ、結構結構。サア出羽屋夫婦も佐助もここへ来い」

「ヤイヤイ坊主。俺が銭を出して誂(あつら)えた酒肴を、勝手に食うとは酷い奴だ……コン畜生ッ……」と、怒鳴りたてているのにもお構いなく、真田主従と出羽屋夫婦はしきりに酒くみ交しておりました。

一七　イザ一つ術比べにおよばん

早く逃げ出した子分の知らせによって、宿役人はドシドシのり込んでまいり、

「ヤイ坊主。目明かしを縛るとはどうだ。悪いことがあればナゼ宿役へなり郡奉行に申し出でぬぞ」

「ハッハ……田舎の役人はこれだから困る。実はこれなる鬼瓦の三八という奴は、しかじかかくかくの悪人だ。よって夫婦の難義を一寸助けたのである」

「それがいかん。悪いことがあらばナゼ郡奉行に届け出でぬ」

「その郡奉行が当にならん。よって愚僧が夜が明けたら、二本松の城下へまいり、丹羽家の目付か国家老へ届けるつもり……幸い宿役人が参った以上は、今書面を認めるから、丹羽家の目付へ届けてくれ」

役人も怪しな坊主だと思ったが仕方がない。手紙を受け取って丹羽家の目附役へ届け出でた。目附役人は宿役人より手紙を受け取って開いてみると、郡奉行の圧制、目明かし鬼瓦三八の悪事の始末を認め、名前は高野山の田真雪村と記してある。出家はもとより長袖の身、捨て置くことも出来ないので、この事を重役に届け出で、重役よりついに丹羽左京太夫殿に言上した。左京太夫は家老用人目附役を呼び出して、

「その方共田真雪村とは何ものであるか分らんが、文字で見ると、田真を逆さまになし、雪村の雪を幸と改めると、かねて関東より申し達しある高野山九度山に閑居いたす真田幸村、諸国を行脚の由聞きおよんでいる。これ必ず真田幸村に違いあるまい。明日は丁重にして二本松の城内へ迎えるがよかろう。決して無礼な待遇をいたしては相ならん」と、臣等一統に申し渡す。これによって丹羽家より係り役人福島屋へ出張いたし、幸村に面会して、

「拙者は丹羽左京太夫の家来でござる。貴僧はなにとぞ二本松城へ登城下されまするよう……」

「委細承知いたした。しかしこの者らは如何いたす」

「それは国法によって処分いたしますから、ご安心下されたし」と、言うので、幸村主従は役人の案内によって、二本松の城へ登城いたし、丹羽殿に対面におよばれ、

「如何に高野山の僧田真雪村とやら御身真実は以前信州上田の城主真田安房守昌幸公の次男左衛門尉幸村殿でござろう」

「さては丹羽殿には我を幸村と覚とられしか。いかにも仰せの通り幸村でござる」

「して幸村殿には、何故行脚姿で当地へ参られしぞ」

「されば、実はしかしかかくかく、御当家も豊臣恩顧の家柄なれば、今に関東関西手切れの節は、なにとぞ大阪へ味方下されたし……」

「イヤ、もっともなる仰せではあるが、心一致せざれば勝利覚束なし。今大阪には大野、織田の奸臣ども、淀君に取り入り、人もなげなる振る舞い多く、それがため諸国大名も大阪を見限り、関東へ随身いたすもの多し。これ時節なればぜひもなし。幸村殿、御推察下されたし……」と、言われて幸村も大いに嘆息なし、

「アア、情なきは淀殿……諸国大名に愛想をつかされるも、これ皆自業自得である」

と、思い諦めて、昨夜の一伍一什(いちぶしじゅう)を物語った。

「イヤ、幸村どの。まことに面目もござらん。キット改革仕る」と、ただちに郡奉行杉本利左衛門は家名改易の上切腹。鬼瓦三八は打ち首、子分の奴らは城下を追放ということに処分した。幸村主従はこれを見届けも、はや当地に用はないと、丹羽に別れを告げて、二本松の城内を出立いたされ、だんだん道を急ぎ、仙台城下に入りこみ、伊達政宗(だてまさむね)に対面の上、その胸中を糺(ただ)してみると、これまた淀君の不心得に愛想をつかし、

「我も豊臣家を見限る所存は毛頭ない。ただ淀君の不心得、これがため太閤恩顧の大名はみなみな徳川方へ随身。既に加藤、福島、浅野これらも大阪を見限っている。されば豊臣家はとうてい勝算思いもよらず、まことにお悼(いた)わしきは秀頼公である」と、言いながら、ホロリと落涙におよばれた。幸村もこれを聞いて、

「アア、いずれの大名も同じこと……イヤ政宗殿の仰せごもっとも千万。拙者とても

豊臣家の勝利は覚束なしとは存じおれど、義によって徳川方へ随身する訳にもまいらず、ただ豊臣家と存亡を共にいたす所存でござる」

「ウム忠なるかな、義なるかな。それ誰かある酒宴の用意いたせ」と、早速酒宴に移り、両将打ち解けて四方八方の話をしていたが、

「オオ真田殿。貴公の供に連れおられる猿飛佐助というのは、すこぶる忍術に巧みなる由、どうじゃ猿飛とやら一つ予に玄妙を見せてくれぬか」と、所望した。佐助はハヤこれまで十勇士の面々とこの辺を漫遊して、ことにこの仙台城下では荒ばれちらしたことがあって、政宗公も既にその妙術は知っているが、此度伊達家でも伊賀流の忍術遣い、阪田文平というものを召し抱えた。

もっとも以前は石川五右衛門の手下であったが、五右衛門処刑の後、この辺へ流れてきて、ついに片倉小十郎のために取って押えられ、その家臣同様になっていたが、近頃あらためて政宗公の直臣となり、政宗公はその技量を愛し、ことのほか重く用いていた。

根が盗賊上がりの文平、鳥なき里の蝙蝠で、主君の寵愛深いのを鼻にかけていたがなにしろ衆人のおよばぬ忍術を心得ているので、大いに威張り返っていた。その阪田文平と、猿飛佐助と忍術比べをさせようという政宗公の所存。ところがさすがは猿飛佐助、阪田という伊賀流の忍術遣いが、伊達家に居るということはチャーンと知って

いるが、何事も答えずに控えていると幸村は、

「ヤヨ佐助。伊達公の御所望じゃ。何か一手二手御覧に入れよ」

「ハッ……心得ました」と、快くお受けいたして、少しく膝を進ませ、何か口中に呪文を唱えると、その姿はパッと消えてしまった。

「フム……ナカナカ鮮かである。ヤヨ文平」

「ハッ……」

「その方も忍術家であるが、今猿飛がどこへまいったか判っているか」

「ハイ、そのくらいは判ります」

「ウム、しからばどこにいる」

「ハイ、姿を隠したばかりで、やはり以前の所に座っております。アレアレあの通りベロベロ舌を突き出しております」と、言っていると、佐助は姿を現わした。

「フム。猿飛、その方は舌をベロベロ出しておったか」

「ハイ、御意の通りでござります」

「しかし、ここにいる阪田文平の目に見えるから駄目であろう」

「それは多少とも忍術を習っておりますれば、そのくらいの事は判るであろうと存じます」

「しかし、ただ姿を隠したばかりではあまりに興が薄いではないか」

「ところが、生齧(なまか)じりにはよく判りますすまいが、その間にチャーンと術を行ってござります」

「ナニ、どんな術を行ったぞ」

「ハイ、忍術には裏の裏がござります。私が忍術をもって姿を隠し、ここに居ると見せかけて、実はその裏を行き、チャーンと仕事をするので……」

「いかなる仕事をいたした」

「ハイ、御前の小刀の小柄を御覧下さいまするよう……」と、言われて政宗公、御自分の小刀を御覧になると、柄のところに一つの紙撚(かみよ)りが結んである。

「フム……いつの間にこんなことを……イヤ、感心いたした」

ところが、阪田は猿飛に生齧じりと言われたのでグッと癪(しゃく)にさわり、

「イヤ、なるほど。猿飛殿のお手の内、天晴感心仕った。生齧じりなれど、拙者も少しはその道に心得あるもの。ぜひ一手手合せを願わん」と、太守に願い出る。政宗公も幸村に御相談になる。幸村も快く承知いたされた。

「ウム、しからば文平。その方猿飛と術比べにおよんでみよ」

「ハッ……心得ました。イデ生齧りの文平、イザ一つ術比べにおよばん」

「いかにも心得申した。サア御身より術を行われよ」

「オオ、合点だ」と、文平パラリ自分の詰所へ引きさがり、身支度して再び現われ、

縁側のところへ突立ち、口中に何やら唱えて九字を切ると、一疋の小鼠がチョロチョロと這い出でた。

一八　敵を槍術で雪ごうというのだな

政宗、幸村の両将始め伊達家の人々も、忍術の術比べというので、いずれも目を皿のようにジッと見詰ております。鼠はガサガサチュウチュウ佐助の周囲をウロウロ廻っていたが、今にも飛びかからんという勢い。佐助はグッと鼠を睨み付けながら、エイッと叫ぶと、一頭の大猫がいずこからともなく現われ出で、鼠をめがけて、ウム……と飛びかからんとした。同時に鼠はパッと消え失せ、文平は一生懸命に九字を切りパッと姿を隠し、どことよりともなくエイッと叫ぶ声とともに一箇の手裏剣がヒューと唸りを生じて、佐助の面上望んで飛んできた。心得たりと佐助は宙にハッシと受けとめ、庭前の松の木目がけて、ヤッと投げつけると樹上にあった文平は、手裏剣で袴の裾を松の木へ縫いつけられ、たちまち術は破れアリアリ姿を現わし、一心にもぎ放したと同時に木の上より、パッと飛びおりると、その姿はたちまち消え失せた。

佐助は立ち上がって九字を切ると、その姿はおなじく消えた。一同はどこへ行ったのであろうとキョロキョロ見まわると、彼方泉水の傍にあった四阿は、急にキリキリキリとまわり出したと思うと、たちまちバラバラとこわれ、中から文平ドッと転がり出た。時に此方松の木の上で、カラカラと笑う声。ヒョイと見ると、猿飛は松の木の枝に腰うちかけて、ニコニコ笑っていた。文平は二度三度も敗れを取り、

「己れッ」と、またも一心に九字を切り、この度は火遁(かとん)の術を行ったと見え、佐助の登っている松の木の下から、にわかに火炎燃あがり、だんだん上へ上へと火は移った。しかし佐助は逃げもせずに平気な顔で腰かけている。そのうちに火は佐助の袴の裾にも移り、みるみるうちに着物を焼き佐助は火炎に包まれた。生不動の如き有様。人々はアレヨアレヨという間に、佐助は泉水めがけてドブーンと落ち込んだが、少しも浮いて出て来ない。阪田は意気揚々として此方へ上がって来る。

「オオ文平、天晴天晴。して猿飛はどうしたな」

「ハイ。猿飛はたぶん、焼傷(やけど)でもいたし、お泉水からあがり兼ねると、相見えます。どうか若侍の方々、ちょっと見てやって下さるように……」

「アア、イヤイヤ、それにはおよばぬ。拙者はここに居る」と、言われてヒョッとみると、こはいかに。猿飛は以前の席にチャーンと座っている。これには一同アッと驚き、剛情我慢な文平も、

「イヤ、これは恐れ入った。トテも我我のおよぶところではござらぬ。先刻よりの失礼はどうかお許し下されまするよう……」と、詫(わ)び入った。

　政宗公も今更ながら佐助の妙術に痛く感心して、

「猿飛、その方はいつの間にそこへ帰ったるぞ。して怪我はいたさぬか」

「ハイ。阪田殿に火遁の術で焼き立てられ、泉水の中へ落ち込んだと見せたのが、すなわち裏の裏でござります。実はお庭の隅にあった一枚の菰、それが焼けましたので。一度は水の中へ飛び込みましたが、水遁の術でかく少しも濡れておりません」

と、聞いて一同はいよいよその妙術に感心してヤンヤンヤと賞めそやした。

　この文平もいたって器用な男。五遁の術はたいてい心得ているが、その頃あい甲賀流で猿飛佐助、伊賀流で霧隠れ才蔵と言えば忍術家中の大名人。ことに猿飛は忍術家をも欺く、裏の裏を心得ていたから、阪田の叶わないのも無理はござりません。しかしいたって勝気の伊達政宗公、苦もなく文平が負けたので残念でたまらない。どうかして当家の武勇を知らせたいと考え、これも近頃召し抱えた平瀬大八郎という、佐分利流の槍術家がいる。この者に手柄をさせたいと思召され、

「時に真田殿、かねて安房殿御在世の頃より承わっているが、貴殿は軍学はもとより槍術に秀でてあらるる由、ぜひ一手お見せ下さらぬか」

　幸村心中に、「ハハア、忍術で負けた敵を槍術で雪ごうというのだな」と、思われたが、断るのも武士の意地なきところと、「ハッハ……未熟ながらせっかくの御所望……どなたなりとも相手を願いたい」

「イヤ、早速の承知かたじけない。それッ」と、伊達家の指南平瀬大八郎に命令が下がる。大八郎心得で、一礼して立ち上がり、丹穂(たんぽ)つきの手槍を提げて立ち出で、

「拙者は平瀬大八郎と申すものでござりますが、なにとぞお手柔かに一手御教導願わしゅう存じまする」

「イヤ、承知いたした」と、双方立ち上がって試合におよんだ。なにしろ相手は日本無双の大軍師真田幸村。ことに天下三槍の随一劔ね槍の大名人。平瀬大八郎いかに腕前があっても、第一その威に打たれて打ちこむことも出来ず、一合もうち合さず、

「恐れ入りました」と槍を投げだしました。

　政宗公はことのほか感心いたされ、横手を打って興に入られたが、幸村はなお槍の術玄妙を現わして、伊達家の老臣勇士の輩に舌を巻いて驚かせ、その夜は城内へ一泊いたされ、その翌日政宗公に別れを告げ、

「いずれまた戦場でお目にかかるでござろう」と、青葉山城内を立ち出で、それより松島瑞巖寺鳶(まつしまずいがんじとび)の観世音、無量山(むりょうざん)を見物なし、ブラブラ歩いていると、向こうから筧十蔵が金ケ崎栄次郎に背負われて、スタスタやって来るのに出会った。両人は目ばやくも幸村主従を見付け、

「オオ御大将でござりますか。猿飛も無事か」

「ヤア、金ケ崎に十蔵ではないか。意外の対面である」

「して筧はどこか痛むのか」

「ウム、実はこうだ……御大将に伊勢路でお別れ申し、それより間もなく、北条家の浪人和久半左衛門に出会い、四人で飛騨の高山までまいり、ここで一騒動が持ちあがり、宮部と和久に別れて、俺と金ケ崎とは処々方々敵の在家を尋ねているうち、旅費がなくなって信州上田へ立ち帰り、以前出入の田中重兵衛というものに預けてある金子を受け取り、それより江戸に立ち出で、だんだんと水戸路へ乗りこみ、富山の薬屋に化ている商人に出会い、こいつに痺酒を飲ませられて金を盗まれ、身のまわりを売代なし、ようよう二本松の手前本宮宿までまいり、福島屋という宿屋へ泊り、ここで御大将や貴様の噂を聞き、お跡を慕うてこの仙台へ来る途中、はからず脚気を病み出して、一歩も歩くことが出来なくなり、已むを得ず金ケ崎に背負われて、仙台へ来て見ると、松島の方へ行かれたとのこと。ヤレ嬉しやとはるばるここまでまいったのである」と、一伍一什を物語った。幸村はこれを聞いて、

「フム。それはどうも難儀いたしたであろう。とにかく病気では仕方がない。ひとまずどこかに宿を取ろう」と、主従四人はうち連れて、伊達家の菩提所瑞巌寺へとやって来た幸村は田真雪村と名乗り、和尚雲栄禅師に面会を求めると、早伊達家から達しがまわっていたとみえ、はなはだ丁寧なる取扱い。幸村主従を奥の間へ通し、

「よくぞ、お越し下されました。どうぞ御緩りと御休息なされまするよう……」

「イヤ、かたじけない。時に禅師これなる家来筧十蔵と申すもの。途中にて脚気病にかかり、はなはだ難渋仕る。しばらく当寺へ御厄介に預かりたい」

「ハイ。よろしゅうござります。イヤ脚気とあれば御心配はござらん。愚僧が心得ている針をして進ぜよう」と、ここで禅師は十蔵の足へ針をした。

ところが不思議にもこれが利目があったと見え、両三日滞在しているうちに、スッカリと平癒してしまった。そまで幸村は和尚に厚く礼を述べ、主従四名は瑞巌寺を立ち、奥州南部へ差しかかり、だんだん山また山をやって来ると、どう道を踏み違えたものか、猿飛、筧、金ケ崎の三人は幸村に別れてしまった。

「オヤッ、御大将はどこへ行かれたのであろう」

「フム。困ったものだ」

「それより早く捜せ捜せ」と、三人は血眼(ちまなこ)になって彼方此方を捜していたが、さらにその行衛(ゆくえ)が知れない。此方幸村も無闇に山路に分け登り、

「ハテナ……三人とも、どこへ行ったのであろう」と、処々を尋ねながら次第に山奥へ入りこみ、行けども行けども人家はなし。早くも夜に入ってだんだんとふけ渡り、さすがの幸村も途方に暮れて、ゼヒなく一夜をそこに野宿と心を定め、傍の木根にもたれて、ウツラウツラとしていると、フーンと夜風が身に沁(し)み、辺りを見まわすといつの間に来たものか一人の大男が正面にスックと突立っております。

一九　蒟蒻の化物みたいな奴だ

たいていのものなら吃驚(びっくり)して腰でも抜かすところでござりますが、さすがは真田幸村公。少しも恐るる色もなく、ジーッと件の大男を御覧になると、髪はおどろに振り乱し、眼は爛々(らんらん)と光って人を射り、身の毛もよだつばかりの恐ろしき風体。幸村はニッコリ笑われて、

「ヤヨ、その方は何ものじゃ」

「ヤヨ、その方は何者じゃ」

「これは怪しからん」

「これは怪しからん」

「ハテ、こいつ不思議な奴じゃわい」

「ハテ、こいつ不思議な奴じゃわい」

「フフム……」

「フフム……」

「さてはこいつ、多年山中に住み、夕には雨霧を降らし、朝には風を起こす。世にいう山男の類だな……」

「さてはこいつ多年山中に住んで……」と、なおもおなじ事を繰り返しております。幸村は胸中におもうよう、「フム……こいつ、かえって抵抗すれば害をなすに相違ない」と、思ったので、枯木松柴を集め、それへ火を移して焚火をなし、暖まりながらクワッと両眼を見開き、ハッタと件の山男を睨み付けていると、イキナリボーンと何ものか音がすると、件の山男はキャッと叫んで、遥か彼方の方へ逃げ失せた。幸村はカラカラと打ち笑い、

「アッハ……やっぱり山男は山男じゃわい。栗の殻が破裂したのに驚いて逃げ出すとは面白い」と、ここに幸村は一夜を明かし、夜が明けると、恐れ山をだんだんに降り、とある在所へ辿りつき、一軒の百姓家の表から、

「頼む……愚僧は田真雪村と言えるものであるが、連れの者に離れ道に迷い、はなはだ難渋いたす。しばらく休ませて貰いたい」

「それはお困りでござりましょう。サアこちらへおあがり。何もないが麦飯はいかが」

「イヤ、千万かたじけない……」

幸村は上へあがって、食事を呼ばれていた。ところへ三人の者はようようここへまいり、幸村に出会って互いにその無事を祝し合い、

「して御大将には昨夜どこでお泊りになりました」

「ウム。世は恐れ山の山中で一夜を明かしたが、妙なものに出逢ったぞ」

「ナニ、妙なものとは、どんなものでござります」

「ウム。山男だ」

「フーン……どうかいたしましたか」

「ナニ、こっちから手向かいすれば害をすると思ったから、実はかようかようであった」

「ハッハ……栗の破裂の音に、愕いて逃げるとは面白い奴だ」と、互いに笑い興じていたが、やがてそこを立って奥州弘前津軽の城下へ乗りこまんと、ドシドシ道を急いで、今しも矢立峠の麓、碇ヶ岡村へやってきた。ちょうどもう日も暮方であったが、もとよりこの近辺は山間の僻地で、辺りは山また山を廻らしていた。主従は一軒の百姓家の表へ立ち、

「頼む……我我廻国修業の旅僧。どうか一夜の宿を願いたい」

「サアサ、お安い御用……だが御出家様、この矢立峠には恐ろしい山賊が立て籠っておりますから、いつ押しかけて来るかも判りません。それを御承知ならお泊りなされませ」

「ハハア、それはナカナカ物騒なところだ……しかし山賊ぐらいはチョイチョイ出てくる方が退屈まぎれでいいかも知れん」

「ジョジョ戯談言っちゃアいけません……」

「ハッ……マア厄介になるとしよう」と、主従四人はうちへ通り、食事を済まして、寝床へ入った。ところが幸村はどうしても寝られない。

「コレ佐助」

「ハイ」

「その方大儀だが、この山奥へ入りこみ、山賊というのはどういう素性の奴か、まった岩屋の容子をみてまいれ」

「ハッ……心得ました」と、猿飛はひそかに家を忍び出で、矢立峠の山奥差して分けのぼり、遥か向こうをみると、火がチラチラとみえる。それを目当にやってくると、はたして山賊の岩屋があった。もとより忍術の大名人。なんの苦もなく忍びこみ、山賊の張本を調べてみると、これぞ先年甲州天目山で亡びた武田家の浪人で、柿崎蔵人という豪傑。その他浮田、小西、大谷家の浪人、いずれも徳川家に恨みを懐く人物ばかりがここに集まり、味方を集めて奥州に旗あげをなし、関東へ攻めのぼろうという計画であった。あたかもその夜は張本柿崎蔵人が一味徒党の勇士を集めて大酒宴を開いていたが、

「アイヤ各々、われわれの主君は徳川家のために世をせばめられ、主家は断絶、一族郎党はチリヂリバラバラ、なにとぞこの無念を晴らさんと、申しあわせて当山に立て

こもり、味方を語らい軍用金を集めいよいよ軍備整うときは、まず手はじめ門出の血祭り。津軽南部を攻め落とし、勢に乗じて会津、仙台これらを片ッ端からうち悩まし、ただちに短兵急に江戸城を襲い、徳川天下を転覆なし、主君の御無念を晴らしたき年来の宿志、かく山賊の世渡りをいたすとも、決して罪なき町人百姓をイジめることは禁物だ。ただ武士の金を奪うばかり……しかしもはや軍用金もほとんど集まり、味方も百余名出来たから近々乗り出してはいかがでござる。まず各々の意見を承わりたい」

「イヤ、大将の意見もっとも千万。我我決して異存はござらん」と、しきりに評定をしていた始終の容子を残らず聞き取って、佐助は幸村に言われているので、別に悪戯もせず、そのまま急いで立ち帰り、残らず申しあげると、

「オオ、そうであったか。御苦労御苦労」

その夜は寝た。翌朝になると幸村は、三人を従えて矢立峠へ分けのぼり、ズンズン奥へ入りこむと、彼方の方に七八人の見張番らしい奴が居る。

「ヤア、御大将、居ります居ります」

「ウム、静かにしろ静かにしろ」と、そのまま素知らぬ顔をして通り過ぎようとすると、

「コラコラ出家。お前方はこの山中を知って通るのか、知らずに通るのか」

「始めて来たのだからなんにも知らん」

「フム、そうだろう。ここはお前方の通る場所ではない。いったいどこへ越すつもりだ」

「愚僧は山賊の岩屋へ行くつもりじゃ」

「エッ……なんだこいつ。怪しからんことをぬかす奴だ」

「岩屋へ行ってどうする」

「されば愚僧は、山賊どもを集め結構な経文を聞かせ、説教して改心させてやる」

「オヤッ、こいつ呑気なことを言う奴だ。ハハアさては南部か津軽の間者(かんじゃ)に違いない。それッ縛って、お頭の目通へ引ッ立てろ」

「オオ合点だ」と、突然三四人幸村に飛びかかってきた。すると三豪傑は、

「己れ無礼者めッ」と、今にも投げつけようとする奴を、

「コリャコリャ。お前方は何をする……サア縛るとも、なんとも勝手にしてくれ」

と、目顔で知らせる。

「ウム。いい覚悟だ。やい野郎ども。そんな大きな目を剝くなッ。馬鹿野郎めッ」

と、これが世にも恐ろしき、一騎当千の豪傑連中とは知らず、幸村始め三人を縛り、猿飛を縛らんとすると、グニャグニャとして縛ることが出来ない。

「オヤッ……こいつ妙な奴だ。グニャグニャ蒟蒻(こんにゃく)の化物みたいな奴だ」

「フム。縛りにくい。コン畜生ッ」と、手を振りあげて殴ろうとすると、その姿はスックと消えてしまった。

「オヤッ……こりゃ妙だ。今まで居たやつが居なくなるとは」

「フム……妙だな……なんでもこの坊主らは怪しい奴に違いない。早く引ったてろ引ったてろ」と、七八人の奴らは二人をグルグル巻きに縛りあげ、意気揚々と岩屋を差して立ち帰り、

「ヘエ、お頭(かしら)申しあげます」

「なんだ」

「ヘエ、われわれが見張しているところへ、こいつら二人ともう一人煙のような奴がやってきて、容子を聞くとどうやら怪しい奴にちがいないと思い、斯く引っ立ててまいりました」

「ヨシッ、ここへ引けッ……こら坊主。また二人のもの。全体汝等はいずれのものじゃ」

「愚僧は三界無庵。出家に家なし。何処のものとも分りません」

「こいつ妙なことを申す。してどこへ行くのだ」

「ここへ来たのだ。人の物を奪るような奴に意見をして遣ろうと思って……」

「黙れ、貴様らごとき腐れ坊主の意見に従って改心するような我我ではない。ことに

われわれは天下に大望を抱いているものだ。余計な心配せずと、放捨（ほうしゃ）とらす……早く下山しろ」

「ハッハ……」

「オヤッ、こいつ何が可笑しい。察するところ貴様達は近国大名の間者であろう。三人の者を松の木へ縛りつけい」

「ハッ……」と、答えて手下ども五六人、立ち寄ろうとすると、突然ボカボカという音がすると、

「痛い痛い」と、叫んでコロコロとぶッ倒れた。

「ヤアこいつ……怪しげな奴だ」

「ハッハ……怪しいこともなんにもない。今愚僧が念仏の威徳によって、この縄を解いて見せる。南無クシャ南無クシャ南無クシャ。一同の縄を解くように……」と、言いも終らず、幸村公はじめ二人の縄はブツブツと音を立てて切れてしまった。一同の奴らはアッと愕き、

「ウム。この怪しげな坊主。イデ俺が成敗してやるぞ」と、柿崎蔵人大刀押っ取り立ち上がろうとするところを、猿飛佐助は姿を隠してボカボカと続け打ち、

「ウワー何者だ……いよいよこの坊主、妙なことをやりおるなッ、覚悟せいッ」と、大刀の柄に手をかけたる一刹那。佐助は利腕引っ摑んで頭転倒を投げつけ、コロコロ

と転がる奴を十蔵がグイッと押えつけ、

「この野郎め、太い奴だッ」と、拳骨固めて殴りつけんとした時、

「コラコラ、待て待て」と、幸村は押し止め、「いかに武田家の浪人柿崎蔵人、かくいう予の顔を見忘れたるか。我こそは余人にあらず。武田家二十四将随一人、真田弾正守幸隆の孫、同苗安房守昌幸の次男左衛門尉幸村であるぞ」と聞いて柿崎は、エッと驚いてみると、紛う方なき真田幸村であるから、ハハッと平伏なし、

「ハハッ……これはこれは、お見外れ申しました。真田幸村御大将でござりましたか。無礼の段々平に御容赦下されまするよう……」と、平身低頭に及びました。

二〇　こん度の戦争は負けることなしだ

これを聞いて諸家の浪人ども、ゾロゾロ立ち出で、おなじく平伏した。

「御大将にはどうしてわれわれが、当山寨に居ることを御存じでござりますか」

「イヤ、実はしかじか斯様かようである」と、猿飛佐助が忍びこんだ事および諸国漫遊の目的を物語った上、

「だいたい、その方どもは血気の勇にはやり、当山に旗あげして奥羽列国を滅し、関東へ攻め上らんなどとは思いもよらぬこと。寡は衆に敵し難し。わずか百名ばかりで

何が出来るものではない。それより一時当山寨を引き払い、大阪へ入城するがよかろう。合戦の起こるも近々である」と、いろいろ説き聞かせると、一同は実にもっともと承知して、

「しからば仰せに従い、当地を立ち退くことといたしまする。して御大将はこれよりいずこへお越しでござりまする」

「ウム。予はこれより奥羽列国を廻り、その上信州より越後に出で、加能越の三ケ国を巡遊なし、中国九州をあまねく漫遊の上、味方を語らい紀州九度村に立ち帰り、一門郎党を従え、大阪へ入城の所存である」

「しからばわれわれは御大将より一足早く入城なし、御大将をお迎え申すでござろう」

「ウム、そういたすがよい」ここで例により片桐且元宛の一書を渡し、

「さて、一同に尋ねるが、ここにいる筧十蔵の父十兵衛というはしかじかかくかく、それがため行衛を捜しているのであるが、その勇之進の女房お絹と言えるものは、女ながら三段の碁打ちである。どこかへ心当りはないか」と、尋ねると、下手の方に控えていた大谷家の浪人、宮原嘉門(みやはらかもん)と言えるものが進み出で、

「御大将に申しあげます。ただいまお尋ねの梅谷勇之進、毒婦お絹と言えるものは、拙者先年越後より佐渡へ押し渡ったる節、金山奉行大久保石見守(かなやまぶぎょうおおくぼいわみのかみ)に召し抱えられ、夫

婦とも至極気楽に暮らしておりました」と、言うのを聞いた筧十蔵、天へも登る心地して、

「ナニッ、仇両人が佐渡ヶ島に居るとか。どうか御大将、一日も早く佐渡へ押し渡り、首尾よく仇を討ちとう存じまする」

「いかにも……仇は討たせてやるが、急いでは事を仕そんじる。万事は予に任して置け」

その夜は一同とともに盛なる酒宴を催し、快く飲み交し夜が明けると、柿崎はじめ浪人どもは岩屋を焼き払って、大阪表を差して急いだ。

幸村主従は矢立峠を立ち退き、道を転じて出羽(でわ)の地に入り、それより越後に出で、便船を求めて佐渡ヶ島へ押し渡り、船中で心やすくなった俠客鷲塚村(きょうかくわしづかむら)の徳蔵(とくぞう)の宅へまいり、ここにしばらく滞在していた。

「モシ、お武家さま。こんなに雪が降ってはどこへも行かれませんから、マアマアゆっくりとなさりませ……しかしお武家様方はいずれも強そうなお方ばかり。さだめしヤットーの方も御上手でござりましょうが、どうか私の家の若い奴らに教えてやっては下さりませんか」

「ウム習いたいと言えば教えてやる……しかしここへくる早々、雪に降りこめられて退屈で堪らん」

「どうかお願い申します」と、若者はどこからか稽古道具を借り出してまいり、十蔵、金ケ崎、猿飛の三人について毎日毎日エイヤッボンエイヤッボンと剣術を習っていた。この事が近所へ知れわたると、我も我もと出かけてまいり、にわかに道場が出来たような有様でござりました。

その間に幸村は佐助に命じて、金山奉行の容子を窺っていた。ある日のこと徳蔵は、

「さて、御出家はじめ先生方、不思議な御縁でこうしてお馴染みになりましたが、私も貴君方のお顔を見るのは今日が見納めだろうと思います。どうか済まねえことですが、出雲崎(いずもざき)か新潟(にいがた)の方へ御出立を願います。これはホンのわずかでござえやすが、餞別の印にお納め下せえまし」と、三十両の金を紙に包んで差し出した。幸村は眉をひそめ、

「フム、徳蔵。顔を見納めなどと妙なことを言うではないか。いったいどうしたのだ。話してみろ」

「ヘエ、この佐渡ヶ島に一揆が起こったのでござります」

「フム……一揆とは……」

「実はこうなんで……金山武奉行の大久保石見守という奴が、驕(おごり)増長しやアがって、下々から非道の運上(うんじょう)を取り立て、さんざん苦しめられるばかりか、この佐渡一円の大

金持ちの森屋仁左衛門様の家から、徳川将軍家の御用金などと言って、大層な金子を取り立てたのです。ところがそれが徳川家へ納まるかというとそうではなくって、自分の懐を肥やすという無茶を遣りやがるのが、こん度分ったため、佐渡一円の百姓どもが金山奉行所へ押し寄せ、奉行めを打ち殺し、同類の役人をヤッ付けようと申し合せたんです。だから私は常日頃からこんな商売、こんどは一つ皆のために一肌脱ぎ命を捨てようと言うんで……」と、勇ましく語り出した。

始終を聞いた四人は互いに顔見合せ、

「フム。悪いことをする奴だ。ヨーシ、これを幸い十蔵に仇を討たしてやろう」と、思われたので、「実は徳蔵、愚僧は田真雪村とは仮名で、本名は以前信州上田の城主真田左衛門尉幸村、ここにいるのが猿飛佐助、筧十蔵、金ケ崎栄次郎と申すものだ」

「エッ……ではあの……貴君さまは……あの真田御大将様で……」

「そうだ。この地へ渡ったのはこれなる十蔵の父の敵、梅谷勇之進女房お絹の両人が金山奉行の屋敷に居ると聞き、乗りこんできたのである。その方の話を聞けば捨て置く訳にはいかん。予が采配を取って下知を伝え、美事に大久保石見守を討ち取り、圧制役人を退治いたして遣わすぞ」

「へエ……御大将がお乗り出し下されば、これに越したことはござりません。ではどうか佐渡の裏山に西願寺というお寺がござります。そこへお集まりを願います」

「ヨシヨシ。しからばその方ひそかに村方へ通知いたし、重立ちたるものを、今宵の中に西願寺へ集めてくれ」

「ヘエ、畏まりました……じゃ若い奴らに御案内させましょう」

徳蔵は若いものに申しつけて、幸村主従を西願寺へ送っておき、自分は子分らを手分して、小田、松ヶ崎、赤泊、石宮とそれぞれ知らせてまわり、村々の百姓を駆り集めた。これを聞いた百姓どもは雀躍して大いに喜び、ドシドシ兵糧を運び出し、五十人百人と西願寺へ集まってくる。金満家森屋仁左衛門はこの事を聞いて、軍用金をいくらでも出そうと申し込んでくるという騒ぎ、百姓どもは大勇み、

「ヤア、こんどの戦争は負けることなしだ。なんと言っても、日本無双の軍師が控えてござるし、軍用金はドシドシ出る。あくまで金山奉行を遣ッつけなければならん」

と、老若男女の嫌いなく、雲霞の如くだんだんと押し寄せてきた。

二一　傍杖食っては馬鹿馬鹿しい

西願寺の本堂正面には総大将真田左衛門尉幸村、左には猿飛佐助、右には金ヶ崎栄次郎、筧十蔵の両人、威儀厳然と控えている。幸村は庭にワイワイ集まって来た百姓一同に打ちむかい、

「ヤアヤア百姓ども。金山奉行の圧制により、その方どもが一揆を起こし、奉行始め小役人を打ち取らんというのは道理である。しかし老人女子供は決してこの中へ加わることは相ならん。二十歳以上五十歳までの者は味方をして働くべし。ただいま攻め口の大将を定める。金山奉行攻め口の大将は筧十蔵、この手に従う同勢は二百人、右翼として金ケ崎栄次郎、この手も二百人、左翼遊軍として大将猿飛佐助、これまた二百人従えて打ち向かうべし。予は総大将になり本陣を定めねばならぬが、どこぞ要害よきところはないか」と、言われると、徳蔵は進み出で、

「御大将に申しあげます。この佐渡ヶ島の妙見山(みょうけんやま)というのは、いたって要害の地でござりますから、これを本陣になされましては如何でござります」

「ウム、しからば今宵のうちに立てこもろう」と、村々の百姓どもは筵旗を押し立て、「天に代って民を救う」という文字を筆太に認めたるを真っ先に押し立てて、ドシドシ妙見山に集まった。山には篝火(かがりび)を焚き、実に戦争にも等しき有様でござります。

「サア、これで手配りが出来た。まず手始めに金山奉行に押し寄せ、不意を打って勝を一挙に決すべし。また女子供の命を損うことは相ならん。金銀財宝を強奪するものは斫り捨てる。決して違背あるべからず」と厳然と言い渡した。すると百姓どもはますます悦び勇み、

「オイ、面白い戦いが出来るぞ。なんでも俺はあの悪代官の首を打ち刎ねてやるぞ」

「馬鹿言え、それは俺の役だぞ」

「ナーニ、俺がぶち斬るのだ」と、いずれも素晴らしい勢いであった。

頃は慶長十四年九月二十三日の亥刻、幸村はかねて相図の狼煙一発、ズドーンと轟かせると、

「それ押し出せッ」と、大将筧十蔵、この手に従う二百余人、われ真っ先きに筵旗押したて、各自に得物を提げて、金山奉行は大久保石見守の屋敷を差して正々堂々と押し出した。相並んで右翼の大将金ケ崎、この手に従う農民漁民二百人、おなじく左翼遊軍の将猿飛佐助、後陣控えの総大将真田幸村、おなじく堂々と乗り出す。

ところが金山役人どもは、かかる企てあることとは、夢にも知らず、今やグッスリ寝入りばなであったが、「それッ、者ども、進めッ」という号令に、無鉄砲の百姓どもは、

「ヤア、役所をぶッ潰せ」「日頃の恨み思い知れよ」と、得物得物を振りまわして、門戸、塀垣の嫌いなくドスーンドスーンガラガラ打ちこわし、みるみる表門を打ち崩し、ドッと鬨の声をあげて乱入した大将金ケ崎は、天地に轟く大音張りあげ、

「ヤアヤア金山奉行の木ッ葉役人ども、耳をさらってよっく聞け。汝ら日頃より大久保石見守の非道に組し、民百姓を苦しめるとは言語道断。よって天に代って誅戮(ちゅうりく)を加えるものなり。我と思わんものは来たって勝負を決せよ。寄手の大将金ケ崎栄次郎此

処にあり」と、呼ばわり呼ばわり、無二無三に突きこんだ。

イヤ愕いたのは役人ども。アッと言うと寝間より飛び出し、物の具に身を固める間もなく、得物得物をおっ取って、

「それッ、各々御油断召さるな」

「ナーニたかが百姓一揆……、何様のことやあらん」と、玄関差しておし出し、たちまち双方入り乱れて、チャンチャンバラバラ、大衝突がおっ始まった。ところへ筧の手のものも、エイエイとおし寄せ、ドッとばかりに乱入した。しかるに此方大久保石見守は、寝耳に水で少しも知らず、その夜毒婦お絹と枕をならべ寝ている時、にわかに起こるワアワアという鬨の声、フト目を覚ました石見守は、ガバッと跳ね起き、

「ハテ心得ぬ。かかる深夜におよんで非常の物音、ハハアさては百姓が一揆を起こし、不意におし寄せたりと覚えたり。ヤアヤア細谷（ほそたに）、四（し）の宮（みや）、梅津（うめづ）はおらぬか」

「ハッ……何事でござります」

「アレアレ、あの貝鉦太鼓の物音は、まさしく百姓一揆と思われる。早く用意いたし、烏合（うごう）の衆を打ち取れいッ」と下知を伝え、用人どもは声をあげて、その旨を触れまわった。

サア屋敷中は上を下への大騒動。さすがは大久保石見守、すばやく小具足（こぐそく）に身を固め、

「ヤアお絹、必ず愕くことはない。多寡（たか）の知れた土百姓ども。ただ一打ちに追っ払ってくれん。暫く奥の間に待っておれ」と言い捨て、家来引き連れ玄関差してバラバラッと駈け出した。後見送った毒婦お絹、ひそかに梅津勇三（ゆうぞう）の梅谷勇之進（ゆうのしん）を呼び寄せ、

「サア梅谷さん、大変な騒ぎになったよ。もとより妾等（わたし）は、百姓に恨まれる覚えはなし。鼻ッ垂れの奉行を欺き、肌を任してここに足を止めていたまでだから、命を落しては引き合ぬ。しばらく高見で見物して、風次第で逃げ出さねばなりません」

「いかにもお前の言う通り。あまり奉行が圧制だから、それを怒って一揆を起こしたに違いない。傍杖食っては馬鹿馬鹿しい」と、両人はしきりに手段を廻らしていた。

　しかるに寛十蔵は、玄関先に突立て大音声、

「ヤアヤア、金山奉行大久保石見守、汝強欲非道にも愚民を欺き、金銭を捲きあげるとは不埒至極。天に代って奸賊（かんぞく）を誅す。出会え出会え」と呼ばわりながら、下知を伝えてのり込んだ。百姓どもはワアワアと鬨の声をあげ、手当り次第に戸障子襖の嫌いなく、メリメリバリバリとうち破り、無茶苦茶に荒ばれまわった。この体見るより石見守は、

「己（おの）れ土百姓の分際で、生意気千万なり。それ討ち取れ」と、腹心の郎党を左右に従え、ドッとばかりに討って出で、互いに入り乱れて争った。

十蔵はもとより仇討ちが目当てであるから、父の敵梅谷勇之進、毒婦お絹の両人はいずこにおるかと、前後に気を配っているが、さらにそれらしき者が見当たらない。ところが後陣にある総大将真田幸村は、この体を見て、遊軍の将猿飛を側近く招き、

「いかに佐助、かく双方進撃している以上は、まず戦いは大勝利であるが、十蔵の仇梅谷勇之進、毒婦お絹を取り逃がしては一大事。よってその方石見守の屋敷へ乗り込み、ひそかに両人の居間を見付け、十蔵に知らせて、早くも年来の恨みを遂げさすべし」

「ハッ……、心得ました」と、佐助はひそかに奥庭へ忍び入り、彼方此方を捜していると、はたして邸内奥庭前、遥かに設けた亭座敷、障子に写る男女の姿。佐助は早くも忍び寄り、ジッと内部の容子を窺った。それとも知らず内部では、

「サア梅谷様、はやく逃げる支度をなさいよ。しょせんこの容子では百姓どもの勢強く、永居をしていたらば、必ず命を取らるるは必定。よって足許の明るいうちに、逃げるが肝腎だよ」

「オオ、いかにも合点承知……」と両人は、手早く身支度して逃げ出そうとしている。この容子を委しく調べて、佐助は此方へ立ち帰り、幸村へ知らせる。

幸村十蔵に伝えさせる。佐助は心得て、此方石見守の表門の方へきたり、

「オイオイ筧、貴様が年来尋ねる父の敵梅谷夫婦の奴ら、当屋敷の奥庭の亭座敷に、

逃げ支度をしている。俺がここを引き受けたから、貴様は早く奥へ乗りこめッ」

「ウム、では猿飛頼むぞ」と、そのまま大刀提げ、奥庭差して駈けつけると両人はやくも裏口から逃げ出そうとするところ。それを見た十蔵は、

「ヤア、それに居るは梅谷勇之進女房お絹の両人であろう。我こそは真田家の郎党筧十蔵なり。よもや忘れはいたすまい。慶長五年九月中旬、関ヶ原の大合戦の際、汝ら両人申し合わし、父十兵衛を味方討ちして立ち退いた覚えがあろう。サア尋常に勝負いたせッ」と、ハッタとばかりに睨みつけた。

一三一　それ勝鬨の声をあげろあげろ

この時梅谷は、逃げるに逃げられず、

「オオ珍しや筧十蔵。いかにも汝の父の十兵衛を、味方討ちして立ち退いたり。イデヤこの上は返り討ちにいたしてくれん。覚悟いたせッ」と言うよりはやく、腰なる大刀ズラリ引き抜き、

「お絹ぬかるな」

「アイヨ、梅谷さん。はやくこいつを遣ってしまいよ」と、お絹もおなじく帯の間に差していた懐剣引き抜き、キッと身構えた。

「オオ来いッ」と、十蔵二人相手に斬り合った。なんといっても十蔵は十勇士の一人。ヤッと一声叫ぶと同時に、なんなく勇之進の肩口より乳の下かけて、バッサリ斬りこんだ。何条堪まるべき、アッと一声よろよろと、よろめくところを、またも二の刀、横腹へザクーリ斬りつけると、ドッとその場にぶッ倒れた。

「己れ、毒婦お絹め」と、真っ甲より斬りつけんとすると、お絹はトテも叶わじと思ったか、持ったる懐剣（かいけん）を、ハッシと十蔵の面上目がけて投げつけ、タッタ……と足に任して逃出した。

「己れ毒婦、遁してなるものかッ」と、十蔵はドッと追いかける。お絹も一生懸命の場合、樹木の間を彼方（あなた）此方へ潜り抜け、はやくも裏門より逃れ出で、佐渡の裏山、馬の背というところへ逃れ出した。

頃しも三月十五日、月は皓々（こうこう）と冴えわたり、お絹の姿はアリアリと見える。向かうは名高き馬の背の大海。峨々（がが）たる岩石が海を臨んで出ている。毒婦お絹はようようとその岩の上まで逃れて来たが、もう遁れるところは、この大海より外にはない。この時お絹は決心して、しょせん助からぬわが命。この大海に身を投じ、運よくば命の助からんことはあるまいと、大胆不敵にも、その逆巻く波間へ身を躍らして、ドブーンとばかりに飛び込んだ。

後へつづいて十蔵が、今岩の上へ来たって見ると、その下は漫々たる佐渡の大海。

影も形も見えない。

「失策(しまっ)た……、さては毒婦め、しょせん命の助からんことを覚悟なし、この大海に身を投じたか」と、ジーッと見おろしたが、もとよりその姿の見えそうなことはない。地団駄踏んで口惜しがったが、どうすることも出来ないので、そのまま此方へ引っ返してきた。此方では今や戦い真っ最中。百姓どもの勢いはますます烈しく、追い追い金山役所の役人を、ドシドシ討ちとっている。十蔵は息せき切って幸村の前に出で、

「ハッ、御大将に申しあげまする」

「オオ十蔵。首尾よく仇は討ち取ったるか」

「ハイ、お蔭をもちまして、勇之進だけは討ち取りましたが、お絹めは残念ながら取り逃がしてござります」

「フム、それは残念なことをいたしたが、今さら是非もなきこと。しかし梅谷さえ討ち取れば、当の本人を討ったも同然。また毒婦は所詮助かるまじと思うが、万一助かっても天運つきず、どこかで出会うであろう。この上は後詰に乗りこみ石見守はじめ奸賊ばらを討ちとれい」

「ハッ……畏まりました」と十蔵はただちに大久保屋敷へ来てみると、今や激戦の最中でござります」

「ヤア、猿飛」

「オオ筧か。どうだ甘くやったか」

「実はしかじかかくかく、毒婦だけは打ち洩らした」

「フム、それは残念なことをした」

「この上は、悪奉行の首をあげなければ相ならん」

「そうじゃそうじゃ」と、両豪傑はドシドシ奥の方へのりこむと、向こう正面には石見守、味方を下知して働いている。此方両人は、

「ヤアヤア奸賊大久保石見守。天命を知って首をわたせッ」と、左右からドッと斬ってかかった。

「ヤア、猪口才なり。それ者どもッ」と、家来を下知して必死に防いだが、二人にかかっては堪まらない。たちまち両人は群がる小役人を斬り払い、十蔵横合よりバラリ躍りこんで、石見守の利腕をズバーリ斬って落とす。アッと叫んでよろめくところを、佐助はブスーリ胸板を突き通し、さすがの石見守も血煙もろとも、ズドーンとぶッ倒れた。

佐助はただちに首掻き落として、

「ヤアヤア敵も味方もたしかに承われ、ただいま奸賊の張本大久保石見守を討ち取ったり」と、大音に呼ばわった。これを聞いた家来どもは、もはや戦う勇気もなく、右往左往にバラバラ逃げ散り、百姓どもは面白がって、

「それ逃がすな、やるなッ」と、追いつめ追いつめ切り伏せる。両豪傑はこれを見て、

「ヤアヤア、逃げる奴らは捨てて置け。それ鬨の声をあげろあげろ」

「ヘエ、鬨の声なんてどんなものです」

「馬鹿め。戦いに勝ったら必ず三度勝鬨をあげるものだ」

「へえ、勝鬨とは……」

「いよいよ分らん土百姓だな。エイエイエイ、オーオーオーと、三度言うのだ」

「ヘエ、判りました。そのくらいのことは雑作もない。それやッつけろ」と、一同は、声を揃えて勝鬨を三度あげた。

「サアいちいち死骸の首を落とせ」と、下知を伝えて、いちいちその首を斬り取り、第一番に大久保石見守、その他の者は竹槍の先きへ刺し貫き、罪を認めて梟首（きゅうしゅ）となし、この事を総大将幸村に言上した。幸村は大いにうち喜び、百姓を集めて一どまず妙見山へ引きあげたが、実に佐渡ヶ島一円、上を下への大騒動。生き残った役人は、急ぎ船に飛び乗り、新潟さして落ちのび、新潟奉行羽太壹岐守（はだいきのかみ）に注進すると、羽太は大いにうち愕き、ただちに早打ちをもって江戸表へ注進、二代将軍秀忠公は、容易ならざる一大事と、越後高田（えちごたかだ）、糸魚川（いといがわ）、新発田（しばた）、村上（むらかみ）、越中高山（えっちゅうたかやま）、加州金沢（かしゅうかなざわ）、近国の大小名へ令を伝えた。出羽山形の城主最上出羽守の老臣最上修理をもって総大将とな

し、同勢五百余騎を随えて越後へさして繰り出し、隣国の大名はそれぞれ軍船を仕立て旗印翩々(へんぺん)と風に靡かせ、佐渡ヶ島へと押寄せました。

此方佐渡ヶ島にありては真田幸村、佐渡の旧家森屋仁左衛門および重立(おもだち)たる庄屋組頭を招き、

「アイヤ皆の衆、かくいう幸村は農民を煽動なし、ただ無益に戦いをするのでない。奉行まった役人どもの暴虐を打ち懲したのである。取りも直さず佐渡ヶ島の政道を改革の所存より出たことである。しかるに近国の大名どもは必ず兵を繰り出し当島へ押し寄せるは必定。よって今一度軍略を廻らし、寄手を悩まし荒膽(あらきも)を取り挫(ひし)ぐの存念。その上で主従は快く退散せん。されば村々の庄屋組頭のうちにおいて、この騒動を引き起こしたる発頭人(ほっとうにん)を出さねばなるまい。つまり百姓どもの身代りになる訳で、決して無益の犬死ではない。万一われわれ出立の後、取り調べがあった節はここに認めてある一通、これを係りの役人に差し出せよ。さすれば決して一同の罪になることはない。今よりその方らは村々へ引き取り、身を謹んで上の沙汰を待てよ」と懇々と言い渡すと、一同はありがた涙にくれ、

「へエへエまことに真田御大将この度の御仁心は子々孫々に至るまで御厚恩は忘却いたしません。御退散の後佐渡ヶ島の政道改まり、われわれ豊かに暮らせるようになりました暁には、貴君の御恩を忘れぬため、この妙見山に社を建て、真田大明神と崇め

奉ります」と三拝九拝に及んでいる。これ今日に至るまで、佐渡の妙見山に残っている真田大明神でござります。

そこで幸村は多人数の中から猟師を撰出し、

「ヤヨ、猟師ども。その方らの持っている強薬（つよくすり）をここへスッカリ出すように……」

「ハイ、畏まりました」と、面々はそこへ強薬を差し出しました。

二三　それ先陣の加勢をしろ

「それからついでに竹藪へ行って、一番太い竹を百本ばかり切って取って来い」

百姓どもはただちに竹を切りとって来ると、一々指図して長さ一尺ばかりに切らせ、これへ火薬の中へ唐辛（とうから）しを交て押し込み、火口をこしらえ、

「ウム。出来た出来た。これが爆裂竹（ばくれつちく）と言って火術の一番にしやすい法だ。サア皆の者、寄手（よせて）が渡って来ないうち、夜に紛れ、赤泊、夷（えびす）の港、荘（そう）の港へ行き、上陸する場所を考え要所要所に埋めておけ。いよいよ上陸した時は火口に目印をつけておき、それへ火をつけるのだ」

「なる程いい思いつきだ。してその後はどうするつもりでござります」

「オオ一時かくして敵を悩まし、妙見山へ引きあげるのだ。するとする寄手は怒って、こ

の妙見山を四方八方から取り囲むは必定。その時に林の中に爆裂竹を伏せ置き、また猟師どもは火薬におなじく唐辛しをつめ、山上から敵を望んで打ち込め。寄手は強薬と唐辛しの煙に咽くるしみ、大騒ぎになるに違いない。そうしていよいよ叶わぬ時は枯柴へ火をつけ山上より投げ落とすのだ。その上でドンドン逃げて帰り、知らぬ顔をしておれ」

「ヘイヘイ承知いたしました」と百人ばかりの猟師は居残り、チャーンと幸村の命令通りにする。

「イヤ、御苦労御苦労」と、一同を残しおき、幸村主従は西願寺へ来り寺内の坊主を他所へやり、自分が寺の住職になり済まし、三人のものを寺男に仕立て、

「サアサアこれでよい。今に寄手が押し渡ってくるであろう」

翌日になると猿飛佐助は浜辺にいで物見の役を勤めていたが、間もなく急いで立ち帰り、

「ハッ……申しあげます」

「オオどうじゃ」

「敵は方角によりまして、柏崎、出雲崎、新潟、今町ご諸所より軍船を漕ぎ出し、程なくこの島へ到着いたしまする」

「大儀大儀。わが計略図に当れり。児戯に等しき手段ではあるが、満足に火薬もなく

この場合このくらいで沢山である。かねて申しつけた通り、相図によって一時に爆竹に火を放つべし。差図役はその方ら三人に申しつける」

「委細承知いたしました……」と、三豪傑はそれぞれ猟師どもを従え、三ヶ所へ差して忍び行き、寄手の来たるを今や遅しと待ち受けていた。

かかるところへ寄手の軍勢四ヶ所より漕ぎ寄せ、

「それッ上陸……」と、高張提灯、松明なんどの準備に及び、ゾクゾク上陸した。折柄此方の方では差図に従って、同時に火口に火を移すと、大地は裂けて百雷一時に落ち来たるばかり。轟然たる物凄き音、メリメリバリバリ……不意を食って寄手の軍勢はアッとばかりに仰天なし、周章狼狽して逃惑う。ところが火薬の中に唐辛しが交っていたので、その焔にまかれ、寄手の面々はクシャンクシャンクシャン、ハクシャンと咽返っている。

その隙目がけて筧十蔵、金ケ崎栄次郎、猿飛佐助の三人は急ぎ妙見山へ引っ返し、かくと幸村に言上する。

「イヤ、出来した出来した、ヤヨ者ども。今に敵はこのところへ寄せ来たるは必定。我は西願寺へ引きとるにより、かねて申しつけたる通り、五十名ばかり残し置いて間道より村々へ引き取れい」と、申し渡して西願寺へと戻ってまいり、住職、番僧、寺男となって済まし返っていた。此方寄手の面々は不意を打たれて右往左往に逃廻った

が、別に敵兵も見えないので、

「オヤッこりゃ妙だ。さては百姓どもがこんな計略をやったものと見える。たかの知れた農民ども。何条何程の事やある」と、夜の明けるのを待ち受けて、勝手知ったる役人に案内させ、妙見山を差して押し寄せ十重二十重に押っとり囲み、

「それッ、一人も余さず鏖殺しにしてしまえッ」

　ブーブードンドンジャンジャンといとも勢いよく攻めかかった。猟師どもはこの体眺めて、

「それ来たぞ来たぞ。御大将の差図は今じゃ今じゃ」

「オオ合点だ」と十分敵を誘い込み鉄砲の筒口揃え、頭の上からドドンドドンと吊瓶おとしに撃ち出した。

　不意を食って寄手の同勢、「そりゃ敵の伏勢だ、油断するな油断するな」と、言う間もあらせず、頭の上から火のついた枯柴がバラバラ落ちてくる。その間にドドンドドンと乱射する。なにしろ例の強薬に唐辛しが入っているので、クシャンクシャンゴホンゴホンと苦しみまわり、上を下への大騒ぎであった。

　そのうちに火薬がなくなったので、枯柴に火をつけた奴をバラバラと投げ出し、いつしか間道よりどこかへ逃げ去ってしまった。寄手はさんざんな目に会わされ、総大将最上修理は、

「アア苦しい苦しい。ゴホンゴホンゴホンハクシャンハクシャンハクシャン……」と、咽ていたが、

「ヤアだいぶ煙も少なくなった。この隙に押し進めよ」と、味方を差図して、ドッとばかりに妙見山に分けのぼり、山上の容子を見ると、敵の姿は一人もみえず、その辺一面の火の海と変じ、火は炎々と燃あがっている。

「ヤヤッ……合点のいかぬこの有様。烏合の百姓どもにしては天晴の軍略。なんでもこの島にはしかるべき軍法火術に秀いでたるものが居て、愚昧なる百姓どもを煽動なし、かかる計略を企てたに相違ない。とにかく四方より攻め登り、容子を見届けん」と、後詰大名に通知して、ヒシヒシと妙見山の絶頂へ押しのぼり、よくよく見ると怪しや人影は一人も見えない。寄手の面々はあたかも狐か狸に欺されたような顔をしていたが、なおその辺を調べてみると、沢庵桶(たくあんおけ)や味噌桶等が捨ててあるので、

「ヤヤさては逃げ失せたものとみえる。とにかく今夜は麓へ下り、西願寺をもって本陣に当ん」と、修理は手勢を従え、寺内へ来り、内部を窺うと、いとも森々として静かであるから、

「ハテナ、佐渡ヶ島一円は大騒ぎをしているのに、当寺内はまるで騒動を知らないもののように静まり返っているとははなはだ合点のいかぬことじゃ……こりゃこりゃ誰か居らぬか」

「ヘイ……」と、出て来たのは猿飛佐助でござります。

「ヘエ、いらっしゃいまし……」

「コレコレ住職は居るか」

「ハイ、居ります」

「予はこの度佐渡ヶ島の暴民鎮定のため、将軍家の命を受けてまかり越したる最上家の老臣、最上修理である。住職にさよう取り次いでくれよ」

「ヘエ……承知いたしました」と、佐助は立って内へ入り、ややあって出てまいり、

「どうぞこちらへ」と案内して座敷へ通す。ところへ真田幸村はいと殊勝気に珠数爪繰ながら出てまいり、

「これはこれは御大将にはよくこそ御入来。愚僧は住職の田真雪村と申すものでござる」

「フムそうか。ついては江戸表より後詰の人数まいるまで滞陣せねば相ならん。よって当寺に陣所を構えるから、そう心得てよかろう」

「委細承知いたしました」と、言うので、寄手は軍船から追い追いと物品を運び、兵糧を焚きだし、表門には最上家の定紋染め抜いたる幔幕を廻らし、夜に入るとドシドシ篝火焚きて厳重に警固していた。

幸村主従は顔見合せニッコと笑い、本堂へ出てまいって、幸村真っ先きに、

「南無阿弥陀仏南無阿弥陀仏」と、やると、三人も後に続いて、

「南無阿弥陀仏南無阿弥陀仏」ドンドンジャンジャン鉦や太鼓や木魚との総かけ合い。一同も呆れ返っていたが、怒ることも出来ず、昨夜からロクロク寝ないので、いつとはなしに皆寝込んでしまった。するとちょうどその夜子の刻時分、本堂の下からクスクスバチバチと異様の物音がしたと思うと、裏手の竹藪、または処々に埋めてあった爆裂竹が一度にドドンドドンと轟然たる物音。イヤ寄手の人々驚いたの驚かないのじゃない。

「ウワーッ……ココこりゃ大変大変」と、素ッ裸で周章狼狽、みるみるうちに寺は一面の火となり、ウワーウワー彼方此方へ逃げ惑う。妙見山の麓に陣を張っていた近国の諸大名らはこの体見るより大いに驚き、

「ヤアにわかに鬨の声。また火の手があがるは、百姓どもが夜に乗じて不意に撃たん計略と覚えたり。それ先陣の加勢いたせ」と、ドシドシ西願寺へおしよせた。その間に幸村主従四人は寺を抜け出で、城ヶ鼻よりかねて用意の船にのり込み、越中泊の海岸へ漕ぎよせ、それから上陸してしまったことは、誰れ一人知っているものはございませんでした。

二四　なんと妙な坊主ではないか

佐渡ヶ島へは徳川家より井伊掃部頭(いいかもんのかみ)が急行、だんだん取り調べると、森屋仁左衛門から田真雪村の書面を出す。掃部頭は始めて真田幸村の所業であるという事を知り、また大久保石見守の非義非道を承知いたし、大いに愕いたが、もとより天下の国法はまげる訳にもいかないから、いったん森屋仁左衛門、庄屋、組頭らを入牢させ、一両日で引き出し、

「その方ら重き罪科に行うところであるが、上格別の御慈悲をもって出牢(しゅつろう)御免(ごめん)を仰せ付けらる。以後は決して不法な行いをしては相ならんぞ」と、申し渡された。これぞ井伊掃部頭の仁義によって徳川家の恩徳を示したのでござります。

その上奉行としては石ヶ谷因幡守(いしやいなばのかみ)が出張を命ぜられ、それぞれ改革なし、佐渡一円の人民はいずれも安堵の思いをいたし、これもひとえに真田幸村様のお蔭であると、神の如くに尊敬していた。しかるに此方幸村主従は越中泊りの海岸へ上陸いたし、

「今回佐渡ヶ島の一件予の所業と分りし上は、徳川方においてはキッと予に目をつけるは必定。我決して徳川を恐るるのではないが、大望を抱く身の上、かく四人揃って歩くのはよくない。我はこれより北陸道を経て京都に出で東山宗林寺(ひがしやまそうりんじ)境内に閑居する長曾我部元親(ちょうそかべもとちか)に対面なし、それより大阪へ下り、片桐且元に会うつもり。されば十

蔵、金ケ崎の両人、その方らはまた京阪の間で面会するであろう」と、そこで二手に分れ、幸村は佐助をただ一人引き連れ、越中高山に出で、それより加州金沢へ乗りこみ、前田家の客分瀧田大炊信勝に対面なし、前田家の去就を頼みおき、金沢を出立して越前福井へまいり、徳川家康の孫越前少将忠直の挙動を探り、しだいに京都へ差して急ぎ、日を費やして京都に入り東山宗林寺を尋ね、元高知の城主長曾我部宮内少輔元親に対面、万事のうち合せをいたし。

「拙者これより大阪へ下り、備前島の片桐殿に面会なし、その上で中国九州に漫遊いたす所存でござる」

「さようでござるか。とにかく一両日滞在して、名所旧蹟を見物なされい」

「イヤ、忝のうござる」と、四国の赤鬼と呼ばれし長曾我部元親と、智謀勝れた真田幸村は互いに諸国大名の模様を夜と共に語り明かし、翌日になると幸村は、佐助を連れてブラリ宗林寺を立ち出で、かの有名なる清水寺へとやって来た。

今しも石段を登ると、境内の広場において何かワアワアと大勢の人が集まっている。

「佐助、何事であろう」

「たぶん喧嘩でもいたしておるのでござりましょう」と、主従は立ち寄ってみると、五七人の侍が十八九才の女を捕らえてしきりに難題を吹っかけている。群集の人々

は、

「オイ、なんと可愛想ではないか。足を踏んだとかなんとか言って、女を酷い目にあわすとは武士にも似合ぬえ。誰か挨拶をしてやればいいのに……」

「ウム、そうだそうだ。けれど相手の酔どれ武士は所司代板倉さまの家来だと言うから、皆遠慮して口を利かねえのだ」と、いろいろ噂している。

「フム、佐助。板倉の家来だというが、いかにも不埒な奴。貴様はしかじかにせよ」と、幸村は佐助になにやら言い含め、群集をおし分けて入りこみ、

「アイヤお武家。愚僧は田真雪村と申す旅僧であるが、いかなる仔細か存ぜぬが、たかが女のこと。愚僧に免じてこの場は許して頂きたい……」

「黙れ糞坊主。汝らの出シャばるところではない。控えておれいッ」

「ハハア……だいぶ権幕が荒い……ではござろうが、人を助けるのが出家の役目。足を踏まれたところが痛いのなんのというお身柄ではござるまい。見受けるところ堂々たる武士ではござらぬか。見っともない。ハッハ……」と。

笑われて、若侍どもは大いにクワッとして、

「オヤッ、こいつ横着なことをぬかす坊主めッ。グズグズぬかすと蹴飛ばすぞッ」と、足をあげて蹴飛ばさんとした。

「アッハ……これは面白い。蹴る……しかしそれは駄目だ。そなたの足が愚僧の体へ

さわらんうちに、たしかにそなたは引っくりかえる」

「何を蛸坊主め」と、ポンと足をあげた一刹那。姿を隠して幸村の側にいた猿飛が、グイッと足をすくった。ドスーンとぶっ倒れ、慌てて起きあがらんとしたところを、横ッ面をビシャーリ。

「痛い」と、また引っくり返った。

「ハッハ……どうじゃな」

　残る奴らは、「オオこいつ。妙なことをいたすなッ。それ……」と、言うので、一同ズラリズラリと抜き放ち、匁先き揃えて斬ってかかった。

「ハッハ……清浄無垢の仏地において大刀を抜くとは何事ぞ。主が主なら家来も家来。ソレ片ッ端から当殺せッ」と、言うと佐助は心得て、小口からポンポン当て、トウトウ六人とも気絶させ、残らず大小刀取りあげ、

「どういたしましょう」と、佐助は姿を現わした。

「ハッハ……マア捨て置け捨て置け……これ女、狼藉者はこの通りだ。心配ないから早く帰れ」

「ハイ、既に難渋のところをお助け下されましてありがとう存じます……私は殊数屋町の……」

「アアこりゃこりゃ。さようなことは聞くにおよばぬ。サア早く帰れ」と、無理矢理

に女を帰しておき、佐助に命じて、六人の奴に活を入れさせ、

「どうじゃ。今一度手の内を見せてやろうか」

「ウワーッ……もう結構で……まことに失礼をいたしました。どうか御勘弁の程を願わしとうぞんじます」

「ハッハ……仮にも所司代板倉伊賀守の家来でありながら、かかる乱暴を働くとは何事である。この度は特別をもって見遁してやる。以後は必ず謹むがよかろう」と、意見を加えてやり、そのまま悠々とその場を立ち去った。後に六人の乱暴武士、酒の酔も一時に覚め果て、たがいに顔見合せ、

「オイ山田、なんと妙な坊主ではないか。オヤお供の奴がいるな」

「そうだ、妙な坊主だ……一つ後をつけてやろうではないか」と、六人の奴は見え隠れに後をつけた。幸村主従はチャーンと知っている。主従は今しも建仁寺の境内へ入った。

「ヤアあそこへ入った。もしや建仁寺の和尚ではないか」

「イヤ、違う違う。建仁寺の和尚は俺がよく知っている。とにかく一応聞いて見よう」と、ドシドシ入りかけた。佐助はたちまち九字を切ると、六人の奴は忍術にかかって、建仁寺の門前を行きつ戻りつしている。

「アッハ……遣りおる遣りおる」と、主従は急ぎ宗林寺へさして立ち帰った。忍術は

目の届くところでは利くが届かなくなると、術は解ける。六人の奴は幾度となく門前を往来して、

「アア遠い遠い。はやく行け行け」

「そうだそうだ。いかにも怪しげな坊主だ……ウム……遠いぞ遠いぞ」

中で一人ハッと気がつき、

「ウワーッ……待て待て。こりゃどうじゃ。こりゃ門前じゃないか」

「エッ門前……ウワーッ……ではさっきからおなじところを歩いていたのかしら……」

「フム……こりゃ妙だ……ことによったらつままれたのかも知れんぞ」

「でも日中からつままれるということもあるまい」

「でも妙じゃないか」と、なんとなく薄気味悪くなって、一人が逃げ出すと、五人の奴も疲れし足を引きずってスタスタ逃げ出した。

二五　荒川熊蔵鬼の清澄を知らんか

六人の奴は立ち帰って、真事偽事(まことそらごと)うちまぜて主人伊賀守に申しあげると、伊賀守も不審に思われ、

「フム。して人相格好は……」

「ハイ、しかじかかくかくで……」

「ハハア……さては関東から通知になっている真田主従かも知れぬ。彼が京都へ乗りこむ以上は宗林寺の元親の許を尋ねるであろう。今にして彼を除かずんば徳川方に不利なるは火を見るよりも明かである。それ誰か宗林寺へまいってそれとなく容子を探ってまいれ」

「ハッ……」と、答えて下役人二三人早速立ちいでた。さすがは所司代を勤めるほどの伊賀守は早くも幸村主従と睨んだところは豪(えら)い。間者を放って宗林寺を物色させるとどうやらそれらしい。しかるに幸村は平気の平左。なお二三日は京都の名所を見物していたが、

「時に元親どの。過日お話し申した所司代板倉が大分慌てている容子である」

「フーム……それは面白い。しかし古狸家康の目鏡(めがね)で京都の所司代になるくらいの人物。キットこの閑居へ目をつけるに違いない」

「いかにも間者を放って窺っている容子……まずしばらくはこれでお別れ申そう」

と、その夜はいろいろと語りあかしその翌日幸村主従は悠々と宗林寺を立ちいでた。

しかるに此方板倉は、なんでも途中幸村を討ち取ろうと、山添玄蕃(やまそえげんば)というものに手勢百余名を連れさせ、幸村を討ち取るようと命じた。玄蕃は心得で幸村より先き廻り

此方して、淀川堤（よどがわつつみ）の橋本（はしもと）の近辺彼方此方へ手勢を伏せ、今や遅しと待ち受けていた。此方幸村主従、なんしろ忍術の大名人猿飛佐助がついているから一々探って幸村に伝えるので、チャーンとしっている。今しも淀川橋本の手前までくると、

「フーム……佐助、居るな……」

「お判りになりますか」

「このくらいの事が判らんでどうする。あれみよ。あの辺がなんとなく殺気立っておろう。その方しかじかかくかくにせよ」

「ハッ……」と、

答えて、佐助はパッと姿を隠してズンズン近寄ってみると、百人近くの奴が堤の蔭に隠れている。そこで用意の燧石（ひうちいし）を取り出し、火を移しプープー藁に吹きかけるとたちまち火は炎々と燃あがった。板倉の家来どもは、

「ヤヤッ……またも真田の計略にかかったぞ。打ち取れ打ち取れ」

山添玄蕃をはじめ百余名の同勢はドッとばかりに現われ出で、

「ヤア真田幸村はいずこにいるいずこにいる、出て来い出て来い」と、騒ぎ立てると、

「ヤアヤア板倉伊賀守の木っ葉ども。真田幸村これにありならば手柄に討ち取ってみよッ」と、言う声が頭の上で聞こえた。

「オヤッ……」と、一同頭の上の松の木を見あげたが、なんにも見えない。その間に佐助は田の中の棒杭引き抜き、小口からドスーンドスーン叩き倒す。なんしろただ棒が見えるばかりであるから、一同はますます愕き、

「ウワ……コリャ妙だ。棒がひとりでに荒ばれるとは……」

「ウム。真田家には忍術遣いがいるというから、そいつらに違いないぞ」

「そうだそうだ」と、ワアワア騒ぎ立てると、

「オオいかにも俺は真田家の猿飛佐助だ。御主人がお手を下さるまでもなく、俺が叩き潰してやるから覚悟せい」と、

　言うかと思うと、猿飛はスックと姿を現わし、小口からバッタバッタと叩き倒した。ところへ幸村公も乗りこまれ、佐助に加勢してズバリズバリ斬って落とされる。玄蕃始め一同はアッとばかりに驚いて、ますます狼狽なし、

「それ幸村だ……猿飛だ……油断するな油断するな」と、前後左右から執念深くも打ってかかった。折柄淀川堤の彼方の方よりスタスタと駈けつけてきた旅装束の大兵肥満の二人の武士、

「ヤアヤアかかる夜陰におよび、大勢を語らい、ただ一人か二人を悩ますとは何事だ。さだめし山賊夜盗のの類ならん。熊本加藤家の浪人荒川熊蔵、赤星太郎兵衛これにあり。イデ片ッ端から殴り殺してくれん。遣ッつけろッ」と、両豪傑ドッと荒ばれ

こんだ。

　荒川熊蔵、赤星太郎兵衛と言えば加藤家二十四将中でも名代の若手豪傑。あたかも人なき野原を行くが如く、当るに任せ四角八面縦横無尽に殴りつけ蹴散らした。幸村主従は互いに顔見合せ、二人に任してその場を外し、堤防の上で石の上に腰打ちかけ、ニコニコしながら見物していられた。

　しばらくすると、一同の奴らは追い散らされて、あたかも蜘蛛の子を散らすが如く、バラバラ逃げ失せた。後には両人はホッと一息ついて顔見合せ、

「オイ赤星。俺達がのり込んでくると坊主らしい奴はどこかへ居なくなったではないか」

「ウム、図々しい坊主だ。どこへ逃げおったのだろう」と、しきりに見まわしていると、堤防の上では真田幸村バンバン手を叩き、

「ハッハ……坊主はここに居るここに居る」

「オヤッ……いよいよ図々しい蛸じゃ。貴様はいったいなんだ」

「なんでもない。見らるる通りの坊主だ」

「坊主はわかっておるが、名があろう。我我に働かしておいて、自分は他人事のように見物しているとはどうだ」

「なんとか礼の一言ぐらい言え」

「ハッハ……別に加勢してくれんでも、あんな木っ葉の百や二百は朝飯前の仕事じゃ」

「己れグズグズぬかすと、坊主ッ首引き抜くぞッ」

「ハッハ……マアそう怒らんでもよい。加藤家の荒川熊蔵、赤星太郎兵衛とは今聞いたが、なる程少しは使えそうな男だ」

ますます落ちつき払っておられる。

相手は名代の真田幸村とは知らず、

「フム……こいつ蛸坊主のわりに至極落着き返り、ことに我の名を聞いて震えんとは妙な奴だ。名を名乗れ名を名乗れ」

「エイッ……名なんか聞くことはない、捻れ捻れ」と、無茶苦茶者の荒川熊蔵、早くも掴みかからんとすると、「ドッコイそうはさせじ」と、姿を隠している猿飛が正面から熊蔵の顔を逆撫でにズルリ。

「ウワーッ……ブルブル気色の悪い……」

「どうした荒川……」

「どうもこうもない。誰れか俺の顔を撫でおったぞ」と言っている時、佐助は赤星の耳をグイグイグイ。

「ヤア何者だッ……」と、見まわしたが誰れもいない。

「フム、イヨイヨこの蛸坊主。妙な真似をするな。天下の豪傑荒川熊蔵鬼の清澄を知

らんか」と、またも飛びつかんとした時、

「ヤア知ってる知ってる。荒熊、赤星無礼するなッ」と、大手を広げて猿飛がスックと姿を現わした。

「ナニ……荒熊ッ、そういう貴様は何者だ……」

「オオ、貴様は真田家の猿飛ではないか」

「いかにも真田の猿飛佐助だ」

「ナニ猿飛。では今俺の顔を逆撫でにしたのは貴様だな……」

「そうだ……」

「そうだもないものだ……しかしそこに居る坊主は貴様の連れか。三好(みよし)にしては小さいが、いったい何者だ」

「ここに居られるは余人ではない。我我の御主人真田左衛門尉幸村公である」

「エエッ……」と、両人は打ち驚き、その場にハッと平伏して、

「さては真田御大将でござりましたか……」

「存ぜぬこととてとんだ失礼をいたしました……」

「しかし意外なところで御対面。こんな嬉しいことはござりません。実は主人清正(きよまさ)、目下病気でござります。われわれ両人を招き、ひそかに仰せられるには、ここ一両年を出でずして、関東関西お手切れとなり、合戦の起こるは必定。予はとてもその時ま

で存命覚束なし。ただ頼むべきは真田幸村殿である。聞くところによれば当時諸国漫遊して味方を語らわんとしていられる由、汝ら両人これより諸国を廻り、幸村殿に対面なし、予の存意を伝えよとの御意。よってかく武者修業となり、天下を漫遊におよんでおるのでござります」

「ウム、そうであったか。それはありがたい。しかし清正公御病気とはいかにも嘆かわしいことである」と、さすがの幸村もしばらく茫然としていられたが、それより両人を連れて大阪へと下られた。

二六　騒々しい静かにせんか

まず久々で備前島は片桐の屋敷を尋ね、種々打ち合せに及んだ上、大阪城内より木村長門守重成を招き、三人は額を集めて謀議をこらし、その上荒川、赤星の両人は且元の手紙を添て大阪城へ入城させ、幸村は四五日片桐の屋敷へ滞在していると、筧十蔵、和久半左衛門、金ケ崎栄次郎、宮部熊太郎の四人も尋ねてまいり、幸村に対面して種々漫遊中の物語りをなし、五七日休養していたが、

「サア皆の者。予はこれより中国九州を漫遊いたす所存。金ケ崎、和久、宮部の三人は山陰道へ出立いたせ。予もいずれ九州よりの帰途山陰道をまわるつもりであるか

ら、またいずれどこかで面会いたすであろう。シカシもし本年九月まで予に出会わない時は、一応大阪へ立ち帰り、我我の帰りを待っておれ」

「ハイ、畏まりました。して御大将にはいつ御出立になります」

「ウム、明朝当地を立ち退くであろう」

その夜は一同酒宴を催し、翌朝になると幸村は今までの出家姿と風をかえて、山伏姿となり、佐助、十蔵にもおなじ扮(いで)たちをさせ、且元には後日の再会を約し、大阪表を立ち退き、泊りを重ね日を積んで、早くも中国一の繁華な土地、芸州広島(げいしゅうひろしま)の城下近くへやって来た。その当寺広島は豊臣恩顧随一で猛将の聞こえ高き福島左衛門太夫(ふくしまざえもんたいふ)正則(まさのり)公の居城地であった。幸村はなんでもこの正則を説きつけようという考え、主従は城下の入口一軒の茶店へあがり込み、睦まじく酒くみ交していると、隣の座敷でも二三人の武士がしきりに酒をのんでいた。しかしよほど酒もまわったとみえ、声は次第に高くなってきた。

「オイ、貴様らはなんと思うか知らんが、もう豊臣家も駄目だぞ。関ヶ原がいわゆる天下分け目の戦いであったが、これで諸国大名は大方徳川方へ随身しているから、もうとても回復は覚束なしだ」

「ウム、そうだそうだ。しかし家康公は豪いところがあるぞ。あれでなくっちゃ天下を掌握することは出来んわい……」

「フム、その通りその通り。少しぐらい不義なことをしても天下を取ればそれでよいのだ。秀頼公が十五才になられたら天下を渡すなんて約束したところで、世の中はとかく強いものが勝ちだ」と、傍若無人に話している。これを聞いて短気ものの筧十蔵、

「オイ猿飛、どこの奴か知らぬが、豊臣方の悪口をぬかしているとは不埒千万な奴ではないか」

「ハッハ……どこの家来と言って、この福島の家来であろう」

「フム、福島の家来か。太い奴だ……主が主なら家来も家来だ。一つ取っちめてやろうではないか」

「ウムそれも面白かろう……御大将あのように言っておりますが、一つ遣っ付けてやりましょうか」

「ハッハ……捨て置け捨て置け。別に相手になるな相手になるな」

「と申してあのように徳川家に加勢する奴を……私が一つ……」

「オイ待った。俺がどんな奴か一つ見てきてやる」

「なるほどそれもよかろう。一つ久し振りで組打ちの勝負でもやってみろ」と、言われて血気の両人は大喜び。ところで佐助が行くこととなり、幸村は十蔵相手にチョネチョネやっていると、佐助は姿を隠して早くも次の間へ忍び込んだ。三人の武士がし

きりに話をしている。

「ホッホ……この刺身は今持って来たばかりだな……イヨーこれは鯛の塩焼、洒落てる洒落てる」とソーッとこっちの部屋へ運んでまいり、

「ハッ……御大将御料理を……」

姿を現わして幸村の前に三皿四皿並べた。

「オオ佐助か。これはどうしたのじゃ」

「ハイ。只今向こうへまいりますると、なるほど大将の仰せの通り、三人ともなんでも話せそうな奴。真ん中に座っている奴は立っているのか座っているのか判らん。あれが福島家の衝立市兵衛（ついたていちべえ）という奴であろうと思います」

「フム、衝立市兵衛と言えば名代な奴だ。では外の奴も大橋（おおはし）とか蟹江（かにえ）とか吉村（よしむら）とかいう奴であろう。これは相手にとって不足ない。一つ押し込んで……」

「待て待て、まだ乃公（おれ）の役だ。マア貴様は御大将とこれでも食っておれ。これは今持ってきたばかり……ホンのお土産だ……」

「アッハ……早いことを……オヤッ……もう姿を隠しおったな」

「ハッハ……いつもながら器用なことをやりおる……」と、幸村も感心していられた。佐助は此方へ来たって、

「サア乃公も一つやろう。ロハとは安いものだ……」とムシャムシャバクバクやり始

める。しかし三人は話に夢中になって少しも知らない。

「オイオイ蟹江、一杯つごう。サア飲め飲め。オヤッ……この銚子は今持って来たところだが……一つもない。ハテナ……オヤオヤ変だぞ。三本ながら空だ。オイ蟹江、貴様例の瀧飲みをやりおったな」

「誰がそんな行儀の悪いことを……人聞きが悪い……ウワ……ッ……乃公の刺身を平げおったな。ハハア衝立だな」

「馬鹿言え、乃公はまだ一つも食わんよ。妙だな」

「妙だなと言って誰れも遣らんでなくなると言うことがあるものか」と、三人はしきりに小首を捻っている。佐助は可笑しくって堪まらない。

「ハハア……こいつらは蟹江、衝立……こいつもなんの某と名ある奴に違いない。一つ驚かしてやれ」と、たちまち市兵衛の右の耳をグイグイ引っ張った。

「アイッ……誰だ。乃公の耳を引っ張るのは……」

「乃公はしらんよ……」と、言う蟹江才蔵の横ッ面をポカーリ、サア納まらない。

「こいつ大崎め。乃公の横ッ面を殴るとはどうだ」

「何をぬかすぞ」と、言う大崎玄蕃の顔を下からツルリと撫であげた。その心地の悪いことと言ったらない。

「ウワーッ……気色の悪い……」と、言うときポカポカと続け打ち、

「ヤアこいついよいよ乃公の横ッ面を……」気早の大崎玄蕃は蟹江の頭をポカーリ。

「それみろ、さっきから殴るのは貴様だ」と、才蔵も玄蕃の頭をポカーリ殴りかえす。

「オイ、両人ども待て待て」

衝立市兵衛止めようとして立ちあがったところを、佐助は双足すくったから堪まらない。ドスーンとぶッ倒れた。しかしなんしろこの福島家の桂(かつら)市兵衛という豪傑は、横巾が身の丈より二尺広かった……マサカそれほどまではあるまいが、とにかく巾が広い衝立に似ているので、衝立市兵衛衝立市兵衛と本名の桂を呼ぶものがありません。しかしなかなかの豪傑。ゴロッと横に突立ったが、

「ヤア仲裁する乃公(おれ)の足を払うとはどうじゃ」と、やはり二人が払ったと思い、両人の頭をゴツンゴツン、ついには三人はボカボカ入り乱れて殴り合いをおッ始めた。なにしろ大兵肥満の大男が荒ばれまわるので床板も抜けんばかりの物音。亭主は聞きつけて、

「ウワーッ……誰れか来てくれ……家が潰れます家が潰れます」と、金切声を出している。そのうちに間襖(あいのふすま)はドタンバタンと外れたところへ、待ち構えていた筧十蔵、ドッと飛び込んでまいり、

「ヤイこの野郎騒々しい。静かにせんかッ」と、怒鳴りつけた。大崎はヒョイと見

て、

「オヤッ……妙な奴が来おったぞ。ヤア山伏がいる……フム、この山伏らが怪しいぞ」

「何をぬかすぞ。乃公達の酒宴を妨げるとは怪しからん奴だ。静かにしろ静かにしろ。静かにせんとぶン殴るぞ」

「エエイ……山伏の分際で生意気なッ」と市兵衛ドッと筧に飛びかかってきた。

「お出でなすった。サア来いッ」と、大手を広げてカッキと四ッに引っ組み、ドタンバタンとやり出した。

「ヤアあいつも遣ッつけろッ」と、大崎玄蕃は真田幸村に摑みかからんとしたが、幸村は平気の平左で、

「ヤアやかましい。ザワザワ騒ぐな塵が立っていかん」と、悠々酒を飲んでいられる。

「オヤッ……こいつッ」と、ドッと摑みかからんとすると、例の通りお側には姿は隠しているが佐助がチャンと控え、拳骨固めて思い切り玄蕃の横面をボカーリ。

「痛いッ……」と、クルリ一廻りまわった。

二七　筧と衝立と遣りおるか

「オイ大崎、貴様何をしている。退け退け。ヤア怪しき山伏め。かくいう蟹江才蔵が摑み殺してやるから覚悟せい」と、才蔵ドッと摑みかからんとするを、佐助はその利腕引っ摑んで肩に擔(かつ)ぐよと見る間にドスーン、玄蕃は体を躱す間もなく、才蔵にぶッつかってドシーンと鉢合せ、

「痛いッ」

「痛いッ」

「この野郎めッ。いよいよ怪しなことをやりおるなッ」と、両人ムックリ起きあがって大刀の柄に手をかけた時、両人の前へニューと姿を現わした猿飛佐助、

「控えろッ、下郎とは何事だ。グズグズぬかすと承知せんぞ」

「おやッ、こいつの間に」

「ハハア汝は忍術遣いだな……よくも乃公達の酒宴を妨げ、その上幾度か殴るとは怪しからん。許しは置かん名を名乗れ。摑み殺してやるから」

「アハッ……摑み殺すとは大言な……名が聞きたければ聞かしてやる。何を隠そう俺は、以前信州上田の御城主真田左衛門尉幸村公の郎党猿飛佐助というものだ。サア来い、相手になってやる」と、おなじく大刀の柄に手をかけた。

「ナニ、真田の郎党で忍術遣いの猿飛というのは貴様か」

「イヤ、忍術遣いでもなんでも容赦は出来ん。こんなに頭に瘤をこしらえられては……」大崎が今にも大刀引き抜かんとした時、表の方から入って来た一人の立派な武士、

「オイ、蟹江、大崎、待て待て」と言いながら制した。

「ヤア、貴様は大橋か」

「オオそうじゃ。ヤア貴様は猿飛ではないか」

「オオ、大橋か……」

大橋茂右衛門といえば、福島家の豪傑中でも第一の老臣、猿飛とはかねて知己でございます。

「今この前を通りかかると、ここの亭主が金切り声をあげて、仲裁してくれと言うから入ってきたが、相手が貴様とは知らなんだ……」

「オイオイ蟹江、大崎、止めい止めい。相手は名代の忍術家だ……、ヤア、あそこで組討ちをやっておるのは誰だ」

「あれはやはり真田家十勇士の一人、筧十蔵だ」

「フム……、筧と衝立とやりおるのか……」

「だが猿飛、貴様と俺とはおなじく天下の豪傑仲間ではないか。この騒ぎはいったいどうしたのだ」

「ハッハ……、どうもこうもない。実は蟹江らが、貴様らの主人たる福島公は、豊臣の旗下の中でも、一番恩顧を受けたものでありながら、主の心家来知らずというのか。しきりに豊臣家の悪口（あくこう）をついていたから、聞くのが癪にさわって、ちょっと悪戯をしてやったのだ」

「では先刻から酒がなくなったり、料理が紛失したのも、貴様の仕業か」

「いかにも……。犬でさえ三日飼えば三日の恩を知るというに、人間にしてその恩を忘れ、恩人の悪口を言うとは……」

「イヤ、分った分った。それについてはいろいろ仔細のあること……。ちょうど当地に来合せたのを幸い、ユックリと話すとしよう……。だが、そこにもう一人居る……。頭を下げて酒を飲んでいるのはやっぱり貴様の仲間か」

「イヤ、仲間などとは怪しからん。このお方は我我の御主人、真田幸村御大将であるぞ」と、聞いて福島の四人は、エエッ……とばかり打ち愕き、

「これはこれは。真田の御大将でござりましたか。存ぜぬこととて失礼いたしました。していずこにお泊りでござりますか」

「イヤ、実は福島殿に対面したいと思い、ワザワザまいったのであるが、どうじゃ。その方ら取り計らってはくれまいか」

「ハイ、いかにも承知いたしました」と、言うので、あらためて酒宴を催し、一同は

真田幸村主従を城下本町備後屋（びんごや）という立派な宿へ案内し、茂右衛門は早速立ち帰って、この事を主君正則公に申しあげた。

すると正則公は、

「オオ、幸村どのが来られたと申すか。久し振りの対面じゃ。早速登城せられるように取り計らえ」とある。その翌朝茂右衛門始め三勇士は、備後屋へまいり、幸村にこの事を申しあげると、幸村は快く思し召され、両人を従えて広島城へ御登城あり。久々で正則殿に対面せられ、早速この度漫遊の主意を語り、ぜひとも大阪方に力を尽くしてくれるようにと申し述べると、正則公は元来豊臣家の大忠臣であるが、石田、小西の輩と心合ず、関ヶ原の当寺も関東方に従って、石田、小西の輩を攻め滅ぼし、その後徳川家康は、大阪方を攻めるには、ぜひとも福島正則の如き大大名……。ことに名代の猛将を自分の方に引き入れないときには、勝算の見込みがないと思い、得意の甘言をもって正則を籠絡した。

正則と言えば、豊臣七将中でも、勇猛なるは加藤清正（かとうきよまさ）に優ると言うとも劣らない程の豪将。しかし智略の方が乏しいので、うまうまと家康の舌頭に迷わされ、いつとはなしに関東方へ心を寄せていた。しかし心の底は、豊臣家の前途を思わないでもない。幸村はあくまで豊臣家のために尽くしてくれるようと、大激論の末、後年徳川豊臣の手切れになりたる時は決して徳川に加勢しない、大阪方のために尽くすという証文を書かせた。
「ハッハ……、これさえあれば大丈夫……」しからばこれから一直線に肥後熊本への
り込もうと言うので、引き止められるのを辞して、一夜滞在の上広島城下を後に発足いたされ、幸村ぜひとも清正公生前に一目会いたいという考えであるから、十蔵佐助の両人を連れ、肥後熊本へやってまいり、清正公に対面のことを申し入れると、その頃の清正公は大病であるから、一切の客は謝絶して、誰にも会われなかったが、真田幸村が来たと聞かれて、大いに喜ばれ、早速病室へ入れて対面した。

才将と豪将との会見、互いに久しぶりの挨拶を取り交し、清正公は近侍小姓一切を遠ざけさせ、辺りの障子を残らず開け放させた。この辺が清正公の清正公たるところでござります。普通の人が密談をしようと思うと、辺りをピタリと閉め切ってしまうから、かえって他人に盗み聞かれるのが多い。今多く加藤家には、関東方の間者が入りこんでいるので、もしや秘密を聞かれてはならぬと、四方を明け放ち、ただ座には清正公と幸村公と差し向かい、それに加藤家の大黒柱、飯田覚兵衛が少し離れて辺りの様子を窺っている。

清正公は豊臣家の前途について、万事を幸村に依頼した。幸村も天下の形勢を論じて快く引きうけ、清正を安堵させた上熊本城を退出したが、その後途中で清正の病死を伝え聞き、

「アア、古今の名将清正公の死去は、大阪方に取って百万の味方を失うたようなものである、ことに徳川家が今まで大阪に遠慮をしていたのはこれ皆清正公を憚っていたからのことである。つまり大阪方の運命は、清正公によってつながれていたが……、アア思えば惜しいことをいたした」と、非常に嘆き悲しんでおられた。だんだんと道を急いで肥後三角の港近くへ来た。

「時に両人、今までは別段むつかしいこともなかったが、薩摩の島津家は他国人は一人も入れぬというくらい、頑固な国柄であるから、陸路より乗りこんでは、処々に関所があってなかなか入りこむことは思いもよらず、よって不意に船で鹿児島へ乗りこみ、それより入国いたさんと心得るが、その方らはどう思うぞ」

「ハイ、それがよろしゅうござりましょう。のう筧」

「そうじゃそうじゃ。それが一番……」と、言うので、主従三人は三角の海辺船宿の所までできて見ると、波打ち際の砂原に多くの人が集まって、互いに罵り騒いでいる。

二八　ナカナカ面白いことを言う奴だ

この有様を眺めた幸村は、

「コレ佐助。何事であるか見届けて参れ」

「ハイ畏まりました」と、佐助はそこへ駆けつけ、群集を押し分けてみると、年頃十五六才の骨格逞(たくま)しき少年を、多勢の漁夫が押っ取り囲み、手に手に棒切れをもってさんざんに殴りつけている。しかるに件の少年は格別痛そうな顔もせず、眼をつぶってジッとしているから、これを見た佐助は、側の漁夫に向かい、

「これこれ、これはどうしたのじゃ」

「ヤア、山伏さんか。お前は旅の者で知るまいが、この小僧は不死身の剛吉(ごうきち)と言って、ナカナカ図太い野郎だ。先き頃まではこいつの母親が病気でおったが、その間はまことに神妙に孝行をつくして、村内の評判者であったが、母親が死ぬと以前とはガラリ変わって、この頃では他人の船を勝手に漕ぎ出して沖へ行く。それを八釜(やかま)しくいうと、小僧ながらも力量があるので、船を砂地へ引きずりあげて引っくりかえす、錨(いかり)を陸へ擔(かつ)ぎあげるという始末で、翌日は十人も十二三人もかかって、ようよう船を波の上へ浮かす、錨を元の通りにするという具合で、手にも棒にもかからん奴で、叩いたところで不死身だから、あの通り平気でいるという有様。今日はこの村を追い出してしまうというので、さんざん折檻(せっかん)していますが、それはそれは死太(しぶと)い、我慢な奴でございますぞ」と、いう話を聞いて、佐助は人々を押しわけ、

「こりゃこりゃ、さような手荒なことをいたすな。まずしばらく待て」

「イヤイヤ山伏らの出る幕じゃない。俺らの村内の者を俺らが折檻するのに遠慮はな

い。グズグズ言わずと引っ込んでいねえ」と、少しも聞き入れず、踏んだり蹴ったり叩いたり、さんざんの体。この有様に佐助も大いにムッとして、

「こりゃ、山伏であろうがなんであろうが、待てと言ったら待たぬか。待て待て」

「コラッ……押し退ける奴があるかい。外から来て何をぬかしやがるんだ。この山伏から遣っつけてしまえッ」と、気早の漁師共。木切れ棒切れを打ち振り、猿飛に向かって打ってかかる。

しかるに先刻より佐助の帰りを待っていた幸村と十蔵は、あまり佐助の帰りが遅いので、

「十蔵、佐助はどうしたのであろう。行って見て参れ」

「ハッ……」と、十蔵件の場所へ駈つけてみるとこの有様。

「オイ猿飛、どうしたのだ」

「オオ筧か、実はしかじかかくかく。こやつらを打ち懲しているのだ」

こんなことは十蔵大好きだ。

「フムそうか。ヨシ、俺も打ち懲してやろう」と、十蔵もポカポカ殴り始めた。

漁師連中はますます集まって参り、両人を押ッ取り囲んで、ワアワア言っている。

幸村は両人が帰って来ないので、此方へ来てみるとこの有様。

「こりゃ佐助十蔵、貴様らは何をしている。控えおらぬかッ」

鶴の一声。両人は小さくなって控えた。

「これ両人、無智文盲(むちもんもう)の漁師輩を相手にして、なんということをいたす。馬鹿者め」

「ハイ、実はしかじかかくかく。あまり無法と心得まして……」

「私は猿飛に加勢したのでござりまする」

「フムそうか。しからば控えておれい……。これこれ漁師ども。話を聞けばその方らもよろしくない。善悪を聞き糺(ただ)さず、乱暴するとは不都合である。以後気をつけるがよい……」

するとの中から重立(おもだ)ちたるものがそれへ出て参り、頭を掻きながら、

「へエ、これは山伏さんの大将ですかい。どうも仲間の奴らも悪うござりました。私は漁夫の総代をしている東三(とうさん)と申すものですが、今この騒動を聞きまして、駈けつけて来たところなので……。へエ、どうか御勘弁なすって下さいまし」

「イヤ、勘弁も何もそんなことをどうでもよいが、しかしその少年を村から追い出すと言うことなら、俺にくれぬか。乃公(おれ)が一つ弟子にして養ってやろうと思うが、どうじゃ」

「へエ、お前さまが貰うて下さる……。それは願うてもない幸い。この餓鬼(がき)は村内でも持て余しもの……。どうか伴(つ)れて行って下さい。ヤイ剛吉、我りゃこの山伏さんに貰われて行け。村に居るより幸福だぞ」と、言って村を追い出す算段であった。

これを聴いて不死身の剛吉は、怯めず臆せず幸村の前へ出てまいり、

「ヘエ山伏さん、私はこんな訳の分らん村に居るのは大嫌いで……。どうかどこへでもお供をいたしますから、伴れて行って下さいませ」

「オオ、汝は少年に似合ず、ナカナカシッカリしている奴だ。ヨシヨシ乃公が伴れて行ってやる」

幸村は漁夫全体にと言って、金子を十両取り出して酒代にやり、とうとうこの剛吉を貰い受け、いったん船宿へ立ち帰り、サテ便船を求めて鹿児島へ渡らんと、いろいろ船宿の主人に尋ねるが、鹿児島へは便船がない。また特別に雇うと言っても、金を何程出そうと言っても、鹿児島と聴くと誰も行くものがない。幸村もこれには至極困っていたが、やがて剛吉にむかい、

「コレ剛吉。その方は先刻申せし通り、武士になりたければ、乃公が立派なものにしてやるがどうじゃ」

「ハイ、どうぞお願い申します」

「フム、その方この村に親族か身寄りはないか」

「ヘエ、先き頃母が死にまして、今はただ一人で、親類はございません」

「結局その方が都合がよい。実は乃公は真田幸村というもので、これより薩摩国へ入り込もうとおもって、ここまでやってきたのだ」

「ヘエ、それでは貴君様がこの辺まで、噂のある真田幸村様とおっしゃる方でござりますか。それではどうぞお引き立てを願います」

「オオヨシヨシ。してその方に聴くが、なんとかして鹿児島へのり込む工夫はないか」

「ヘエ、行くに行かれんことはないが、なんしろ薩摩という国は、他国のものは決して入れんという六(むつ)かしい国でございまして、もし港へ船をつけようものなら、船も命も取られてしまいます。それで皆怖がっておりますので」

「なるほど。尤もな話ではあるが、実はそれで困っているのだ」と、さすが智謀にかけては我が朝に比ぶものなしというくらいの幸村も、これにはホトホト困っていた。

「アア御大将、私も貴君の家来になった上は、何か一つ手柄を現わしたいとおもいます。よってこの三角から鹿児島湾までは、ずいぶん遠うござりますが、一つ私が船を漕いで、根限(こんかぎ)りやって見ましょう」

「ナニ、その方は漕ぐことが出来るか」

「ハイ、出来ても出来んでも、キット遣ってお目にかけます」

「ウム、なかなか豪いことを言う、頼もしい少年だ。見れば力量もたいそうありそうな。これ佐助、十蔵。その方この少年の力量を試してみよ」

「ヘイ、心得ました」と。

腕押し、棒押し、座り相撲をやったが、十蔵も佐助も苦もなく打ち負けた。幸村はこれを見て、驚きかつ喜び、

「佐助、十蔵。どうも少年には似合ぬ力量ではないか」

「ヘイ、実に驚きました小倅で……」

「ヘイ、御主人様、その上、私は不死身でござりまして。叩いたって殴ったって、少しも痛くはござりません。少しくらい斬られても、抛っておけば直に癒えてしまいます」

「フム……。イヤどうも妙な便利な体もあるもの。それなら鹿児島へ行けるだろう。しかし船はどうする」

「船は浜にあるのを一艘借りましょう」

「貸してくれるか」

「イエ、黙って借りますので……」

「ナニ、黙って借りる……。それでは盗むのではないか」

「そうです。だが言ったら誰も貸してくれるものはござりません。天下の大事には替られませんから……。後で返せば差し支えはござりますまい」

「フムなかなか面白いことを言う奴だ」

そこで一同示し合せ、一艘の船を見つけ出し、米二俵ばかり、その他塩味噌醤油な

と積み込み、夜に紛れて三角港を出帆した。海上はきわめて穏やかで、昼は人目をさけさけ、日数を費やし、ようよう鹿児島湾近くの、桜島のほとりまで漕ぎつけた。

二九　ヤイ不埒千万な番太郎め

「サテどうやら目的の地へ到着いたしたが、これからが随分六(む)ツかしい。今夜ここを出帆して、真夜中に鹿児島の港海岸へ船をつけ、不意に上陸せねば、もしも船役人に見付けられては大変である。ひそかに天文を見るに、今夜は風が出て、雨も大いに降り、暴風雨と相なるに相違ないから、その嵐に乗じて上陸いたそう。剛吉、貴様一つ腕一杯にやってくれ」

「ヘエよろしゅうござります。そんなことは朝飯前。不死身の剛吉、龍神の剛吉といわれた腕前を御覧に入れます」

「ウム、活発な奴じゃ。それについて予は二人を連れて、鹿児島へのり込むから、その方はわれわれ三人が上陸したならば、ただちに船を漕ぎ出して、この船を三角港へ廻しておいて、それより紀州は高野山(こうやさん)の麓九度村に、予の倅大助幸安(だいすけゆきやす)がいるゆえ、そこへ行って予の帰りを待っておれ。そこへ行けばその方共の朋友も沢山いる。また昼は書物を習い、夜は武術を習うがよかろう。決して不心得なことをいたすでないぞ」

「ハイ、ありがとうござります」

「不死身の剛吉ではははだ悪い。以後はその方の出生地の名を取り、三角剛吉と名乗れ」と、大助への一書を認めかつ金子二十両を与えた。

この三角剛吉は後年難波両度の戦いにおいて、もっぱら大助づきになって、しばしば豪勇を現わし、ついに大助幸安に従い、秀頼公のお供をいたし、薩摩へ落ちたのでござります。

さても幸村は万事の手筈を定め、出船の時刻を待っていた。そのうちに早くも日は暮れて、かれこれ亥の刻になると、にわかに吹き出す大嵐。雨も交って降ってきた。

「それっ……」と言うので、強気活発なる少年は、大波小波、荒れに荒れて白馬の駈るが如き中を事ともせず、暴風雨を犯して漕ぎ出し、ようよう鹿児島港の海岸へと到着した。

時刻はなにしろ丑満刻、船番所の見張役人は、いずれも安心なし、気を許して寝ているを幸い、船を返して主従三人は、だんだん町内へ入り、今や曲り角を曲らんとする出会頭に、さすがは取締厳重なる島津役人に見付けられた。

「ヤア……参りましたぞ。引っ捕らえてやりましょうか」

「イヤ、ここまで来れば大丈夫……貴様はかねての通り姿を隠しておれ」と、言っているところへ、早くも夜廻りの役人は近づき、雁胴の光りでジロリ二人、ハヤ佐助は姿を隠してどこかへ立ち去った。

「ヤイッ、汝らは旅の者と相みえるが、この取締厳重なる鹿児島城下へ、どこから入りこんだのだ」と、叱りつけた。

「ハイ、これは御役人衆には御苦労に存じます。われわれは山伏修業の者で、先刻船で御当地へ着し、これより一応どこかへ宿を取らんと存じ、ここまで参ったのでござる」

「ナニ、船で参ったとな。汝らもたいてい承知いたしておるであろう。当島津藩の領内へは、他国人は断じて入れないという規則である。もし他国より入り来るものは、命を取るのが定法である。サア汝らも町奉行所へ引っ立て、身許取り調べの上、死罪に行う間、兎や角申さず縛につけい」と、言われて、

「ヤイッ、不埒千万の番太郎め。かたじけなくも……」

「コリャ、何を言うぞ。役所へ行けば分ること……さあ、どうぞ御自由に……」と、手を後ろへ廻す。そうなると十蔵も仕方がござりません。おなじく縛られて町奉行所へ引っ立てられ、そこで始めて本名を名乗られた。

しかし町奉行山根作之進は、どうしても始めは真実とはおもわなかったが、なんしろ天下名代の名将のことであるから、ただちに老臣へ申しあげる。すると老臣の一人新納民部一重、これは島津家名題の豪傑新納鬼武蔵の嫡子であったが、幸村主従の風

貌をみて、これはなんでも普通の山伏ではないとみて、主君兵庫頭義弘殿に申しあげる。

「幸村とあれば仕方がない。来意を尋ねて城内へ案内せよ」とあり、民部一重は丁重に取り調べた上城内へ案内した。何しろ薩摩の気風、相手が真田であろうが幸村であろうが、事と次第によったら、容赦なく討ち取ろうという意気込みであったが、元来幸村は深き考えがあるので、もしお手切れで戦争が起こり、万が一大阪方不運の節は、秀頼公の御身を托すべきは天下広しとは言いながら、ただ島津より外にはないと思ったのでござります。それ故ワザと不浄の縄を受け、兵庫頭殿に対面いたし、万事を打ち明けて、秀頼公の御身の上を頼みこんだ。義弘殿も幸村の胸中を深く感じ、

「イヤ承知いたした。いかにもイザの節には、お引き受け申そう」と、快く承諾いたされ、日頃物に動ぜぬ幸村も、この時ばかりは雀躍りして喜び、

「アア、これをおもえば、まだ豊臣家の武運のつきざるところ……」と厚く礼を述べた後に、慶元両度の戦争破れ、大阪落城の後秀頼公が薩摩へ落ちたというのも、この時幸村が、熱涙をもって頼みこんだからでござります。

それより島津家においては、この珍客を饗応なし、なんしろ忍術家、猿飛佐助と言えば、誰知らぬものもないので、一同の所望によって、佐助は得意の忍術一手二手を御覧に入れ、兵庫頭殿始め家中の諸士は、舌を捲いて愕いた。五六日滞在の上、くれ

ぐれも後の事を頼み、再び船で筑前福岡（ちくぜんふくおか）へ引っかえし、博多より千代（ちよ）の松原の景色を眺め、筥崎八幡（はこざきはちまん）に参詣なし、豊臣家の武運長久を祈り、ただちに豊前小倉に出で、海上三里の下の関にうち渡り、

「サア、これから山陰道に乗りこみ、雲州松江（うんしゅうまつえ）の城主堀尾山城守（ほりおやましろのかみ）の胸中を探らん」と、道中泊りを重ね、途中和久半左衛門、宮部熊太郎、金ケ崎栄次郎の三名に出会い、共に雲州松江の城下に入りこみ、いつも真っ先に佐助は忍術で城内へ忍びこみ、領主の動静を探るのが役であったが、松江城内に忍びこむと、お絹の方お絹の方と言うことを、チラリとききき、もしや筧がつけ狙う、毒婦お絹ではあるまいかと、その夜は立ち帰って御大将幸村や十蔵に物語り、亭主を呼んで、それとなく聴いてみると、手前宅に昨年の春泊り、女ながらも碁の名人で、何しろ縹緻（きりょう）がいいので、それよりそれへと家中の武士の馴染も出来、ついには今では御領主様の御愛妾（ごあいしょう）になっているという話。

テッキリあいつに違いないと、佐助はその出入りを探っていると、それより間もなく、愛妾お絹の方は、大屋島（おおやしま）というところへ、多くの女中、武士を連れて、桜花見物という噂を聞き、千載（せんざい）の一遇（いちぐう）と、筧十蔵真っ先きに、五人の豪傑連中乗りこみ、なんの苦もなく毒婦お絹の首をあげ、十蔵は年来の仇を報じた。

その翌日幸村は、五人を従え松江城へ登城。堀尾山城守殿に対面なし、お絹の素性

を物語った上、豊臣味方の談判に及ぶと、山城守は一議もなく、

「イヤ、承知いたした。たとえわが家は断絶なすとも、決して故太閤の恩義は忘却いたさん。スワ手切れと相なったる節は、真っ先きに大阪へ馳参（はせさん）じ、内大臣秀頼公のお味方仕（つかまつ）らん」と、堅き約束に及んだ。


幸村は大いに喜び、後日の再会を約して城内を立ち出で、五人の勇士を従えて、松江城下を出立なし、廻り廻って因州鳥取の城下へ入ってきた。当寺鳥取は十五万石、池田備中守（いけだびっちゅうのかみ）の居城地であった。この備中守というのは、池田三左衛門輝政（さんざえもんてるまさ）公の舎弟でござります。


幸村主従は城下の備前屋（びぜんや）という宿屋へ泊りこんだ。

「ヤヨ佐助」

「ハッ」

「当地は池田備中守の居城地……。池田家は徳川家と親戚の間柄。ことに城下入口より、怪しげな役人風の男がついて来たのは、何か仔細（しさい）のあることであろう。汝これより城内へ忍びこみ、委（くわ）しく様子を見てまいれ」

「ハッ……畏まりました」と、ただちに表の方へ出て行きました。

三〇　たかが十五万石くらいの城下

一刻二刻経つと、佐助はブラリ帰って参り、

「御大将、ただいま立ち帰りましてござります」

「オオ佐助か。どうじゃ。何か変わったことがあったか」

「ハイ御大将お察しの如く、当池田家に於いては、我ら一同に難癖つけて、召し捕ろうという手段をしております」

「フム、そうであろうそうであろう。してその手段を聞いて参ったか」

「ハイ、なんでも京都所司代板倉伊賀守より申し越したような容子。いろいろ評議の末、城下外れに伏勢なし、第一城下の武士に命じてわれわれに喧嘩を吹っかけさせ、これを手始めとして、召し捕ろうという手段を廻らしております」

「フム、それは面白い。では一つ思いきり荒ばれて、汝らの武勇の程を見せてつかわせ」と、言われて、いずれも常に何事かあれかしと、待ち受けているから、天下名代の無茶苦茶連中であるが、大将と一緒の漫遊中であるから、大いに遠慮をしていたが、お許しが出たので大喜び。

「では御大将、先んずれば人を制し、遅るれば人に制せらるるとやら……。今夜当方から夜討ちをして、鳥取城に押し寄せ、池田家中の者に一泡吹かしてやりましょうか」

「イヤ面白い。行こう行こう」

「そうじゃそうじゃ。それに限る」と、豪傑連中は、早身支度に取りかかった。

「ハッハ……。待て待て。そう急くにはおよばぬ……。そんなことをせんでも、先方から喧嘩を吹っかけるから、それを買えばよいのじゃ。マア今夜は十分飲んで、英気を養っておけ」

これより幸村は佐助と何やら、ヒソヒソ計略を廻らし、佐助はそのままブラリ表へ立ち出でついにその夜は立ち帰らなかった。

翌朝ブラリ帰ってまいり、

「御大将。御命の通り十分支度いたしてござります」

「ウム、御苦労御苦労。ではこれより出立致すから、その方は先へ参っておれ」

「ハッ……、御免……」と、再び佐助の姿は消えた。幸村は筧、和久、宮部、金ケ崎の四人を連れ、ブラリ宿を立ち出で、城下外れ近くくると、彼方の方から三四人の酔いどれ武士、彼方へヒョロヒョロ、此方へヒョロヒョロして、往来の人々に喧嘩を吹っかけながらやってくる。往来の人々は、町人百姓が多いから、愕いて逃げ散る。それを面白がって、なおも荒ばれ廻りながら、ヒョロヒョロやって来たが、やがて幸村主従の側へきたり、まず第一に真ッさきの奴が、宮部にドーンと突き当たった。

もとより一同は心得ているので、なんの容赦もなく、

「無礼者め」と、言うより早く、栄螺（さざえ）のような拳骨固めて、ボカー打ち据えると、

「痛いッ」と叫んで二三間スッ飛んだ。

「ヤア田舎武士め。よくも朋輩（ほうはい）を殴りおったな。無礼者め。それ相当に詫すればよし、四の五のぬかさば手は見せぬぞ」

「アハ……、手は見せぬとは生意気なり。貴様こそ大地へ両手を支え、平蜘蛛のようになって詫ればともかくも、グズグズぬかせば刎ね飛ばすぞ」

「ヤア、こいつッ無礼なことをぬかすな」

「エエイッ……、無礼も糸瓜（へちま）もあるものか」と、和久半左衛門、チョイと引っ摑んで、ブーンと投げつけると、三つ四つモンドリ切って、傍の小川の中へドブーンと落ちこんだ。

「そーれ、皆来いッ」と、一人の呼ぶ声に、彼方此方の物蔭より、二十人ばかりの若侍、バラバラと駈けてきた。

「ヤイッ、貴様らはどこの奴か知らぬがよくもわれわれの朋輩を手込めにいたしたるよな。それ打ち斬れよ」と、一同ズラリズラリ抜き連れて、幸村主従に斬ってかかった。

「イヨー、遣りおるな」と筧、金ケ崎の両人は大いに喜び、宮部、和久の両士も加勢して、荒ばれ廻ったが、二十人くらいの人数は瞬く間に片づけ、後をも見ずに一目

散、彼方の方へ逃げ出した。

「サア、これでいよいよ物になったらしい。これから町奉行でも追いかけて来る。するとこっちから伏勢が起こって、挟み打ちという敵の計略であろう。一同の者ぬかるな」

「ナーニ大丈夫でございます。たかが十五万石くらいの城下、たんだひと潰しにして御覧に入れる」と、

言っているところへ、かねてより計画してあったとみえ、ワアワア鬨の声をあげて、タッタ……と押し寄せた一団の群集、真っ先きに立った馬上の武士、

「ヤアヤア、そこに居る五人の者待て待て。汝らは何故に、池田家の若侍を手込にいたしたるぞ。かくいう我こそは、池田家の町奉行森三左衛門(もりさんざえもん)なり。取り調べの筋あり。イザ尋常にお縄頂けい」

「無礼者控えろ、われら不浄の縄を受くべき訳がない。さる言いがかりをせずとも、召し捕れるなら召し捕ってみよ。豊臣方には、そんな骨なしは居らんぞ」

「ヤア、ぬかしたりな素浪人……。それ者ども、容赦なく召し捕ってしまえ」と、烈(はげ)しき下知を下すと、捕手の役人五六十人、幸村主従をグルリ押っ取り囲んだ。

「ヤア池田家の木っ葉ども。天下の豪傑宮部熊太郎を知らんかッ」と、側にあったる百五六十貫もあろうと思われる大石に諸手(もろて)をかけ、ウーンと一声、目よりも高く差し

あげ、ヤッと一声、群がる中へドスーンと投げつけると、一度に七八人ギューと引っ潰れた。

「それかかれ」と、言う下知に、一同バラバラと打ってかかった。

　筧、金ケ崎、和久ら、いずれも覚悟しているので、側に立っていた一二尺まわりもあろうという松の木を、グイグイ引き抜き、根のついたまんまビュービューと振りまわし、一度に三五人ずつ、バッタバッタ打ち倒す。役人はみるみるうちに馳(はせ)加わり、今ではほとんど倍ほどになった。幸村もおなじく四方に払い退けながら、いつしか奉行の側に突進した。

　側には十蔵がつき添い、群がる奴等を刎ね飛ばしている。そのうちに幸村は奉行の馬近く進みより、

「ヤアヤア町奉行。罪なきわれわれを召し捕らんとは不埒千万なり」と、バラリ進んで奉行の片足をグイと引っ摑んだ。

「ヤアこの素浪人、上役人に抵抗するかッ」と、抜き打ちに、頭上より斬り下げんとしたが、相手は名代の真田幸村。たちまちズルズルと引きおろし、自分代ってヒラリ跨り、一人の突き出す槍をグイッと引っ手(た)くり、ボイボイお得意の槍玉に刎ねあげ、上がる奴と下がる奴と鉢合せ、痛い痛いと叫んで、ゴロゴロ転がる。その間に筧十蔵、一人の奴の馬を奪い、これもヒラリ打ち跨(またが)り、和久、宮部、金ケ崎が、大木を振

りまわしているところへ、主従は駒を輪乗りに、タッタ……と乗りまわし、馬蹄に蹴あげ、槍さきにかけて追い散らし、

「それ一同引きあげい引きあげい」

幸村の命令で、ワザと一同バラバラと、城下外れの松原の方まで引きあげると、待ち受けていた伏勢、彼方此方より二十人三十人と現われ出で、物をも言わず幸村主従に打ってかかる。

それを見て奉行は馬を乗りかえし、「それ討ち取れい」と、新に百二三十人引き連れ、ドッと乗りこんだる一刹那、突然ズドーンと、天地も裂けるような物音、三四十人は地雷火にかかって、空中へ舞いあがり、アッと驚く間に、辺り一面みるみる炎の海と相なりました。

三一　例の忍術で追い返してしまえ

「ヤア、真田の計略にかかったぞ」と、ウロタエまわり、またもズドーンと続いて響し強音と共に、三四十人は空中へヒラヒラヒラ、一同ますます狼狽へ騒いでいる所を、幸村主従はさんざんに荒ばれまわり、手当り次第に踏み潰し、叩き潰した。

これぞ猿飛が幸村の命を受けて、城内へ忍びこみ、火薬を盗み出して、処々に埋め

て小さな地雷火を造り、それから口火を引いて、辺りの枯木枯柴に火が移るような仕かけをしておいたのでござります。池田家の人々はアッと驚き、この上いかなる計略にかかるやも知れぬと、今は召し捕るどころの騒ぎではない。我れ勝ちにその場を命カラガラ逃げ出し、城内へ立ち帰り、主君へ申しあげると主君も大いに口惜しがられ、

「ナニッ……、いかに才智勝れたりとも、たかが主従六名くらい召し捕るに、いか程の事やあるべき。馬引けッ」と、大音に呼ばわり、自ら大勢の家来を引連れ城下外れの松原差してのり込んだ時には、既に幸村主従の影だに見えず。その辺になんとも知れぬ家中の諸士、ウムウム唸っていると、辺りはボーボー一面の大火。一同の人々も、いつの間にこんなことになったのかと驚き呆れたが、そのままに捨て置くことが出来ず、早速消防にかかると、彼方鳥取城の方に当って、炎々天を焦がすばかりの有様。一人は気がついて、

「ヤア大変……それ引き返せ。お城の方が火事だ火事だ」と、大勢の人々は慌ててドシドシお城の方へ駈つけてみると、どこに火事があるようにも見えない。

「フム……、さてはこれも真田の計略か……。それ遠くは行くまい。追い打ちをかけい」と大勢の人々に命じ、騎馬を揃えて五六十騎。ドシドシ幸村主従の後を追いかけた。幸村は一里半ばかりも離れ、とある茶店で一服なし、

「ヤア面白かった面白かった」

「しかし、さすがは御大将だ……。あの地雷火には我我でさえちょっと驚いた」

「アハ……、火薬が不足なので、残念なことをしたが、しかし大分池田家の奴らは膽を潰したようだ」

「しかし池田家では、必ずや追っ手をかけるに違いない。佐助ちょっと行って見てまいれ」

「ハッ」と、答えて佐助は、直ちに出て行ったが、暫くすると帰ってまいり、「御大将、まいりますまいります。五六十騎ばかりの馬上の鉄砲組が、駈けつけてまいります」

「ウム、そうであろう」

「では御大将、私がちょっと追っ払いましょう」

「イヤ、そういう役は私に限ります」

「アハ……待て待て。もうあれくらいさんざんに打ち悩ましておけば沢山……。佐助、その方例の忍術で追い返してしまえ」

「ハッ畏まりました」

「オイオイ猿飛、貴様ばかりではあまりじゃ。俺にも少し分けてくれ」

「そうだ、俺にも少し分けろ」

「ヨシヨシ、では向こうに大きな池がある。あの池の周囲をぐるぐる廻らせるから、貴様ら片ッ端から池の中へ投げ込んでやれ」

「フム。まわらせると言って、そんなことが出来るか」

「ハッハ……見ておれ見ておれ」と、スックと突立ち、口中になにやら唱えて九字をきると、彼方の方からウワーウワー声をあげて駈つけ来った五六十騎の鉄砲組。ドシドシ池のグルリを廻り始めた。

「イヨーこれは妙々。猿飛これからいったいどうなるのだ」

「これからあの鉄砲を一時に撃たしてみせる」

「フム、そんなことが……」

「アハ……、なんでもないことじゃ」と、またも九字を切ると、一同筒口揃え、天へむけて一斉射撃、ドドンドドンと撃ち放した。

「アハ……。天へむけて……。鳥追い……、追逃がしか……」

「サア、もう大丈夫だ。池の中へぶち込めぶち込め」と、言うので、五人はバラバラと駈けつける。一同はなお小さな池の周囲をグルグルまわっている。

「ホホオ……、馬鹿めがまだ廻っているぞ……。ヤイッ、貴様らは何をしているのだ」

「ヘエこれから真田主従を召し捕りに行くので。今鉄砲を放したが、とうとうどこかへ逃げました……」

「何を言ってやがるんだ」と、佐助は片っ端からズルズル引きおろすと、筧、金ケ崎、宮部の三人が、チョイチョイ引っ摑んで、ドブンドブン、半左衛門は馬をドブンドブン投げこんでいる。

「アハ……、和久、馬には罪はない。助けてやれ助けてやれ」と、言っているうちに、小さな池は満員。アブアブチャブチャブ、藻掻(もが)きまわり、始めてハッと人心つき、

「ヤア、またやられたやられた」と大騒ぎをやっているうち、主従六名は馬を分捕(ぶんど)って、いつしかその場を立ち去ってしまった。

後に若侍らは身を震わして恐れ、

「真田幸村という奴は、名代の軍師だが、あの分では魔法も使うとみえる」

「そうだそうだ。命のあるのがまだ幸い。引きあげろ引きあげろ」と、城下へ差して逃げ帰る。備中守は、地団駄踏んで口惜しがったが、どうすることも出来ず、ほとんど泣き寝入りの体であった。此方幸村主従は、廻り廻って大阪へ立ち帰り、且元と万事うち合せ、久々で紀州九度山へ立ち帰った。

それよりはなおも十勇士の面々を諸国に出して、天下の形勢を手に取るが如く知っていたが、関東関西の間柄は、日々険悪になり、暗雲は大阪城の空高く漂うていた

が、ちょっと見ると幸村は、あたかも気抜けの如き有様で、ただ一子大助幸安の養育に余念もなかった。

　お話はガラリ変わって、此方大阪城内においては、かの関ヶ原の合戦以来、すべて秀頼公を補佐し、執権の職を執っていたのは、御承知の通りかの片桐且元でございます。しかるに当寺淀君の淫らなるありさまや、または秀頼公の御柔弱（にゅうじゃく）なるところよりして、ますます関東の勢は旭（あさひ）ののぼるごとく、ついに大阪を滅ぼさんという思召（おぼしめし）によって、ひたすら時のくるを相待っておるうちに秀頼公はかの京都大仏殿に釣鐘の建立をおもい立たれ、つにこれが出来（しゅったい）の後、大仏殿において鐘の供養をいたさんとしたるとき、京都所司代板倉伊賀守どのは、これ全く鐘の供養とは表面にして、内実は関東を調伏（ちょうふく）いたすのであると、これを止めて大議論をいたしたる末、ついに片桐且元関東に下り、その申し訳をいたしましたるときに、全く豊臣家において、徳川家に対し野心を抱くのでなければ、淀君を関東へ人質として送るようというおおせが下がったから、今は如何ともすべからず、片桐は深くかんがえたるうえ、この儀をお請けをいたして大阪へ引き取って来た。

　さて且元より淀君にこの次第をもうしいれまするとと、何しろ女のことでございますから、前後のかんがえもなく、ことの外（ほか）御憤りのあまり、ついに片桐に退城せよと言う仰せ。且元は大いにおどろいて、しゅしゅと意見をもうしあげたが、さらに御用いなく、ここにいたって片桐は、天を仰いで嘆息いたし、よんどころなく摂州茨木の居城へ引き取ってくる。淀殿はそののち御寵愛になる、大野修理亮治長をもって執権職を命ぜられる。そのうちにいよいよ大阪表へ、関東より軍勢をもって押し寄せるという風聞が高くあいなったから、城内の面々は大いにおどろき、諸勇士を集めて大評定を開かれることになった。

この時大阪城内千畳敷に一同のものを呼び集めて、まず正面一段高きところには秀頼公。御簾を高く巻きあげさせ、御着座に相なっておられる。その次に並んで御母堂淀君。かたわらには一段さがって織田源吾長盛入道有楽齋はじめ、おなじく河内守長孝、大野道犬齋、つづいて倅修理亮治長、おなじく弟主馬正治房また七手組のめんめんは、伊東丹後守、青木民部少輔、速水甲斐守、野々村伊予守、真野豊後守、堀田図書助、中島式部少輔をはじめとして、石川駿河守、若手の英雄としては、木村長門守重成、侍大将にては塙団右衛門、強将には、薄田隼人正、荒川熊蔵、その他明石掃部之助に至るまで、いずれも威儀を正して着座をいたし、評定いかんと相待っている。サアこの評定は如何相なりましょうや。いよいよ真田幸村入城。

三二　采配を執って軍師の役を願いたく

このとき執権大野修理之亮治長は、ジリリとそこへ進み出て、

「さて、おのおの方。かく今日集めもうしての評定は余の儀にあらず。今般片桐且元関東へ同意の色をあらわし、既に若君に対し敵対をいたさんとするは必定である。さだめし京都所司代板倉をはじめ、また尼崎(あまがさき)の建部内匠(たてべたくみ)、その他三田(みた)、高槻(たかつき)等の関東方の城主に加勢をこい、諸方より後詰をなすこと必定なり。しかし一応関東へ伺いし上でなくば、加勢の人数を出すことはなるまじ。しからば諸方より加勢のまいらざるうちに、すみやかに軍勢を繰いだし、短兵急に茨木城を攻め落とし、片桐兄弟どもの首を討ちとり、不忠者の見せしめになさんとおもうが、おのおの方は如何でござる」

このとき渡邊内蔵之助(わたなべくらのすけ)、浅井周防守(あさいすおうのかみ)の両人は、声を揃えて、

「なる程。ごもっともなるその仰せ。しからばそうそう軍勢を繰出す用意におよばん」と、既に立ち上がらんといたしましたるときに、郡主馬之助(めのすけ)、明石掃部之助の両人、ズイッとそれへ進みいで、

「アイヤおのおの、しばらくお止まりをねがいます。ただいま大野氏の仰せではござるが、それは軍議の御評定にあらず。そも片桐殿は御当家第一の忠臣なり。畢竟(ひっきょう)ずる御身方はかねて不和の間柄より、この度の事も起こりたる次第。既に今般片桐殿が当城より退身せらるるとき、われはこれより出家をとげ、ふたたび戦場のことに容喙(くちばし)を出さずとあって、本城に引き取られたることにてはこれなきや。しからば敢えて当家

に敵対をするような御人ではこれあるまじ。古(いにしえ)より、君を捨て忠臣国を去るは、これいわゆるその国の滅亡する印である。よって片桐どのはそのままにおち捨てに相なるとも、決して当家に対し弓を引く人にはあらず。元来片桐どのは、御母堂淀さまを御隠居なさしめまつらんという、約定をいたされしが、この深き思召のあることにてあれど、それはとにかく、片桐どのを討ち取らんなどと軍勢を差し向けると言うは、まさしく関東へ敵対に当り、それでなくとも、何か大阪に落度あらば、それを言い立て、滅亡させんとするの時なり。よってこの儀はひとまず見合(みあわ)しおき、まず戦いの手当こそ肝要のように心得まする……」

諸士の面々も、

「ウム、なるほど。御両所の意見道理なり」と、言いあっている中にも、取り分け薄田隼人は、「御両所のおおせ至極ごもっともにぞんずる。まず合戦の準備これなくては相叶うまじ。もっとも味方のうちに、器量勝れたるかたがた多くあるといえども、失礼ながらみな太平の世に人となり、御政治向きに心をつくすのみにて、戦いの場数を踏まざれば、采配を執って百戦百勝は覚束なし。よっていずれ器量の勝れたる御人を選んで、ここに軍師を設けざるときは、この評定はなるまいと心得ます」

このとき木村重成も、ズッと座を進め、

「なるほど、ごもっともなる薄田氏のおおせ。此方の心もさようにて、それについて拙者一人の軍師をもうしあげます。これはかねて片桐どの、お家のためとあって、拙者まで申し残されたこと。唐土（もろこし）の孔明（こうめい）、張良（ちょうりょう）、また我が国にては、楠正成（くすのきまさしげ）公にも優るべき御仁がござる」

　これを聞いて七手組に一人、野々村伊予守、それへ進みいで、

「片桐どのが仰せおかれたる人とあらば、定めて天晴なる御人とおもわれる。シテその御人は何人でござる」

「されば、故太閤殿下御存生のおり、かれは人中の龍であるぞよと、お賞めのお言葉をくだし賜りたる、真田左衛門尉海野幸村殿にて候（そうろう）。その次は京都に永く浪人をいたしている、四国の英雄長曾我部盛親（もりちか）入道、つづいて黒田の豪傑後藤又兵衛基次（ごとうまたべえもとつぐ）どの、これらのかたがたを大阪に入城あらしむるようとはこれ片桐どののよりのおおせでござるぞ。おのおの方はいかに思召まするや」と言いたした。

　一座のめんめんこれを聞いて、満面に悦びの色をあらわし、

「なるほど。戦いには至極適当のご仁、第一番に幸村どのを大阪に招くをもって専一とおもわれる」と、いずれもこの評議一決いたしまするると、そのとき大野は、

「なるほど。その義道理に候。しかしその真田を迎えに出しまするには、その途（みち）があるまいと思う。と申すは、近頃関東の下知によって、岸和田あるいは郡山、五条、橋本等に人数を繰いだし、街道筋は番所を構え、往来厳重に吟味をいたし、こと

に紀州和歌山にては、浅野但馬守(あさのたじまのかみ)関東の下知をうけ、もし幸村が九度村よりうって出でんかと、昼夜油断なく窺いいるよし。しからば迂闊に使者を立つること能(あた)うまじと心得る。

「なるほど。執権殿のおおせ御道理なれど、御使者の義は決して御心配無用。首尾よく通行いたすべき計略もござる。よって若君、この上はその使者としてお遣わしにあいなるものを、御選み出しを願いたてまつる」

それを聞かれて秀頼公は、

「フム、いかに重成。その義はその方に任せるぞ」

「ハハッ、畏まりたてまつります。君命により申しあげたてまつる。そのお使者としては、明石掃部之助に仰せつけくだしおかれまするよう、願いたてまつります」

「ウム、そうか」と。

ここにおいて秀頼公より、明石へおおせ付けられて、真田幸村へ送るお頼みの書面、お墨付をお渡しになる。そこで木村から明石へ万々内意をもうし含めたから、明石はさっそく姿を替えて、大阪を出立いたし、道々高野山(こうやさん)まいりの姿にて、その笈(おい)の中にお墨付を貼り付け、泊りを重ね日を積んで、ようようこの紀州九度村へのりこんでまいり、病気と偽って、幸村の閑居しているところへ泊り込んだが、早くも幸村においては、大阪表よりの使者であるということを見抜き、そのことを明石に尋ねます

ると、明石もその眼光の鋭きに大きにおどろき、

「ハハッ、おそれ入り奉ります」と、ようようその身の姓名を名のり、

「かく御推量の上からは、秀頼公のお使者に相違なく、なにとぞこれを御覧くだされ」と、笈のうちに貼つけたかの書面、墨付を取りいだし、手渡におよび、

「なにとぞ大阪へ御入城下しおかれまして、采配を執って御軍師のほどをねがいたい」と、申し入れた。


このとき幸村は、お墨付を執って押しいただき、これを披いて読んでいたが、やがてニッコと笑を含み、

「いかにも承知いたした。ことに故殿下の御遺言もあり、わが身は九度村の地にあるといえども、心はかねて大阪城中にあり。して片桐どのは……」

「さればでござる」と、且元の一伍一什を申しまするると、聞いた幸村はホッと嘆息をなし、

「ああ、まことにもって惜しむべき人物である。われ側にあらば、あくまで退城を止めしものを。また是非もなき事である。しかしこの上からは、そうそう当所を取りかたづけ、キット入城つかまつるでござる」と、そうそう返書を認め明石に渡す。明石はこれを押し戴き、以前の如く笈の内へ貼り付けて、

「して御軍師にはいつの頃に、御入城をくだしおかれまするや」

「されば、まず当月十八九日頃と思召くだされ」

「ハッありがたくぞんじまする。どうか執権職大野殿方まで、御到着のほどをねがいたてまつります。かつまたこれはお心得の為もうしあげておきまするが、かの修理亮親子の者は、御母堂の御寵愛深く、もっとも己れを高ぶり、人をそねみ妬(ねた)むの癖あり。御軍師にもなにとぞその辺のところは、篤(とく)とおぼし召のほどを前もってねがいあげます」

「イヤそれは委細心得ている」と、そこでその翌日明石はここを出立におよび、大阪表へ立ちかえる。

スルとその後はまず諸方に人を遣わして、家来の面々を集め、そのうえ計略を定め、表面的は村々へ回章を廻して、先祖の年回について、法事を営むと触れさせた。サアこれよりいよいよ幸村が、大阪入城の途中、岸和田の城主小出大和守(こいでやまとのかみ)の眼をおどろかし、織田有楽齋、大野道犬齋の膽を冷さしめるという、愉快極まるお話。

三三　真田の同勢だうち破れッ

頃は慶長十九年三月十七日、幸村は先祖の年忌をつとめるというので、村々へ回章をまわしたから、その当日になってくると、在方の百姓は大きによろこび、なんでも一つウンと御馳走になろうというので、中にはまだ朝飯も食わないで、十分腹をへらし、正体の刻限までにでてくる。村方などというものは、決して遠慮などをするのではない。ドヤドヤドヤと大勢のものはあつまってきたが、さっそくこれを一間にとおし、モウかれこれ午刻という刻限になってきたが、さらに御飯を出さない。酒も出ないというので、大勢のものはブツブツ吐言(こごと)をはじめた。

「ナア杢兵衛(もくべえ)、先生様はどんな御馳走をくださるか知れないけれども、どうも大層長いじゃアないか」

「オイオイ、他(ひと)の家へ御馳走に食(よば)れにきて、そんな愚痴を溢すものジャアない。なにぶん大勢だからおこしらえが手間どるのだろう」

「サア、こんなことなら、俺りゃア朝飯を食ってきたらよかった」

「なんだと。朝飯を食わないできた。甚(えら)いことをしやアがる」

「しかし大分遅いではないか」と、銘々ブツブツ愚痴を溢している。やがてモウその日の未刻過ぎという頃あいに、ようようそれへ膳部がでてきたから、充分空腹でございまして、そろそろ酒を飲み始めたが、食事にかかったのは、その日の夕景過ぎでございます。

　そこで鱈腹(たらふく)飲食いたしまして、銘々は御馳走酒にドロンケンとあいなり、引きとったから、この晩はこの村一同のものはなかなか夜業などするものはない。引き取るとそのままうち臥してしまったから、村中この夜に限ってはやくから寂寥といたし誰一人起きているものはない。

巧く行ったと幸村は、充分に用意をととのえ、臣下の面々の諸方よりあつまったるもの、あるいはどこそこで出会うという約束をいたしたものも、かねてこの紀之川へのりこんで来たから、ここに同勢をととのえ、船の用意をしておよそ三里ばかり紀の川の川下へ下り、既に岩出とうところへ着したところは、はや夜もホノボノと明けわたって来たので、ここに上陸して軍勢をととのえ、ブーブーブー、ドンドンドン、ガンガンガンと、陣鉦太鼓貝の音を響かせて、勇ましくも乗りだした。

同勢は凄まじくもまた美々しき限りでございます。しかるに浅野家においては、万一真田が大阪へでも乗り出すときは、これを食い止めんとして、黒川左京、浅野八郎右衛門、谷崎小左衛門を大将として、その勢およそ一千五百人をもって、この岩出の出口を固めていたが、

「ソレ真田の同勢である。打ち破ってしまえッ」という下知に、ドッとばかりに八方より、真田の同勢に打って掛った。幸村馬上にあってにっこと笑を含み、

「小賢しきそのありさま。一人ものこらず打ちとってしまえッ」と、久々に采配を揮って下知をいたしたが、瞬くうちに浅野勢は散乱いたして、重立ったものの首級をあげ、軍陣の血祭として、ゆうゆうと武者押しをいたしましたが、いったん逃げ散っ

たる浅野の同勢、ふたたびうちよせる気力もなく、真田勢はそのうちに、はやくも樫井川をわたって貝塚を経、はや岸和田近くのりこんできた。

ここにその頃岸和田の城主は、小出大和守どのでございまして、さっそく幸村は家臣根津甚八にもうしつけ、使者といたして、根津はいそぎ岸和田城内にきたって、かかり役人に面会の上、

「拙者は紀州九度村に閑居いたしたる、幸村が家来でござる。このたび義によって真田幸村大阪へ入城つかまつる途中であるが、御当家はかねて関東へ御随身の儀なれば、さだめてお差し止めあるべきなれど、しかるときには、幸村ひさしぶりにて、采配をとって一戦におよばんとところえ、しかし、御無事にお通しくださるとあるならば、決して敵対はつかまつらぬ。この儀御返答ねがいたい」

執次のものは膽をつぶして、

「アアさようでござるか。まずしばらくお控えをねがう」と、さっそく城内へこのことを通じると、小出大和守も大いにおどろいて、到底敵手になっては堪らぬとおもったから、

「決してこの方は戦いを好みません。御遠慮なくお通りください」と、いう挨拶。そこで根津はふたたび吾が勢へ取ってかえし、このことを幸村に申しいれると、しからばすみやかに通行いたせというので、その勢い凄まじく、旗馬印を風に翻し、ブー

ブードンドンジャンジャンと、威容堂々とてして通り行く真田の軍勢。

いつの間にこれだけあつまったかと、城内の面々は荒膽（あらきも）をとり挫（ひし）がれながら、その行列を見てあれば、なにかは紙の張子（はりこ）をもって鍛えあげたる大砲を、あるいは二挺、または三挺ぐらい、細引にて充分縛りあげ、それを背中に背負って歩いているは、なかなか人間業ともおもわれない。

じつにますますおどろいたが、決して紙の張子の筒とはみえない。真田の家来には、たいそう豪い奴がいる、これジャうかと戦争（いくさ）も出来ないと、スッカリ呑まれてしまった。そのうち真田の同勢は、はやくも泉州境の港へのりこんでくると、さっそくここに一泊をいたして、大阪に使者を立て、明日は入城するということを、執権の方まで届けいでた。

よって大野修理亮より直ぐ様このおもむきを、城内へ披露におよびますと、秀頼公はことのほかのお喜びでございます。このとき木村長門守重成は、御前へすすみいで、

「幸村が当城へ入城つかまつりますれば、主君の両腕ともいうべき、唐土の張良、孔明にも勝った軍師なれば、主君よりおもんじたまわねば、人自然とあなどる道理、さあるときは下知も行きとどかず、よって君の御名代としてお歴々のうちより、お出迎えをお遣わしにあいなってしかるべくぞんじたてまつります」と、もうしあげる。

「いかにもその方のもうすところ道理である」と、そこで織田有楽齋、大野道犬齋の両名に、住吉まで出迎えをおおせ付けられた。スルト両名は、このおおせを承わって、さっそく下城をいたし、まず両人寄って相談をする。

「どうだ大野。一つわれわれはなるべく立派に扮装ち、真田幸村といえる奴の荒膽をとり挫いてくれようではないか」

「ウム、よかろう」と、いずれも本卦過ぎたる老人のこととて、その身は紅羽二重の紋付の小袖に、緋羅紗の奴袴を穿ち、紅栗毛の駒に打ち跨って、もっとも大小刀は朱鞘、ことに家来もことごとく赤そろえて、なんのことはない、瘡煙子の見舞にゆくという扮装ち。赤足袋に腰には朱塗りの弁当、なかは小豆飯にお菜は紅生姜。まさかそんなこともなかろうが、とにかく赤ずくめの派手な扮装で、夜の未明まえより大阪を出立いたし、住吉にまいり、神主の座敷をかりうけ、ここに休息をいたして、真田の同勢が堺から出掛けてくると、直ぐにしらせるという手筈をさだめてある。ところがかれこれモウ巳刻前後というころあいに、家来の注進があった。

「ハッただいま南の方より軍勢がのりこんでまいりました」とのことゆえ、さっそく両名が街道筋にまかりいで、道のかたわきに床几をおき、それに腰をおろして二三十名の家来をうしろにしたがえ、行列の来るを相待っている。

ところへ先ばらいとみえて、黒羽二重の羊羹色の衣類を着用いたし、ボロボロになった羽織被って、ところどころ剝げかかった大小刀を帯し、「かたよれかたよれッ」といいながら進んできたから、これを眺めた織田大野の両名は、

「どうだ大野氏」

「なんだ」

「いくら幸村が器量人であろうとも、永年の間浪人をいたしていたから、あのザマを見ろ。あれが先きばらいとみえる」

「ハ……、あんな奴に出迎えをせねばならぬとは情ない次第である。どういう風で真田はくるだろうか」と、二人は嘲り気味でまっていると、こはそもいかに、あとには甲冑に身を纏ったる足軽の者、弓十五張、長柄二十筋、二行にならんで、その中程には騎馬武者十人、手綱をかい繰、ゆらゆらとして乗り込んでくる。その次に金唐人笠の馬印、六文銭の定紋ついたる旗の手を三流押し立て、その他持槍、持筒、伊達道具をふりたて、前後合せて五十名ばかりの同勢にて、その中央の大将は、もっとも馬上でござりますが、黒糸縅、魚鱗小更の大鎧を着用におよび、おなじ糸をもってこしらえあげた、五枚錣の兜を猪首に着なし、肥太ったる逞しき馬に打ち跨り、威勢どうど

うとしてのり込んできたから、此方の二人はハッとばかりに驚いた。

さすがは真田幸村であると思ったから、さっそく床几をはなれ、馬上の大将がその前にくると、それへ小腰を屈めて、

「これはこれは。真田幸村どのには遠路のところ、御入城くだしおかれ、千万ありがたくぞんじたてまつる。拙者事は内大臣秀頼公の御名代として、織田有楽齋、大野道犬、これへお出迎えをいたしたのでござる」と頭をさげる。

このとき馬上の大将は、これを聞くと、さっそく馬よりヒラリ飛びおり、着たる兜を脱いで家臣にわたし、

「これはこれは。遠路のところ、お出むかえくだされ、御苦労千万にぞんじたてまつります。拙者事は信州上田前の城主真田左衛門尉幸村の家臣穴山小助(あなやまこすけ)ともうし、主人さきのりのものにござります。失礼ながらのりうち御免くださるよう」と、再び兜をいただき、ヒラリと駒にうち跨がり、堂々として大阪の方へ進んで行く。二人は呆気にとられて、

「オヤオヤ、人を馬鹿にしやアがる。あれは幸村の家来だ。なんだ大将ぶりアがって」と、おどろいている。

ところへまたもや二丁半ばかり間をおいて、こん度は鉄砲二十五丁、弓二十張、二行にならんで、その次には長柄三十筋、いずれも騎馬武者随行いたし、その他徒歩武

者順を正してゆうゆうとならんでまいります。もっともこれにも持筒、持槍、伊達道具を厳重に備えまして、そのうちに馬上の大将は、卯の花縅の大鎧、烏帽子形の兜には、銀の午月前立うちし、もっとも五枚錣の大兜を猪首に着なし、赤毛の駒に乗鞍置いてユラリガッキとうち跨り、右手に軍扇、左に紺白二段の手綱を掻いくりながら、ドウドウドウと、すすんできた容子をみて、たとえ浪人をいたしても、さすが以前は一国一城の主人、幸村といえる奴は、嗜みのよい男だと、その大将が前にきたときには、二人床几をはなれて、頭をさげ、

「これはこれは。真田幸村どのには遠路のところ御入城くだし置かれ、千万かたじけのうぞんじます。拙者事は織田有楽齋、大野道犬の両人、主人秀頼公の名代として、これまで出むかえをつかまつったのでござる」

このとき馬上の大将は、兜を脱いで、ジロリ横目に二人を身流し、

「これはこれは御両所とも、ワザワザのお出むかえにあずかり、おそれ入りたてまつります。拙者事は真田幸村の家臣海野三左衛門と申するもの。主人先きのりにござりまする。失礼ながら乗りうち御免ッ」と言いすてて、後をもみずに静々とすすんで行く。

「オヤオヤ、これもちがうぞ。全体真田という奴は、どこにこれだけのものを忍ばせて置いたのであろう」と、両人はただ茫然として南の方を眺めていると、その次に五

人七人、あるいは十人ぐらいの家臣を召しつれたる騎馬武者が、幾組となく通りますから、さすがの二人も呆れ返って、これを眺めている。スルトまたもや一丁ばかりはなれて、およそ四五十名の家来を引きつれ、貝鉦太鼓の音いさましく響かせながら、進みきたった馬上の大将、白糸縅の大鎧に、萌黄匂（もえぎにおい）の腹巻をしめ、六文銭の紋金物は、あたりを払ってキラキラ輝きわたっている。

頭（かしら）には黒塗の陣笠をまぶかに押しいただき、赤地錦の裏をつけたる派手やかなる陣羽織を着用いたし、奥州産の黒毛の名馬に打またがり、手綱をかい繰て、すすんできた。さすがは幸村だけの値うちはあると、確に見とどけたる此方の両人、床几をはなれておもわず小腰をかがめ、

「これはこれは真田幸村どの。この度は遠路御入城くだしおかれ、かたじけなくぞんじたてまつります。我れら両人このところまでお出むかえつかまつりました」と言うに、此方の大将は、馬上ながらもジロリふりかえって、

「アア、それは御苦労にぞんずる。拙者事は嵯峨天皇十六代の後胤（こういん）、海野小太郎幸氏（うんのこたろうゆきうじ）の子孫、信州上田の城主真田左衛門尉海野幸村……」と言うから、二人はいよいよこれだとおもいながら、思わずハッと頭をさげる。スルト大将は被り物をとろうといたしますゆえ、二人は慌ててそれを押し止め、

「アイヤ、先生にはどうかそのままおいでください」

「イヤイヤそれにてはあまり失礼にぞんずる」と、どうやらこうやらそのうちに、笠の紐を解き、パッとそれを取ると、大きな坊主でござりますから、

「ハハア、さては真田は入道したのか」と、その顔を見あげておりまするると、ようように大将は言葉を続け、

「その幸村の家臣で深谷清海入道（ふかやせいかいにゅうどう）ともうすものでござる。まったく主人の先きのり、のりうち御免くだされ」

「エエッ、人を馬鹿にしていやアがる」と、

二人は茫然としてみていると、そのまま悠々とのり出して行く。

「いかに道犬、どれが幸村であろう。もうしまいか」と見ているうちに、しばらくたって目に立つばかりの南方より、馬をうたした大将は、さきばらいとして、猩々緋（しょうじょうひ）の二段羽蓮の馬印し、その次には陣鉦太鼓の音いさましく、ドシドシ撃ち鳴らしてきたから、これこそイヨイヨ幸村に相違ないとみていると、真っさきには弓百張、二行にならび、そのあとには鉄砲組、続いて長柄組、いずれも一人宛の騎馬武者がつき添い、六文銭の定紋ついたる大幟を五旗、小幟三旗、燃立ばかりの紅の織半に金糸をもって六文銭を縫わせたる小印しをおし立て、持筒、持槍、伊達道具を真っさきに押したて、馬上の左右には近侍とみえて二十名ばかり。いずれも手槍を小脇に抱いこみ、武者鞋をはきしめたるが、大将は、小桜を黄にかえしたる大鎧、南蛮鉄（なんばんてつ）六十四間

筋金(すじがね)うったる八方四星の兜には、六文銭の前立うったるを猪首にいただき、銀切割の采配を乳房の管におさめ、栗毛の駒には青貝うったる鞍をおき、紅白二段の手綱をゆうゆうとかいくり、紫紅白三段の尻掛け燃たつばかりのありさまにて、南蛮鉄の鐙を踏みしめ、ゆうゆうとして進み来たった一人は、いよいよこれぞ幸村に相違ないと、頭をさげて、

「これはこれは、真田先生には、ワザワザ御入城くだしおかれ、千万かたじけのうぞんじたてまつる。主人内大臣家の御名代として、お出むかえつかまつたる拙者ことは、織田有楽齋、大野道犬でござります」

このとき馬上の大将は、しずかに兜を脱いで左手にたずさえ、ジロリとふりむいて、両人の姿をみる。二人はヒョイと頭を上げてよくよくみてあれば、まだふり分けの前髪にて、ようよう年は十五六歳。

「オヤッ、これも違うぞ」と、呆れていると、大将は頰に笑をふくみ、

「拙者事は、真田左衛門尉幸村の一子同姓大助幸安。ワザワザ各々方のお出むかえ、御苦労千万に存じたてまつる。失礼ながら乗りうち御容赦くだされ」

二人とも呆れてしまった。いずれがいずれやらさっぱり訳がわからない。その跡へは海野将監(うみのしょうげん)、根津甚八(ねづじんぱち)、望月主水(もちづきもんど)、望月右衛門(もちづきえもん)、穴山小左衛門(あなやまこざえもん)、別府若狭(べっぷわかさ)、三好伊三(みよしいさに)入道(ゅうどう)ら、後押えの大将として、その他白木の長持ち二十棹ばかり、大阪の方へ進んで

しまったから、二人とも実に狐につままれたような顔をしている。これより前に幸村は、身を山伏の姿に扮たち、堺の町を出立して、はやくも大阪の城中へはいってまいり、さっそく執権修理助治長に御届けをした。

ところへじゅんじゅんに今の行列がくりこんできたのだから、城中においても大いに驚き、さっそく秀頼公のお目通をさせると、秀頼公および淀殿、その他城中一同は大いに心強くおもい、したしく秀頼公よりお言葉をさげられる。そこへ続いてかの長曾我部盛親入道、後藤又兵衛も入城いたしたから、いよいよこの城中において、軍評定におよび、難波戦記の大眼目に移るのでございます。

三五　大阪城中軍議大評定

時に慶長十九年閏十月十五日のことでございましたが、諸将の勇士が城内千畳敷に集会をもよおした。されば上は内大臣家より、下勇士連に至るまで二百有余名、綺羅星の如く居並びました。

しかるにこの時秀頼公は、諸将のめいめいにうちむかい、

「時に皆のもの、存じのとおり、応仁文明（おうじんぶんめい）のころあいより、天下麻の如くに乱れたるを、わが父太閤の御武徳によって、四海泰平に帰し、農民安堵のおもいをなせり。し

かるに慶長三年の父御他界のみぎりには、予が幼少なるにつき、しばらく関東に政治を任せたまい、予が十五才に相成らば、天下の政治をもどすべき約束のところ、慶長五年関ヶ原の合戦を幸いとして、外様大名の如き取扱いにおよび、約束を変じて将軍職をその子秀忠に譲り、われを家来同様にいたさんとしてこのたび大仏殿釣鐘の名を調伏の文字なりなどと難題をもうしいで、予に当城を立ち退けとか、あるいは諸大名とおなじく、江戸へ参勤をせよとか、また母君を関東へ人質に送れなどと、無礼なことを申し送りたり、よってぜひなく運を天にまかせ、一戦におよばんと思うなり。この上からは各々の誠忠(せいちゅう)を、只管(ひたすた)たのみ入るぞよ」とホロリと落涙をあそばして、イト御丁寧なるお言葉でございます。ハッと一同は頭をさげて、座中は暫時(ざんじ)水をうったるごとく、ただシーンとしずまり返って、誰一人言葉を発する者もなかった。

　このとき修理亮は、第一番に口を出して、みなみなこの大阪城へ立て籠もって、関東の大軍を引きうけんという説をもちだした。ところが何しろ当寺執権職として、威望ある修理亮の言葉でござりますから、まず第一番に道犬齋、それより勇士のうちにも、この説に賛成をするものが沢山にある。ところがこのとき後藤又兵衛、木村重成らの誠忠無類の人々は、この城中に籠って、関東百万の大軍を引きうけるは、第一兵糧(ひょうろう)に尽きるおそれあり、また戦争にも十分の働きが出来ないから、今のうちに秀頼公に御出馬をねがって、不意に京都へ討っていで、井伊、藤堂の軍を撃ち破り、所司代板倉の首を揚げて、禁裡を守護して大阪へ移したてまつり、その上にて宇治、瀬田の橋を切り落して、西国の通路を防ぎ、西は明石の瀬戸をおさえとして戦ったならば、相手は一天の御帝に弓引くおそれあり。　そこで勅命をこうて、太閤恩顧の大名を味方につけんと言う説と、二つにわかれたが、このとき幸村は、なんとおもったか。一言の口出しもいたさない。

スルトこの時小幡勘兵衛というものがあった。ついに秀頼公、淀君、および大野親子のものを勧めて、とうとう籠城をすると言うことに定めてしまったのでござります。なぜこの勘兵衛が、かかることをいたしたかというと、これなん関東より間者として当城へ入りこんだもので、この者は以前甲斐の武田家の浪人であったが、慶長十年三月に、武田勝頼が天目山において討死を遂げた後、当寺甲州浪人四百五十有余名は、いずれも徳川家康、織田信長公がないないで家来にしてしまった。小幡もそのうちの一人で、軍学は武田二十四家の伝をことごとく会得いたしたから、勘兵衛も家康につかえているうち、あるとき家康は、この勘兵衛をお招きに相なり、すこしの事を言い立てに、永のお暇をもうしつけたから、そののち大阪にきて豊臣家に奉公をしたのだが、徳川家で永のお暇と言うは、全く表面的で、内実は家康公の命をうけ、大阪へ間者に入りこんだのでございます。そこでその日はまず籠城という事に定まって、真田をはじめ長曾我部、後藤にいたるまで、天を仰いで嘆息いたし、

「アア御運の末とは言いながら、淀殿大野の如きものあり、臣に小幡の如きものあって、籠城をいたすようになったとは、お家の滅亡は目前にあり、アアまたぜひもなきことである」と思いつつ、みなみな退出におよび、勘兵衛は、わが事なれりと大いに悦び、さっそくひそかに書面を認めて、すぐ様京都の所司代板倉の方へこの事を注進する。

板倉よりはまた駿府家康公へこのことを注進におよび、ところで幸村は、早くも小幡の心を見抜いたが、モウ秀頼公および淀君、執権大野親子がこう定めてしまったから、今更なんとも仕方なく、その翌日ふたたび城中へ出仕をして、諸将の面々を呼びあつめ、持口の下知をつたえ、まず東の方の持口には、織田有楽齋、その他渡邊内蔵之助、浅井周防守三河飛騨守、稲木三左衛門、生駒宮内之助、大谷大学之助、神保出羽守、山口左馬之助、生田清三郎、堀田茂左衛門、跡部五郎左衛門、森藤五郎、松田次郎兵衛、伊東美作、堀対馬守、山名伊予守等をはじめとして、総数三万三千人といたし、さてまた南の持口は仙石宗也入道、戸田民部少輔、湯浅右近太夫、津田左馬之助、池田与左衛門、南条中務太輔、三上外記、羽柴河内守、これらの人々をはじめとして、三万五千人、また幸村の出丸口には、幸村親子をもって固むるなり、また西の持口には、速水甲斐守、山中又左衛門、牧島玄蕃頭、森民部少輔らをはじめとして、総数三千八百人、さてまた高麗橋の持口には、青木民部少輔、真野豊後守、これらのかたがたを大将として三千人をもって固め、平の橋、思案橋をうちおとし、本町橋の持ち口は、黒田但馬守、鎌田兵部太輔を将として、おなじく組下三千人、農人橋の持ち口には、本多掃部之助、西尾美作守を将として、三千人をさずけたり、まった久宝寺橋、安堂寺橋をうちおとして、北の持ち口は、大野修理亮を将として、この手に三万五千人、遊軍として西南を兼ね、長曾我部親子のもの、また東の方は後藤、木村の両大将に申しつけた。それより城外九ヶ所に砦を築いて、まず嶋の砦には、矢野和泉守、この手に一千五百人、今福の砦は飯田左馬之助、おなじく一千五百人、西手は川口に大船二艘をもって大筒をそなえ、石川駿河守を将としてその数三千人、もっともそのうち日本丸という船は、長さが六十六間ある。安宅丸は三十三間、いずれも太閤御存上中につくりあげた大船でございます。福島の砦には赤松伊豆守、土方新八を将として一千人、三田の砦は伊東主計頭、別所内蔵之助を将として一千人、葭島の砦には三枚三左衛門、村上兵庫で一千人、伯楽が淵の砦には薄田隼人正、平子主膳一千人、中の島の砦は織田信雄入道親子のもの、まつた穢多ケ崎の砦は樋口淡路守、本間仁兵衛で三千人、もっともこの穢多ケ崎というのは、ただいまの稲荷のお旅から西道頓堀の辺、深里近辺をすべて穢多ケ崎と唱えました。

また伯楽が淵というのは、その昔百済の船がついたところで、当今の白髪橋、砂場の近辺でございます。すべてこの砦は南向きにかまえ、白を後ろにして、外濠を距ること四五丁を隔て、それ相当の場所を選んで築いたので、その他四方八方に十分要害をいたし、それぞれ人数の手配りをいたしました。ところがここに獅子身中の虫たる小幡勘兵衛の手によって、京都へ注進におよぶ。いよいよ関東関西交戦の端緒(いとぐち)と相成るのでございます。

三六　捨置けたわけた奴があるわい

さてその容子を聞いたるかの勘兵衛は、大いにうち悦び、まず自分の思惑通に行ったので、さっそくこの容子をひそかに京都へ注進におよび、そこで所司代よりは家康公のもとへ、櫛の歯をひくが如くの注進でございます。

そこで家康公はこのたび大阪籠城の次第をきかれ、ことの外およろこびになられる。これ天の与えなり。大阪はいかに名城なればとて、日本国中の軍勢を引き受け籠城すれば、いずれ兵糧にかぎりあり、かならず味方の勝利うたがいなしとあって、すぐさま京都へ下知をつたえられ、まず井伊掃部頭直孝(いいかもんのかみなおたか)、藤堂和泉守高虎(とうどういずみのかみたかとら)へ、早打ちをもって此般(こんぱん)豊臣家は大阪にて籠城をいたするよし、よってその方共急に、軍勢をくりだして、大阪城をとり巻き、南北の地を切りとって、敵方にかならず手を広げさせざるよう、厳重に守るべし、そのうちに城内より小幡勘兵衛、かならず内通いたすことであるとの御下知でございます。

よって井伊、藤堂の両家は畏まりたてまつり、井伊家は二万五千人、藤堂家は二万八千人をしたがえ、既に軍勢を繰り出すことにあいなった。井伊の同勢は河内の守口(もりぐち)にきたって陣所を定め、藤堂家は宇治より奈良へのりこみ、それより暗峠(くらがりとうげ)をこして、亀井村の辺りに陣所を定めたが、此方大阪の同勢は、この有様を臨みて、さては関東より手を広げさせぬという計略であるかと、おどろいているが、真田幸村においては、決して心配におよばず、相変らず平気で自分の出丸を固めている。

ところがここに平野(ひらの)に備えをたてたる藤堂家の家臣に渡邊勘兵衛(わたべかんべえ)という勇気我慢の強勇がある。藤堂家より五千石という大禄をいただいている有名な豪傑だが、このたび敵味方の備えをみてその身自ら主人にねがいをだし、拙者かならず真田幸村がたて籠ったる出丸を攻めおとして、幸村を生捕にいたして御覧にいれるというので、自分一手で陣所を張りだし、幸村の立て籠っている出丸のはるか前面にきたって備えをたてたが、なんでも一つ出丸の奴ツを引きして合戦いたしてくれんというかんがえから、その身は二十何貫の鉄棒を小脇にかいこみ、馬上に打ちまたがって、日々幸村が出丸のまえにのりだしてまいり、いろいろ悪口をいって誘い出そうとしている。

「ヤイ当出丸に立て籠っておるのは真田幸村であろう。汝わずかな小勢をもって、大軍をくいとめんなどとは大胆不敵のいたり。すみやかにいでて合戦をいたせ。吾れこそは当時日本無双の豪傑にして、天下三勘兵衛の一人たる鬼勘兵衛である。すみやかにいでて勝負におよべよッ」と大音声によばわっている。

出丸に籠った人々はこれをきくと、残念で堪まらない。「はなはだもって不埒の一言。イデ討ちとってくれんッ」と。

逸急(はやり)立まするを、幸村は、

「イヤすてておけすてておけ。白痴(たわけ)た奴があるものジャ」と決して頓着をいたしません。しかるに渡邊勘兵衛におきましては、毎日のように出丸真近く来って、どうか幸村を誘出(おにきだ)したいと、いろいろに悪口をいっておるのちにはこれが城内の大評判となった。ところがある日幸村は、主君の御前に出仕いたしまするると、この時修理亮すすみいでて、

「いかに軍師、実は先日よりうけたまわれば、渡邊勘兵衛といえる奴ツが、貴殿の出丸近くに陣を張り出し、日々貴殿に悪口をなし、誘出さんといたす由。しかるに貴殿はなにゆえこれを御うちすてにあいなりまするか。さてはかねて噂のある鬼勘兵衛を、おそれられたのでござるか」といえば、幸村完爾(かんじ)と笑をふくみ、

「イヤさようなことはけっしてとるに足らず、それ故うち捨てておくのでござる」

「イヤイヤさにあらず。貴殿の立て籠りたる出丸とはいえ、まさしく主君にたいして悪口をいたすもどうよう、このままお捨て置きにあいならば、主君の御恥辱とあいな

るべし。そうそう追はらわれてしかるべし」とある。これをきいて幸村はハッと気色をかえて立腹をいたし、

「コワ怪しからぬ貴殿の一言。彼一人ごとき討たんがため、築きあげたる出丸にあらず。天下の大敵を引きうけ、防戦すべきためでござる。なんで勘兵衛ごとき小身者一名を、頓着いたすべきことであろうか。笑うにたえたる貴殿の一言。燕雀なんぞ大鵬の志をしらんや、お控え召され」と、一向とりあわない。大野はこれを聞いておおいに怒り出し、

「これは真田殿にもあるまじはその一言。その身を大鵬に譬え、われを燕雀とは如何ござる」と、既に激論にもおよばんとする。このとき淀君は御声静かに、

「コリャ修理亮、控えよ。いかに幸村、渡邊勘兵衛とやらもうすものが汝の悪口をいたすよし、そうそう彼を追いはらうがよかろう」と、この一言に幸村はハッと頭をさげ、

「ハッ、まことに無益なる業とこころえまするが、ほかならぬ御母堂様のおおせ、このうえからは、さっそく討ち散らして御覧にいれますが、しかし拙者がたちむかいまするも大人気なし。よって拙者倅大助十六歳の初陣、弄物には至極適当とこころえまするゆえ、倅に下知をつたえることにいたしましょう」

大野は余りの大言と、ますます立腹をいたし、

「イヤ、なるほど感心でござる。御子息のおもちゃに戦うとは至極結構。きっと拙者拝見つかまつる」

「イヤよろしゅうござる。おって日限を定めてもうしあげましょう」と、その日はそのまま御前を下がって、どうかよき好機もがなとこころえておりまするうち、ここに紀州熊野新宮の住人にて新宮左馬之助というもの先祖は、熊野別当の末孫でございまして、この左馬之助の父は、堀内阿波守（ほりうちあわのかみ）ともうして、十万石をいただいて、太閤随臣の人であった。

先年朝鮮征伐の砌（みぎり）には、随分功のあった家柄でございますが、関ヶ原の戦いに石田方に組みし、それがために浪人をいたしていたが、しかるに阿波守病死をいたしまするみぎり、新宮左馬之助、弟門水（もんど）の兄弟を枕許にまねき、かならずゆくゆくは大阪へ味方をいたすようと、遺言をして相果てた。しかるに兄弟の者は、今般いよいよ関東大阪御手切れになったということをきいて、兄弟のものは家来どもに二十四人連れて、この大阪へ入城をせんと、いましも玉造口（たまつくりぐち）に来って、朝霧の晴れるを待ち、城内へ乗込まんという支度をいたしている。しかるにその前夜幸村は、天文の様子をみると、小星なれども光りを放って、南の方より北に向かってすすんでくる様子、さては誰か入城をいたすのであろうと、まず臣下の者にその用意をもうしつけておいた。

ところかはたせるかな玉造口より新宮兄弟の入城をみうけた。ところがこの出丸前

に備えをたてて、四方の様子を眺めていた渡邊勘兵衛、

「おのれ憎くきところの曲者。ソレきゃつらを討取れッ」と、自分は真っさきに、馬上でとびだした。

「ヤアヤア汝何奴ッであるか。大胆にも大阪へ入城するとは不埒千万。すみやかに兜を脱いで降参いたせッ」と、大音声によばわった。兄弟の者はこれをきいて、

「だまれッ、われこそは新宮左馬之助、おなじく主水の兄弟である。義によって当大阪へ入城をいたす。道を開いてそうそうここを通せよ」

「ヤアだまれッだまれッ。入城などとは不都合千万。この渡邊に降参におよべッ」

「なにを小癪なッ。大阪入城の手始めに、汝が首を討ちとって、内大臣家のお土産といたさん。覚悟をいたせッ」

といいながら、双方馬をとばしてバオバオバオッと近寄ってまいり、いましも両方入り変わって、ここに戦いをはじめんとする。幸村は櫓の上からこの体をみて、さっそく倅大助に下知をつたえ、

「汝渡邊をおいちらして、新宮兄弟を入城させよ」とある。ここにおいて大助幸昌は、まだ十六歳の若年ながら、深谷青海入道、三好伊三入道、穴山小助をはじめとして、手勢五百人をしたがえ、今しもうっていでんそのいきおい、

「いかに大助、汝今日は初陣のことにあれば、ずいぶん気をつけて。渡邊の同勢をお

い散らしてしまえッ」

「ハッ、こころえました」と勇みたち、手軽に木戸口を八文字におし開き、真先には金唐人笠の馬印、六文銭の定紋ついたる旗の手をひるがえして、ドットばかりに乗だした。幸村はそのうちに本丸へ注進におよびまするると、城内よりは内大臣家、御母堂をはじめとして、大野その他の老臣は、幸村の出丸にきたって、櫓から見物をいたされる。この真田大助が初陣の大功名という、イト勇ましき御物語り。

三七　その敵は拙者が引受けた

このとき真田幸昌は、手勢五百人をしたがえて、城門八字におし開き、ドッとばかりに繰りだした。

「ヤアヤア、それに来られたる新宮兄弟の方ならん。拙者は真田幸村が一子同姓大助幸昌でござる。父の下知によって出むかえもうす。さだめて道中のお疲労もあらん、その敵拙者が引き受けたり、よって貴殿等は、そうそう入城いたされてしかるべし」

と、いうをきいたる新宮兄弟、

「さては真田殿の御子息でござるか、しからば何卒この敵をお引きうけをねがいたい」と後をたのんでついに幸村の出丸より、ゆうゆうとして城内へのりこんだ。この

とき大助は士卒に下知をつたえて、

「ソレきゃつらを討ちとってしまえッ」と、いましも渡邊の右手の方にまわらんとする。

これを眺めた渡邊の同勢は、南無三側面を攻撃されてはいけないとおもったから、

「ヤアヤア味方のめんめん、相手は真田の一家の者であるぞ。横を打たれてはあいならぬ。ソレはやく備えを直せッ」と下知いたしますと、大助はこの体をみて、

「ヤアヤア味方のめいめい、ソレ引け引けッ」と、下知をくだすや否やバラバラバラッと二丁ばかりは出丸の方に逃げだした。このとき深谷青海、三好伊の両人は、

「ハッ、おそれながら若様、敵の横を討たんと乗りだしながら、城を便りに陣取り給うというは何でござる。さては相手へ恐怖の念を生じたまいしか。はばかりながら、われわれ両人斯くしたがいおりまする上は、すこしもおそれ給うことなかれ。既に拙者どもは故弾正(だんじょう)様より五代のあいだ、ご奉公をいたして、数十度戦場の御供(おとも)をいたすといえども、一旦すすんで敵の備えにおそれをなし、戦わずして引き取りし例をみず、そうそう討っておでましなさるる様」と袖を控えてもうしのべた。

馬上にあった大助は完爾(にっこ)と笑をふくみながら、

「エッ、汝らごとき老耄(おいぼれ)の知るところにあらず、ひかえておれッ」と、怒鳴りつけると、二人はたがいに顔を見合せて、ブツブツ小言をいっている。いましも二丁ばかり

此方に退いた大助はどう思ったか、さっそく下知をつたえて、第一番に鉄砲組百人、百挺の鉄砲を用意して、第二番手もおなじく鉄砲組百人、三番手を槍組とそなえをたてた。穴山小助は不思議におもったから、

「おそれながら若様。第一番が鉄砲組なら、その次は槍組と定めるのが法でございます。妙なそなえのつけ方でございますな」

大助は完爾と打ち笑い、

「小助、その方も老耄たか」

傍にきいていた深谷三好の両人、

「オイオイ穴山、捨てておけ捨てておけ。年はゆかぬが若様は大変に口が悪いぞ」と三人寄ってブツブツ言っているうちに、此方渡邊勘兵衛は、本陣へ注進もせず、

「ソレ、はやくかの真田大助を討ちとれッ」と、ドッと鬨を作ってくりだしてくる。

大助はその勢を真近く誘寄（おびきよ）せますると、にわかに鉄砲組に下知をつたえて、

「ソレ、うてうてッ」というよりはやく、およそ二百挺ばかりの鉄砲組は、一時に火蓋をきって、ドドドドドド、ドッーと撃ちたおされ、歯の抜けたような陣立になったから、渡邊もにわかに慌てる。

「ソレ鉄砲組、撃て撃てッ」と下知いたして撃ちいだしたが、この鉄砲は途中で立ち消えとなってしまったか、真田の隊へは一つとしてあたりません。

それに引換(ひきかえ)渡邊の同勢は、大半この鉄砲のために打ちなされる。これはとばかりにおどろく勘兵衛。

「ヤッ、失策(しま)ッたり」とおどろくところへ、いれ換わったる真田が鉄砲組の二番手、筒先そろえてドドドドと、撃ちだしたから、渡邊方はいまやさんざんに崩れ立ったる頃を見はからい、真田大助幸昌は、

「ソレ槍組すすめッ」と、采配揮って下知をする。何条たまろう、渡邊の同勢、

「ソレ、敵わぬ。逃げろッ」

ほうほうの体で逃げいだす。この体見たる藤堂方の同勢は、

「ソレ、渡邊に加勢をいたせッ」というちに、藤堂玄蕃は一千人の同勢をしたがえ、ドッとばかりにくりださんとする。大助ははるかにこの体をながめて、

「ソレ引き揚げよッ」

またもや備えをたて、どうどうと以前のところへ引き上げてまいり、ふたたび鉄砲に弾丸込めさせて、一番手は鉄砲組、また二番手も鉄砲組、三番手は槍組とさだめた。

ところが此方藤堂玄蕃、近寄るにしたがい、ドンドンドン絶え間もなく鉄砲を撃ちだしたが、さらに一つとして真田方の同勢に中(あた)らない。しかるに大助はまたもや百挺宛(ずつ)一度に撃ちだしたから、この藤堂玄蕃の同勢も、渡邊とおなじく皆ほうほうの体で

崩れたつ。そのうちに大助は元のところへ引き揚げて、威儀厳然（いぎげんぜん）と備えをたてたから、三好深谷をはじめとし、みなみなただ呆れかえって眺めている。しかるにいったん敗走した渡邊勘兵衛は、このうえは手詰（てづめ）の合戦をいたしてくれんと自ら十八貫目の鉄棒をりゅうりゅうりゅうりゅうと、宛然（さながら）水車の如くに打ち振り打ち振り、ドッとばかりに乗り込みきたり、必死になって荒れだした。穴山小助はこれをみて、

「ソレ、勘兵衛を打ちとれッ」と下知いたしながら、その身は六尺柄の槍をもって戦った。その他深谷三好の両人も、あるいは薙刀、鉄棒と、三方より押っとり囲んで打ってかかる。

「ヤッ、猪口才（ちょこざい）なり真田の郎党ッ、サアこい」と、渡邊勘兵衛は、

「エイッヤッ」と、喚いてわたり合ううちに、いましも小助のつきいだした槍のために、ドッとばかりに落馬をいたし、命からがらほうほうの体で、鉄棒擔（かつ）いで逃げだした。天下の豪傑渡邊勘兵衛も、モウこうなっては一向に値打ちがない。このとき臣下のめいめいは、

「御主人、今日ばかりは貴方を鬼勘兵衛とはいいません。あい度（た）い勘兵衛顔見た勘兵衛という、よほど不味（まず）い勘兵衛ですナ」

「馬鹿をいうナ。なにしても命は一つしきアない。常に鬼勘兵衛と威張っても、こういうときには三十六計逃げるにしかず。しかしモウここまで逃げたら好勘兵衛（よかんべえ）」と

いったのは、これは嘘ですが、このとき主君高虎殿よりの使者がまいって、そうそう引き揚げよとありますから、これによって藤堂玄蕃、渡邊同勢とも、ほうほうの体で引き揚げてしまった。

ここにおいて真田勢は、ドッと勝鯨声あげて、ゆうゆうと引き揚げることにあいなった。このとき深谷青海入道、大助の馬前に平伏して、

「ハハッ、まことに先刻は若様の御器量をぞんぜず、無礼をもうしあげましたる段、御用捨をねがいあげまする。実は拙者百才にちかき身をもって、今日初陣の貴郎様におよばぬとは、まことに面目次第もございませんが、とんと合点のゆかざるは、ただいま敵より打ちだしましたる鉄砲は、味方に一つもあたらずして、味方より打だしたる鉄砲は、その中り劇しく、これ第一の不審とところえます。あれは全体かようの訳で」と聞くと、大助幸昌は、

「さればである。吾父常におおせられるには、鉄砲は風に向かうときはその功なし。その訳は、銃口の穴より風を吹きこみ、火蓋の上の弾薬を吹きおとし、多くは立ち消えをいたすものにて、冬は別して風烈しく、よって風を背にして戦えとおおせ、しかるに今朝より風向きを見るに、北方よりはげしく吹ききたるをさいわい、敵は南より北に向かいしゆえ、吾あざむき退いて、北を背にいたし、備えを立てたることである。よって敵の鉄砲はことごとく立ち消えして我に当たらず、味方は追風にてその中

り劇しくあいなったることである」

「アア、さようでございますか。今更ながら御親子の御計略には、ホトホトおそれいりました」と、おおいに感心をして、軍列どうどうと引き揚げた。さてそのうち出丸にかえりますると、幸村は苦りきったる顔色にて、大助を手許によびつけ、

「倅、なぜそのほう今日は拙(つたな)き戦いをいたせしか。風を背にしてさいわいに勝利をえしが、これ皆吾が教えしことにて、汝が腹よりいでたるにあらず。万一敵方に智略勝れし武士あって、風にむかえば鉄砲立ち消えをいたすとこころづき、鉄砲止めて、槍にて大軍かかりなば、汝は小勢のこととて、皆殺しとあいなるべし。畢竟(ひっきょう)敵はたがいに功を争うゆえ、味方に勝利となりしは、これひとえに、汝が僥倖というものであって、決してまことの戦功とはいえない。ここに深谷兄弟、穴山ごとき武勇の者をしたがえながら、高のしれたる渡邊ごとき小武士を打ち洩らすというごときことがあるか。以後は屹度(きっと)気をつけよ」と叱りつけられ大助は、

「ハッ、まことにおそれいります」このとき深谷三好穴山の三人も、赤面の体にみえる。幸村はかたわらを振りかえって、

「いかに大野氏、倅などは、まだまだ乳の香が失せません。イヤモウ合戦の手ぬるいには、困りいるでござる」といわれて大野親子も、心中大いにおどろいて、二人はなんのかのと、卑下(ひげ)も自慢のうちかとおもいながら、

「イヤ、なかなかさにあらず。御子息今日のはたらきは、われわれ到底およびもつかぬこと。おそれいりました」と舌を巻いて引き取る。なんしろ今日の戦いは、関東を引うけ手はじめの合戦が、この大助のはたらきにて、大勝利をえたことでございますから、城内において秀頼公淀君においても、ことの外の御喜び。そうそう大助を目通りへお呼びよせになり、黄金作りの大刀一振りを手ずからくだし給わりまして、

「われ天運にかない、天下を掌中に握りしときはかならずや莫大の恩賞を授けることである」という。ありがたきおおせでございます。

これによって大助も、ありがたく御礼をもうしあげて引き取ってきたが、城内の勇気はこれがためみな非常に勝ってまいり、そのうえこの日はこのお祝いとして、城中のものに酒食をたまわり、おおいに御慰労になったのでございます。

三八　オヤオヤまた若殿の悪口がはじまった

そのうち越えて十一月十二日の夜、亥刻頃（いのこく）にかねて幸村より敵方の様子をさぐらせにつかわしたる真田家の郎党にて、しのびの達人猿飛佐助が幸村の出丸に立ちかえりまして、

「十三日藤堂高虎の同勢が、茶臼山へ朝駈をかけるより、この段御注進をいたしま

す」といってきた。

　これを聞いて幸村は、

「うーむ、もとよりかの茶臼山は関東へ手渡すべきの覚悟である。ここを関東に渡さずには、おもうように戦争はできない。よってわたしてやるのはやるが、ただ一戦にもおよばずして手渡するということは、まことに残念至極。よってまず関東の荒膽（あらきも）をとっておいてやろう」と、こうかんがえたが、これにも倅の大助に手柄をいたさせてやろうと、倅を手許によびよせ、

「コリャ大助。ただいま猿飛の注進によって、かれ藤堂高虎の同勢が一万五千人、茶臼山に朝駈をかけるとのこと。よって汝に千五百の大軍をかし与えるゆえ藤堂勢をうちやぶれッ」

「ハッ、委細畏まりました。明十三日藤堂が一万五千の大軍をひきいて、茶臼山に朝駈をするゆえ、拙者は千五百の小勢をひきいて打ちやぶります」

「黙止（だま）れ大助。明十三日高虎が一万五千の小勢を率いて向かうゆえ、汝に千五百の大軍を貸してやるというのがわからんのかッ」と、怒鳴りつけられたから大助は不審顔。

「ヘエー、どうもわかりかねます。どこの国に千五百の大軍一万五千の小勢というのがありますか」と言葉をかえすと、幸村はおおいに怒り、声荒らげ、

「ヤ、おのれ大助、その方は不埒至極の奴ッだ。なんのために常に軍学兵法を学んだか。そのほうのような奴は末頼母しからぬ奴ッだ。手討にいたすから覚悟をいたせッ」

刀の柄に手をかけて、既にこうよとみえたから、こりアたまらんと大助は、バラバラバラとおこそ逃げだしたが、

「世の中に判らないといったって、吾が父ほど判らない者はあるまい。こりゃ皆んなと一緒に老いこんだのかしら」とおもいながら、ドンドンドン逃げだして、片傍の松の小影へヒョイト身をかくして、ジッと様子をうかがっていると、幸村は八方に目を配って、ほうぼうと探し廻っている。

「ハハア、拙者を捜しているんだナ」

月明かりで父の顔をみると、

「大分年もとってきたし、兜摺れで頭も禿かかってきた。しかし今夜はよい月だ」

と、ヒョイと空をみ上げていたが、何をおもったか大助は、「オヤ、こりア妙だ。あの天文の様子をみると、ウーム、さては父上がもうされたとおりである」

と、流石、瓜の蔓には茄子びはならず。松の小影をソッとはいいでて、なおも空模様をみていたが、いましもスタスタッと近寄ってくる父の顔をみるより、

「アア、われ誤てり誤てり。エー父上」

「ムム大助、そこにいたのか」

「ハッ、まことに恐れいりました。明十三日は千五百の大軍をもって、一万五千の小勢をやぶってお目にかけます」

「ウムわかったか。さきほどは家来どもの手前もあり、故意(わざ)と汝をここへ連れだしたのであるが、さすがは真田幸村の一子、天晴感心いたした」

「ハッ、おそれいりたてまつります」

「それでは夜もだいぶ更けわたった様子ゆえ、出陣の用意をいたせッ。アアコリャ深谷青海、今日もそのほう大助の供をいたしてまいれ」

「ハッ、かしこまりたてまつります」とまたもや深谷青海入道、弟三好伊三入道、兄は九十六才弟は八十九才。この両人は、いつも大助にしたがって、忠勤を励んでいる。そこでこれより屈強の兵千五百人を引き連れて、真田の出丸を夜に紛れてしのびいずる。

隊伍はしゅくしゅくとして住吉街道を押しいだす。このとき大助は、この隊の大将として、馬上に武者振勇ましく、月の明かりに深谷兄弟は、

「なんと兄貴、若殿の武者振は実に勇ましいことではござらぬか」

「ウム、一騎当千とは実に若殿のことをいうのであろう。先達(せんだっ)ては出丸前において、渡邊の陣をうちやぶり、御主君より黄金作りの太刀を拝領したが、初陣の功名は生涯のほこり、われわれも常からお側にしたがって、実に名誉至極のことである。アノ若

殿」

「ウム、青海なにごとジャナ」

「明十三日藤堂の兵が茶臼山へおしよせるを、此方からむかえて打ちやぶるは、このあたりが陣立てをいたすに至極よろしいかとこころえますが、如何でございましょう」

「ひかえろ。真田大助は、いま軍の大将だ。その大将がまだ下知をいたさざるそのうちに、葉武者の分際として大将に差図がましきことをいたすというは無礼至極。そのほうは虫程の能もないくせに黙止りおれ」

二人は心の中に、

「オヤオヤまた若殿の悪口がはじまった」とおもいながら、

「ヘエ。虫程の能もない。虫程の能もなくって九十六才までも生きていられますか。そりゃ真田弾正一徳齋、源太左衛門信綱公、安房守昌幸公、御父上より尊郎（あなた）さまと、都合五代のあいだ奉公いたしている青海、虫程の能もないとおおせられるは、実に情ないジャございませんか。今年取って九十六才になります」

「ハハハハハハ。それ虫程の能もない苦労なしゆえ、九十六才までも生きたのであるぞ。一器量ある者ならばそう長命をするものではない」

「ヘエー」と、あまりの口が悪いので、呆れかえっている。

弟三好入道は、

「兄上、うち捨てておきなさい。アア真田の家も名将はこれでおわりだ。だいたい名将続きの名誉の家名が、若殿でおしまいだから。怜悧（りこう）の家に馬鹿ができれば、その家はたえてしまう。御幼年のときにはいますこし怜悧になられることとぞんじていたが、先達てからしょうしょう慢心して、愚か者になられたのかもしれない。お前が九十六才でおれが八十九才。モウ今度の戦争（いくさ）がなくっても、すぐこの世をさらねばならぬ身体ゆえ介意（かま）うことはない」と頻（しき）りにブツブツ小言をいている。

このとき大助は四辺をジーッと見廻していたが、

「コリャコリャ両人。その方どもは、なにを愚図愚図もうしている」

「ヘエ、別に」

「アマなんでもよい。その方両人と穴山小助の三人が、一千人の兵を率いて、この堤防の上にそなえを立てることにいたせ」といわれ、二人は指差された方を眺めたが、

「若殿、御冗談おっしゃってはいけません。この堤防の上にかまえをたてておれば、明日藤堂の勢が、この住吉から武者よせをして、茶臼山へくる道ゆえ、どんな近眼でもすぐ見つかって討ちやぶられます」

「馬鹿をもうせ。みえるようなところへこの方がそなえをたてる気遣いはない」

「ヘエ御冗談を。この月明かりにさえみえるのに、真昼間みえないことはありません

よ」

「その方はまだぐずぐずともうしているが、大将の軍令を背くにおいては、用捨なく軍法に当て行うぞ」

「ヘエ、それでも」

このとき伊三入道は小声になって、

「兄上、打捨(うっちゃ)っておおきなさい。若年のくせに、いうだけのことはしっていらっしゃる。目立っても目立たなくっても介意(かま)うことはありません。そこへ備えをたてておおきなさい」と、これによって青海入道も、

「ハッ、委細承知をつかまつりました」

「ウム、確かにもうしつけたぞ」

「しかし若殿、貴様(あなた)はどこへ御陣を御張りなさいます」

「ウム拙者か。拙者はこの軍(いくさ)の大将ゆえ、この向こうの……」

こころの中に青海は「オヤオヤ、また大将風をふかすのか」とおもいながら、「どこでございます」

「拙者は大将ゆえ、大将はまた大将だけのかんがえをいたしている。その方ごとき葉武者の指揮(さしず)はうけない」

二人はますます呆れかえって、「どうもいまいましいなア」

「兄上、打っ捨っておおきなさいな。しかし若殿はどうなされるだろう」と、ブツブツいいながら兄弟は、大助から分け与えられた千人の軍兵を引き連れ穴山小助とともに堤防の上へあがってくる。

　スルト大助幸昌は、五百人の軍兵を引き受けて、後方の藪影に固まっている。此方からみれば伏兵かなにかわからない。盲でもみえるようなそなえだ。

「どうだマアあの備えのたて方は、なんだかちっとも訳がわからない。先達の大功名があってから、すこしく若殿は逆上したのかしらん。それでも親子の情で、あの若殿を大殿さまは大変に当(あて)にしていらっしゃるようだが、俗にいう、親馬鹿というんだろう」と、ぐずぐずいいながら下知のとおり、どうやらこうやら堤防の上に備えをたて、夜の明けるのを今や遅しと相待っている。そのうちに次第次第に夜が明け放れてくると、みるみるうちに朝靄はもうもうと立てこめて、五六間先どころか、隣にいるものの鎧の毛糸さえ充分にみえなくなって、十間も先の人影もみえなくなってしまった。

　これを眺めて深谷青海入道は、馬の鞍坪(くらつば)をハッタと叩きながら、

「ウーム、なるほど。おそるべきは若殿大助幸昌殿。御若年に似合ず、天文をはかり給うとみえて、昨日の月明かりに今朝の霧靄(きりもや)を察したまい、ここに兵をふせて藤堂勢をやぶらんとしたまいたるか。これなればこそ真田家の名を汚さざる御方である。な

る程それではおれらは虫程の能もないナ」と舌を巻いて大いにおどろき、三人ともここに気がついたのでございます。ここにおいてまたもや大助幸昌が、大功名に引きつづいて真田幸村智謀をあらわすのお物語り。

三九　ヤア無礼者奴が

さて此方関東方先手として、勢州阿濃津の城主藤堂和泉守中原高虎、一万五千の兵をひきいて住吉の陣屋を立ち出で、茶臼山をのぞんでまっしぐらにおしよせる。よく講談師仲間でこの難波戦記を弁じると、伊賀、伊勢両城の太守藤堂高虎とたいていは口演いたしますが、この当時では、藤堂家は伊賀の上野はとっておいでにはならない。後年江戸表東叡山寛永寺鬼門除けのできるときに、この藤堂家の江戸表の屋敷、すなわち上野を大公儀へとりあげられ、その代地として、いまの和泉橋をくだしおかれた。江戸の上野をとりあげたので、おなじ名の伊賀の上野をお下げわたしとなったが、後また功有って伊賀をもらい、そこで伊賀伊勢両城の主じとなられたが、慶長のころには伊勢の津をとっておられただけで、決して両城の主じではありません。これは講談社会の代表として、ここに看客諸君へ御正誤をいたしておきます。

されば高虎勢においては、先達ての遺恨を晴らさんと、一万五千の軍兵を引率して軍列せいせいどうどうとしてすすみきたり、先陣には先達ての遺恨をふくんでいる、天下三勘兵衛の一人たる中村式部少輔の浪人渡邊勘兵衛敏(さとし)、第二陣には藤堂仁右衛門高利、第三陣には同新七、第四陣には同右馬、梅ヶ原岩夜叉丸(うめはらいわやしゃまる)、第五陣には伊勢津城主同和泉守高虎、第六陣には同源左衛門と、かくの如く六段にたてて朝霧朝靄もうもうたるそのなかを、「エイエイエイッ」ブーブードンドンドーン、茶臼山をさしておしかける。

　このとき茶臼山の砦をあずかったる塙団右衛門直之(なおゆき)、矢野田監物(やのだけんもつ)、岡部大学(おかべだいがく)の三勇士が、そなえを厳重にして、いまにも敵勢きたらば、一挙にうち亡ぼさんというかんがえ。そのうち今しも第一陣渡邊勘兵衛の軍勢が、堤防の下までかかってくると、深谷青海入道は時分はよしと、

「ソレうてうてッ」と号令をくだすやいなや、かの敵勢をのぞんで拳さがりに三百挺の鉄砲を、ドドドドドドーンと、撃ちだした。

　敵勢は朝霧朝靄ふかくして、ここらに敵がいようとはさらにこころづかず、油断をしているそのところへ、いきなり打ちだされたことでございますから、みるみるうちに五人十人、バッタバッタと算をみだして打ったおれる。ドッとばかりに乱れ立った隊伍のなかへ、われは真田の郎党なんの某と名乗りかけ、また名乗りかけ、「ワアーッワッ」と鬨の声をあげてきりこんでくる。それとみるより藤堂勢は「コリャたまら

ん、逃げろ……」と逸足（いちあし）さして逃げいだす。

このとき大助は本陣へ戦いをおしかけたから、馬上にあって小手を翳してジッとむこうの様子を眺めていると、やがてのことに東の方より、旭はどうどうと登ってくる。その光に朝霧朝靄もはや晴れわたって、むこうの方には藤堂高虎の列とみえて、旗、差物が翩翻（へんぽん）とひるがえる。これを眺めた大助は、二間柄十文字の槍を小脇にかかえ「ハイヨーッ」ビシーッと馬をとばして、彼方藤堂高虎を目蒐（めが）けて、真一文字にかけだしながら、

「ヤアーヤアーそれにみえ給うは、関東方の藤堂高虎とみたるは僻目（ひがめ）か。かくいうわれは真田大助幸昌なり、見参見参ッ」とさけんだかとおもうと、かの二間柄十文字の槍をリュウリュウと引き扱（しご）き、「エイッ」と一声ついてかかる。

このとき高虎は、

「オウ貴殿が真田の一子大助幸昌であるか。察しのとおりわれは藤堂高虎なり、サアこいきたれッ」と采配を腰にさしこむとみえたるが、たちまち二尺有余の陣刀をギラリと引き抜いて、「ヤア小癪な奴ッ」と、いましも突込んだる槍先を、パッと打ちはらわんとしたが、電光石火、大助の十字槍は高虎の胸金物にカジリと当ったからたまらない。場数巧者の高虎は、馬よりパットとびおりた。

「ヤッ失策（しま）ったッ」と、二の槍を突きださんとする。このとき高虎の家来園部貴太（そのべきたい）

夫（ふ）、三尺五寸の陣刀をぬいて、バッバッバッ馬を煽って駈つけきたり、

「ヤッ小冠者、わが君に無礼をいたすなッ」と、名乗りもあげず、「エイヤッ」とばかりに大助のぞんで斬りかかる。

「こころえたり」と大助はチャリーッと受け止め、一上一下虚々実々、火花をちらして十七合ばかり戦ったが、

「エッ打ち合いは面倒なり。よれやくまん」とたがいに得物をガラリ投げ捨て馬上ながら無手とくみ、「エイッエイッエイッ」としばらくの間捻（ねじ）あったが、力あまって引っ組んだまま、ドッと両馬のあいだに落ちるとひとしく、喜太夫は藤堂家名題の大力とて、たちまち大助を膝下に捻ふせ、アワヤ首を上げんとするところへ、真田の郎党根津甚八、それとみるよりバラバラバラッ、真一文字に駈けつけきたり。

「ヤッ無礼者奴ッ」と、槍を延ばして園部喜太夫の背後（うしろ）より、脇腹目掛けてブスリと貫いた。これにはさすがに豪気の喜太夫もたまりかね、「ムーウッ」とそのところへ仰反（のけぞ）るところを、バッと力任せに刎ねかえした大助は、たちまち鎧どおしを引き抜いて、園部喜太夫の首をあげ、

「オオ若殿、どこもお怪我は」

「ウム根津か。拙者は大丈夫だ。しかし高虎を討ち洩らしたことはまことに残念千万。サア甚八」といい捨てて、その身はただ一騎タッタッタッツッと、高虎の跡を

追っかける。

なんしろ藤堂勢は一万五千という大軍なり。此方は十分の一なる千五百人。まったく夜が明けはなれると、藤堂勢は必死となって備えを立て直し、真田の小勢を真ん中に押っつつんで、一人ものこらず討ち取らんと、「ウワー、ウワー」と天地にひびく鬨の声をあげて攻めかかってくる。これにはさすがの大助も、大いに驚き、

「ヤア失策(しま)ったッ。さてはいつの間にか四方をとり囲まれたか。このうえは切って切って切りまくり、最後をはなばなしくして、敵味方の目をおどろかしてくれん」

と。

いましも必死を期して、ドッとばかりに大軍の中へ切りこまんとする。このとき藤堂勢の背後(うしろ)に当って、にわかに、「ウワー、ウワー」と鬨の声とともに、陣立て一時にくずれ立ありさま。

「ウム、われを救うは誰れなるや」と、馬上に伸びあがって向こうをながむれば、これなん青海入道兄弟および穴山小助が三百人ばかりの同勢をひきいて、死に物ぐるいに切りこんだのでございますから、此方の勇気も百倍いたし、

「ソレ後軍がきたぞっ。切りこめ切りこめ」と前後こころを合して、さんざんに斬りたてなぎたて、縦横無尽に荒(あば)れだしたから、藤堂勢は、いまはたまらず、

「それ逃げろッ」と、サッと左右に陣をひらく。ここで両軍合隊して、真田の出丸を

のぞみ、ゆうゆうとして引きあげてくる。うしろよりは藤堂の兵、敗軍の陣を立て直し、逃がさじと追っかけてくる。ところが右手の方に、赤地に八幡大菩薩と神号をあらわしたる幟をおし立てたる井伊掃部頭直孝、一万余人の兵、厳然としてひかえているところへ、いましも真田が士卒を引き連れて出丸へ引き揚げているを、藤堂勢がうしろから追っ駈けてまいるをみて、

「それ藤堂勢に合体して真田を討ちとれッ」と下知をくだしたから、一万余人の兵、ブーブードドドド、ドンドンと、鉦太鼓の音もいさましく、「エイエイ、オウオウ」真田を挟んで討ってくる。

　しかるにこのことをかの天王寺口をかためたる後藤又兵衛基次のもとへ注進櫛の歯をひく如く、これをきいたる基次は、

「ウム、かかる大軍にあいなっては、真田いかに勇なりといえども、打ち防ぐこと難からん。さらば乗り出して大助をたすけよ」と、五百余人の兵を率いて、自分は浅黄色にさがり藤の旗一流れ金黒大纏いをたて、赤地に八段金の風鈴、三十八ついたる吹抜きに、日本号と名づけたる槍を小脇にかいこんで、龍雲と名命けたる名馬に打またがり、その郎党には山中藤太夫、おなじく作左衛門、片山甚兵衛、後藤左衛門、野村九郎兵衛、小沢四郎兵衛などという、屈覚の勇士をしたがえ、ドッとばかりに住吉街道にうっていで、どうどうと藤堂井伊の両軍をうちやぶることは、風に靡きし草の如

く、さすがの関東勢も、当時天下にかくれなき後藤の旗風をみて、こは敵(かな)わじと、住吉へ引き退く。

真田、後藤の両勇士はじゅうぶんに勝利をえて、討ちとった首級(くび)の数は八百六十七、これを天王寺より天下茶屋のあいだに獄門となす。これで真田後藤の両軍は、ドッと勝鬨をあげて、おのおのその出丸へ引き揚げてくる。サアこれよりまたもや猿飛佐助の注進によって、幸村ふたたび大御所および二代将軍を攻撃するという大快談。

四〇　新将軍の同勢をうち破れ

此方大阪城内真田幸村も、今朝の合戦をながめて、おおいに喜んで、後藤には特別に厚く礼をのべた。スルとその夜またも忍術の達人猿飛佐助は、ひそかに立ち帰ってまいり、

「ハッ御注進申しあげます。既に大御所家康、二代将軍秀忠の両将軍は、二条城(にじょうじょう)中にあって軍議評定のうえ、大御所は伏見より、小倉堤(おぐらづつみ)を南都へまわり、順路当地へ進軍なし、二代将軍秀忠公は、枚方より、武者よせをいたしたるゆえ、この段御注進をもうしあげる」とのこと。

これをきいたる幸村はおおいに喜び、またもや倅大助をよんで、

「ただいま猿飛の注進によればかようかようしかじかとのことにつき、その方はただちにこれより枚方にすすみ、新将軍の同勢をうち取るべし。われはこれより大御所家康を討ちとることにいたす」

「ハッ、委細畏まりたてまつる。しかしながら父上、新将軍の旗本は、すくなくとも五万や七万の同勢をひきいたるに相違ございませんが、拙者には何万ぐらいの軍兵をお貸しくださるか」

「ウム、そのほうには兵三十六人貸しあたえ、また一万人の味方を添えることにいたす。しかし、しばらく待てよ」と取りだしたるは銅の鋳たるながき三尺ばかりの火箱。

「かねて汝に教えおいたる火術を、この火箱によって充分に手配りいたし、すみやかに新将軍を討ち取りまいれ」といわれて大助はいさみたち、

「ハッ、承知つかまつりました。これさえあらば大丈夫。この火箱をもって枚方畷五十丁のあいだに地雷火をしかけ、物の美事に討ちとって御覧に入れます。お父上かならず御心配御無用におねがいもうしあげます」

さっそく大助は夜中ながらも一万余人の兵をひきい、真田家の郎党三十六人とともに枚方畷に乗り出し、みるみるうちに手配り充分にいたし、いまやおそしと相待ちう

けている。

此方大御所家康公は、奈良の手前木津まで軍をすすめ、その夜は土地の豪家三好三左衛門という家で御一泊となったが、主人三左衛門はかねて能のこころえのある者でございますから、立派なる能舞台のこしらえもあり、ちょうどその節大御所公御召つれになったる御能役者の観世宗悦、おなじく喜次郎という二人をめして、御能のもよおしをせられた。大御所公は斜めならず御喜びとなって、はやその夜も三更のころに御寝みにあいなろうと、厠へならせられたときに、かの能役者の宗悦は、お手にお湯をかけまいらせ、喜次郎が御手拭いをたてまつろうとして、ジッと廊下へ控えている。

このとき大御所家康公は、厠よりおでましになって、一二足ツカツカと流水鉢の御側へきたったが、なにおもわれたか大御所公は、うしろにしたがう小栗又一がもったる御剣備前兼光の一刀に、パッと手がかかるや否や、ギラリと抜きうちに「エイッ……エイッ」と一声叫ばれたかとおもうと、かの宗悦、喜次郎の両人は、はやくも首は前におちてしまった。

「それ又一、これを清めい」と、かの廊下へ御剣をパッとおおきになったが、なにしろ一瞬間のできごとだから、唯れ一人として声をだす者もないくらい。このとき大久保彦左衛門はおおいにおどろき、

「ハッ、上様にはなにゆえあってかの両人をお手討ちになったのでございますか」と、大御所公のお顔をジッとみあげる。

「オオ、彦左か、軍陣の血祭り、そのほう両人の懐中を、あらためてみよ」といわれて彦左衛門は、「ハッ」とこたえて両人の懐中をあらためてみると、なにか奉書の紙にしたためた書付様の物がでてきた。

「ウムこれだナ」とおもいながら彦左衛門、「ハッ、おそれながらかかる物が……」

「ウム、披いてみよ。万事相判るであろう」

そこで彦左衛門はそれをおし披いてみると、

秀頼十五歳と相成りし後、家康天下を豊臣に返さざるときは、汝等両人秘かに家康にしたがい、これを討ち取るべし。しかるうえは一万石の知行当行うべきものなり

慶長三年八月　日　　秀　吉

観　世　宗　悦

観　世　喜次郎　　両人へ

お名前のしたには太閤殿下の御書判があって、たしかに直筆に相違ない。大久保彦

左衛門は今更ながら大いにおどろき、

「ハッ、おそれいりたてまつります。よくもかく危ぶきところを御免がれあそばしました」と、御喜びもうしあげると、家康公にも御機嫌麗わしく、御寝所へならせられた。スルとそれより一時ばかりも経つとおもうところ、にわかに耳許ちかく軍馬の動揺(どよ)めく物音。喧(やかま)しく、右往左往に逃げはしる百姓どもの高声、「ハテナ、なんだろう」とおもわれながら、なおも御寝所のうちで、耳をすましてお聞きになると、

「ただいま分部一柳(わけべいちやなぎ)が裏切り変心なり。お気を注(つ)けてしかるべし」と高声によばる者がある。つづいてドーンドーンドーン、ジャンジャンジャンと、貝鉦太鼓の音はげしく、矢叫びの声手にとるように聞こえたから、大御所公はパッとお寝床に立ち上がりたまい、

「分部一柳は予が家の忠臣なり。なんぞ変心いたすべきや。これ将に敵方の流言に相違ない」とおもわれたが、捨てておくこともできませんから、お小袖のうえより揺り兜に身をかため、佐原路(さげんじ)と名づけたる名馬にうちまたがり、「者共つづけッ」

馬を門前に乗り出し、延びあがって見たまえば、味方ははやくも戦いの用意をととのえ、隊伍せい隊伍せいと備えをたてているが、篝の数は何百何十、四辺(あたり)はさながら白昼の如く、それをだんだんに遥か向こうをながむれば、分部左京之亮(わけべさきょうのすけ)が円に水月の輪の旗差物一流、監物が釘抜の定紋付いたる旗差物、結んではなれ、離れては合

い、翩翻と翻えるそのありさま。

「ハテ、いかにしても怪しきことかな」と眉を顰(ひそ)めて御見物のそのおりから、こは仰もいかにこはいかに、瀬戸口の方より真田家伝来の独隠法(どくいんほう)十五挺、ドドドドドドドンッと、さながら天地もくずるる物音して、ただ一挙に撃ちこんだが、硫黄煙硝の煙はもうもうとして、一寸先きも判らないくらい、その匂いは鼻を突くばかり。

　スルとこの獨隠法が合図とみえて、にわかに大勢ウワーッ、ワッと鬨の声をあげるとひとしく、かの分部一柳の旗差物は大地にたおれ赤地に六文銭のついたる旗、網代唐人笠の陣印しおしたてる真っ先には、大将真田左衛門尉海野幸村五百人おのおの槍先きそろえ、ドッとばかりに本陣目掛けてついてかかる。

「スワヤ御主君の一大事」と、南条山中(なんじょうやまなか)らをはじめとして、お旗本の連中は、槍先きそろえて真田を食いとめんと乗りだしてくる。このとき幸村は先登に馬をのりだし、

「ヤアめずらしや大御所家康公、真田幸村冥途(めいど)の御迎えに推参いたしたり。見参見参ッ」と、驀然(まっしぐ)らに家康公のぞんでついてかかる。此方は柳生又左衛門(やぎゅうまたざえもん)、渡邊半蔵(わたなべはんぞう)、三好市左衛門(みよしいちざえもん)ら関東名題の豪傑が、おのおの獲物獲物をおっとって、幸村目掛けてつきかかる。この暇に大御所家康公におかれては、

「コワ大変ッ、ハイヨーッ」ピシリと馬に一鞭食わすやいなや、ただ一目散に奈良の

方をむいて逃げたまう。逃がしはせじと真田の同勢、つづいてドウドウドウドウッおっかけんとする奴ッを、ここを先途と防ぎ戦う徳川勢、大御所公は一生懸命、あとをもみずにただ一騎、ビシーリッビシーリッと鞭を食わして、タッタッタッ南都を差してはや七八丁も逃げられた。

このとき真田の陣中より、にわかにドドドドドドドーンと打ち上げたる一発の狼煙(のろし)、中天高くひらめくと同時に、いましもにげゆく大御所が、左の森の中よりバラバラバラッと躍りいでたる一人の武者。身には紺糸縅(こんいとおどし)の大鎧に白絹をもって後鉢巻、長さ一丈ばかりもあろうという鉄の延棒(のべぼう)をおっとり、いましもにげゆく大御所の馬前にさしてバラバラバラッとたち塞がらんとする。

四一　イデヤ御首頂戴仕らん

このとき件の荒武者は、走りながらに大音をあげたることにて、「ヤアヤアそれに落とさせたまうは、関東大御所公と見たてまつる。われこそは大阪方にてさる者ありときこえたる、荒川熊蔵清澄なり。イデヤ御首頂戴仕らんッ」とバラバラバラッと追っ駆けたが、大御所公はさらに耳にもいれ給わず、真一文字に馬を飛ばしてにげたまう。

「ヤア、たとえどこまでにげゆき給うとも、にがしはまいらすことやあらん」

　荒川熊蔵は韋駄天の如くにバラバラバラッと追っ駆けたが、なにしろ向こうは名馬をとばして一生懸命、此方はこころばかりは逸れども、人間の足のかなしさ。

「エエッ残念だッ」とおもわず足が縺れたからたまらない。途の小石に跪いて、バッタリそれへブッたおれたが、痛さも忘れてまたもやそれへ起きあがり、向こうは遥かみてあれば、はや大御所公は馬をとばして、闇に紛れて行衛がしれない。

「チェーッ、とりにがしたか残念至極」とさすがの熊蔵も足摺して口惜しがったが後のまつり、此方大御所家康公はヒョイッと後ろをふりかえってみると、荒川熊蔵も足が遅れたとみえてすがたがないから、馬上ながらホッと一安神をなされたところ、折よく向こうの寺に御目が注いたから、この寺へにげこんで、しばらく身を隠さんとおぼしめし、タッタッタッ、寺の大門のところへ馬をすすめらる。

　スルト夜はだんだんと明けはなれて、東の方ははや朝日ののぼらんとする時刻。このとき不思議や門内より一声高く、

「オオこれは関東大御所公。そうそうおはいりあって御休息あそばしますよう」と扉を開いてでてきたのは、頭を丸めた出家とおもいきや、紺糸縅の鎧兜に身をかため、金銀薄の大差物をいたし天野九郎長勝の鍛えあげた目方十三貫の大身槍を引っ提げ、青毛駒にユラリガッキとうちまたがったる一人の若武者。

「ヤアめずらしや大御所。御身のくるを待つことひさし。かくもうす拙者は大阪方の一将薄田隼人兼相なり。イデ御首頂戴つかまつらん」と、大身の槍をリューリューと引きしごき、「エイッ」とばかりに突きかかる。大御所公はこれを眺めておおいにおどろき、御首などを頂戴されてたまるものか、便りにおもう寺の内からでる奴にもことをかいて、大阪方にその名も高い薄田隼人。いまはモウこれまでなりとおもわれたから、隙をうかがいヒラリと馬をかえすと等しく、「ハイヨーッ」と、雲を霞ににげいだす。

これをながめて薄田隼人、

「ヤアッ、たとえどこまでにげたまうとも、この兼相が睨んだる両眼ははずれない。おのれッ、討ち洩らしてたまるものか」と、鐙を擢いこんで、韋駄天の如くに馬をあおり立て、「かえさせ給え、もどさせ給えッ」と、既にそのあいだわずかに十間ばかりのところまで押っ駆けたるとき向こうの方よりバラバラバラッと駆けつけたる一人の武者。いましもおっ駆けゆく兼相が馬前にたちふさがり、

「いかに薄田隼人。汝、無位無官の分際として吾君にちかよらんとは大胆至極。関東方にて勇名かくれなき、小田切喜右衛門の槍先きをうけよッ」と、二間柄の槍をひねって、「エイッ」とばかりに兼相目掛けてついてかかる。

「エッ、チョコザイなり」と兼相は槍をもち直す暇もあらばこそ、「エーッ馬鹿者

奴ッ。邪魔いたすなッ」と、例の槍を真っ向にふりおろし、小田切喜右衛門の兜の鉢を、「ヤッ」とばかりにうちおろせば、

「キャッ」一声喜右衛門は、血汐を吐いてそのままそこへぶったおれる。スルとまたもや左の方より一人の荒武者。

「ヤア薄田隼人見参せん。われこそは戸田采女正員秋（とだうねめしょうかずあき）なり」と名のって薄田のぞんでつっかかる。

「エイッ、面倒なり」と、隼人バッと横にはらった槍先きは、采女正が脇腹にあたり、馬上にいたたまらず、そのままドッと転がりおちた。

大御所公は後をもみずに、いましも馬をとばしてきてみると、前には巾三間ばかりの川が流れて、辺りには途もなし。渡し船さえみえない。

「ヤッ、こりア困ったことだ」とヒョイとうしろを振りかえって御覧になると、はや薄田隼人は一丁ばかりのところへ追っ駆けてくるようす。進退ここに谷（きわ）まったが、ところの中に大御所公は、南無八幡大菩薩、武運もあらばこの身を守らせたまえと念じながら、運を天にまかして馬に一鞭、ビシリーッとくわすやいなや、馬蹄をちぢめて、「エイッ」と一声、向こう岸へ躍りこえたるそのありさま、みぬ世の昔、唐土にて、かの劉備玄徳（りゅうびげんとく）が檀渓（だんけい）を躍りこらえたるもかくやあらんとおもわるるばかり。

これを眺めて薄田は、つづいてこの川を躍りこえんといたしたが、なんしろ御幸運

の大御所でございますから、隼人の馬は躍りこえることができず、川の中流へザンブとばかりにおちこんだ。

「チェッ残念なりッ」と隼人兼相。またもや馬をすすめんとする。このとき後ろの方に大音声、

「ヤアヤア薄田隼人、汝卑賤（ひせん）の身をもって、大御所公を追いたてまつること奇怪至極、われは関東方にその人ありとよばれたる本多出雲守忠友（ほんだいずものかみただとも）なり。見参見参」と槍を大上段に兼相目掛けてうってかかる。この本多雲州公（うんしゅうこう）の槍の穂先は三尺三寸五分、こみの長さは七尺五分、目釘の穴を三ヶ所にうち、三方へ筋金をわたして柄のながさは三間という、世にも妙な槍があるもので、この槍は方今においても山城国宇治の平等院（びょうどういん）に、源三位頼政（よりまさ）の鎧と一緒に宝物となってのこっております。

このとき薄田隼人は、

「ヤア、対手（あいて）にとって不足なき。関東の鬼神とよばれたる本多出雲守忠友か、イデきたれよ」と槍を真っ向にふりあげて川の中をザンブザンブとすすんでくる。この人々の槍は、つくよりうち殺す方がはやいようで、ブーンブーンッと唸りを生じて、ここに立ち会いがはじまった。ところがかく本多忠友が薄田隼人正を食い止めたということは御存じなく、奈良を差して一目散ににげきたり、奈良の町へはいってこられて、馬上ながらホッと息を吐ぎ、まだ夜が明けたというばかりで、どこも起きていない。

大御所公はどこか一軒ぐらい起きていそうなものと思召したから、馬をとめてブラブラ町の中を歩行いておいでになると、向こうの方に一軒の桶屋があって、朝はやくからトンカチトンカチ桶の輪をしめているようす。ヤレうれしやと大御所公は、そのおもてにきたって馬上より、「コリャ老爺」と声をかけると、この家の主とみえて、年のころ六十ばかりの爺、ヒョイト頭をあげて、不思議そうに大御所公のすがたを見あげながら、

「なんです」

「予は関東方の家康ジャぞ」

「なんだ、その家康てエのは」

「予は関東の家康ジャ」といわれても、まだ気が注かない。

「フン、お前が関東の家康という野郎なら、おれは奈良で桶屋の市左衛門だ。それがどうした」と礼儀も作法も知らない朴訥な言葉ハッと気の注かれた家康公は、

「ウム、わからんか。これジャこれジャ」と胸金物を叩いてお見せになる。みると三つ葉葵の御紋所、その当時は葵御紋の尊いことは、どんな小供でもしっているくらい。はじめて気の注いた市左衛門、

「ヤア、それジャお前さんは関東の公方さんだナ」

「ウム、いかにもそうである」

「年をとった方の公方さんジャナ」

「ウム、いかにも……。しかし市左衛門とやら、咽喉が乾いてたまらんから、水を一杯くれんか」

「ウム、そりァあげてもよいがお前さん家来もつれんで、ここまで逃げてこられたのは、大阪の真田さんに、戦争に負けたのだナ」

「ウム、察しのとおりである。このうえはどうかしばらく予をその方へ隠まってくれんか」

「隠まってくれといったって、私の家は狭いが……イヤ待て待て。この井戸の中へはいっておいでなさい」

と向こうにならんで掘ってある三ツのうち真ん中の井戸の蓋をとって、このなかへ大御所公を隠まいたてまつり、馬を裏の竹藪に縛って、自分はふたたび店先へ出てまいり、何食わぬ顔でまたもやトンカチトンカチ輪をしめている。

四二　これは天下の通用金だ

かかるところへ本多出雲守忠友は、ようやく薄田をおいはらって、すぐさま大御所公の御跡を慕ってきたが、この桶屋の門口へくるまで風筋が立っているのに、これから向こうに風筋がたっていない。

「ハテ不思議なことだ」とおもいながらピタリ馬をとめてかの市左衛門のすがたを見て、「コレ老爺老爺」とよびたてたから、市左衛門は横目でジロジロそのすがたを見ると、兜を猪首に着て、鎧はさんざんにやぶられたまま、ダラダラ汗を流して、長い槍をもっているから、こころの中に、

「ハハア、こやつツア公方さんをおっ駈けてきたナ。きこえない挙動（ふり）をしてやろう」

とすました顔で、桶の輪をコツコツしめている。

「コレ老爺、老爺老爺」とよべど叫べど答えがない。出雲守は精一杯、

「コレ老爺ッ」と大声だして怒鳴りつけたが、さすがは千軍万馬の中で号令する声でございますから、市左衛門の耳の底へピーンと響きわたって、腹まで答えるくらい。

「ヤッ豪い声だナ。なんだいッ」とおもわず顔をあげて返事をする。

「ウム聞こえたか」

「聞こえなくっていまの声で、胸がドキドキ動悸がうっているわい」

「ウム、それはどうも気の毒だった。しかし老爺、ただいまここへ白い鎧をめされ葵の御紋のついた陣羽織に白い御馬へめされた御老人がお通りはなかったか」

「イヤどうもおそろしく丁寧に物をいう奴だ。それはおれの家にいるといったら、ちょっと突き殺そうとおもって。そう巧くは烏賊（いか）のキンタマだ。そんな人は通らねえ

よ」

「エッ」

「イヤとおったとおった。たしかに通っていったよ」

「ウム、とおったか」

「とおったが最前彼(あ)ちらの方へいってしまったよ」

「ウム、それは本当だナ」

「なんの嘘をいうもんか。念を押すくらいなら尋ねないでもいいんだ。糞面白くもない」

「ウーム、さてはやどちらにかおち延び給いしか」と、本多出雲の守は馬上でジットかんがえ込んでいると、このとき出雲守がのった馬は、いましも薄田をおい払ったうれしさに、「ヒヒーン」と一声高くいななくと、名馬は友をよぶとかいうとおり、いましも裏の竹藪に繋いだ馬も、「ヒヒーン」と高くいななく声、出雲守はこれをきいて、

「ハテナ。この辺りに馬のいななきがきこえるとは不思議千万。上様にはこの辺りにいられるのではあるまいか」

ヒラリ馬をとびおりるやいなや、自分の馬の轡(くつわ)をとって、裏の竹藪の前にきたってみると、かねて見覚えのある大御所公の御乗馬、ここに三ツ葉葵紋散らしの鞍のおい

た奴が、その竹藪に繋いであるから、

「さてはッー」とおもって本多出雲守、またもやその馬を引いて戸外口へでてまいり、

「コリャ老爺、ここに君の御乗馬が繋いであったぞ。コレ老爺、御主君をいずれへ隠したてまった。決して心配の者ではない。予は関東方の本多出雲守忠友というものだ」と、この声をきかれた此方大御所公は、

「オオ忠友か。予はここだここだ」と井のなかから大声に名をよばれたから、

「オオ吾君……」と、さっそく出雲守は声をたよりにそこへ近寄ってまいり、井戸の蓋をパッととる。大御所公は内よりソロリはいだしておいでになり、

「オオ出雲であったか」

「ハッ吾君にはまず麗しき御尊顔を拝し、大慶至極にぞんじたてまつります」

「ウム、どうも危ういことであった。コリャ老爺市左衛門とやら。この者は予の家来で、本多出雲守ともうする者である。かならず心配をいたすな」

「ハハア、ヤアお前さんは公方さまの家来ジャナ」

「ウムそうだ」

「そうかそれでマア安神をした。実はお前さまは公方様をおっ駈けてきた、大阪の人かとおもったのだ」というている内に、はやくも本多は、自分の上帯を解いてこれを

広げ、

「老父、ちょっと硯箱を貸してくれ」と硯箱を借りて大筆をとり、墨黒々と、

　　徳川大御所公ここにお座を構えさせらる

としたためて、それを軒先きに立てかけてあった竹のさきに括りつけ、すぐ目につくようにしておいた。

「コレコレ市左衛門とやら、吾君昨夜よりの御難戦にて御空腹を覚えさせられる。御飯をたてまつらんければあいならぬゆえ、さっそくその用意をいたせ」

「ヘエ、御はんとはいったいなんだナ」

「わからん奴だ。めしをさしあげるんだ」

「ウム飯か。飯ならこれから焚かねばならぬが、まだ弟子がこないから、拱えて待っているのじゃ」

「はやく焚いて差し進（あ）げるがよかろう。弟子などを待っていることはできない。女房はいないのか」

「ウム、それだ。去年の秋の病気に……」

「死んでしまったのか」

「どうも可愛そうに死んだので……」

「そんな詰らぬことをいっていてはいかん。お前がなんとかして焚いてあげろ」

「ヤア、どうも手数のかかる人達がはいってきたものだ。しかしお前さんはなんとかいったっけね」

「ウム拙者か。拙者は本多出雲守」

「そうか。マアちょっと出雲守、裏手に井戸があるから、水を汲んできてくれろ。サア手桶はそこにあるよ」

雲州公も呆れてしまった。上総国大喜多（かずさのくにおおきた）の城主五万石、徳川家では五本の指におられる大名に水を汲ましたのは、桶屋の市左衛門ばかりだ。このとき出雲守殿は、「これも忠義であろう」と、手桶を提て水を汲みにゆき、それから米を洗って飯を焚きかけたが、そのうちにおいおいと徳川勢はここにより集まってくると、みな武者鞋のまま、遠慮会釈もなくドンドンドン上へ上がってくるから、さすがの市左衛門も泣きだしてしまった。

「他の家の畳だとおもって土足であがってくるとは実にひどい奴らだ。乱暴な人ばかりがそろっている」と、おもったが、なかには血まみれになった太刀を抜いたまま、手足にはまだなまなましい血汐に浴びている。おそろしい荒武者ばかりですから、それと口にだしてもようしいわず、恨めしそうに眺めているばかり。そのうち御飯ができ

て大御所公にたてまつると、本多殿は懐より黄金二枚をとりだし、

「コリャ市左衛門。これはそのほうが御主君をお世話いたしてくれたによって、拙者が心ばかりの礼である。いずれ御恩賞は、後日君からくだしおかれるであろうが、これはまずその方しまっておくがよいぞ」と、さしだされて市左衛門、はじめてみた黄金でございますから、膽をつぶし、

「イヤア、どうも大きな小判だナ。こういうのはなんだぜ。よく笹にクッついているが、こりア遣えるかね」

「ハハハハハハ。遣えない小判はそのほうに遣らんぞ」

「これを遣っても縛られアしませんか」

「馬鹿をもうせ。これは天下の通用金だ」

「ウーム、ジャアいくらにつかえるナ」

「これは一枚二十五両だ」

「エ、一枚が二十五両。ジャア二枚で五十両だ。五十両もあれば桶屋をやめて、京都へいって面白いことと商売がえだ」といっているのを大御所家康公お聞きあそばし、

「ハハハハハ市左衛門。いずれ予を世話してくれた恩賞は後日遣わすであろう。よく覚えておれよ」

いわれたまま黙認として在(おわ)したが、

「アア、この家康だに昨夜の難戦だ。さだめし新将軍も難義をいたしたことであろう。しかし無事に命をまっとうしてくれればよいが」とおもわずホロリと御落涙になる。道理なるかな。大御所公より新将軍秀忠公の御難戦は言葉にのべ難きくらい。

これより話一転、新将軍秀忠公が真田大助幸昌の地雷火にかかって、枚方焼討ちという大眼目。

四三　ソレ早く船を漕ぎだせ

此方新将軍秀忠公の同勢は、雲霞(うんか)の如き大軍をもって、ドンドンジャンジャンエエエエエッと、どうどうとして枚方畷を武者よせをする。暗もつらぬく三ツ葉葵の御旗に金日の丸扇の御纏い星影に閃きわたりてすさまじく、このとき真田大助は、佐太(さた)の森よりこの体(てい)を打ちながめ、時分はよしとおもったから、猿飛佐助に合図をすると、「こころえたり」と猿飛は、かねて用意の鉄砲の火蓋を切ってドンと一発地雷火の口火にうちこむと、なにかはもってたまるべき、五十余丁の長畷に伏たる地雷火は、ドドドドドドーンッと、さながら天地を震動するすさまじき物音とともに破裂をなし、ガラガラガラッ、ドドドドド、トーと堤防の崩れる音とともに、雲霞の如き関東勢は、バラバラバラバラと風に木葉の散る如く、皆中天に打ちあげられ、もうもうとして立ち登る砂煙は、天を蔽うて暗の如く、みるみるうちに百姓家または民家などに火は移って、火焔はえんえんと燃え上がるそのすさまじさ、この世からなる焦熱地獄。

スワ地雷火だと犇めきわたると等しく、ワアーッ、ワアーと叫喚の声、このとき新将軍もおもわず馬を飛ばしてバラバラバラ逃げださんといたしたが、なんしろいまの騒ぎで何方が途やら川やら薩張りわからず、馬は一声ヒヒーン、嘶くとともに、ザンブとばかり淀川の水流臨んでおちこんだ。

ハッとおどろいた秀忠公は、そのまま水中にいって、馬よりとびおり、左の手に馬の轡をとり、頭だけをだしてその馬の頭にて火の子を避けていらせられる。このとき火ははや佐太の森に移って四辺はさながら白昼の如く、火の子はボウボウと渦巻きのぼって空は金梨子の如く染めてしまった。

このとき淀の荒瀬を逆登って、六丁の大槍をおし立てたる一艘の舟、胴の間のところに床几により、采配をとってひかえしは、火光を顔にうけて夜叉の如くこれぞ大阪方に勇名隠れなき長曾我部宮内少輔元親なり、またいま一艘の舟には舳に足をふみかけ、日本号の槍を杖にし、水中をにらんで突立たるは後藤又兵衛基次なり。この二艘の舟は右に舳をそろえて、無二無三上流さして、漕ぎ登るありさま、これを此方にあってながめたる秀忠公、「南無三ッ」とおどろく拍子にハッと馬の轡をはなしたから、馬は逆巻く水に馬蹄をさらわれ、下手の方に次第次第に流れてくる。

　これにヒョイッと目がついた又兵衛、

「さては川流れの馬、引揚げずんばあるべからず」と、馬をそれへおいて、馬の鞍壺(くらつぼ)をシッカトおさえ、舟に近付くままに轡に手をかけてその鞍をみると、鞍は蝶貝を飾りたる、三ツ葉葵散らしの御紋。又兵衛はニッコと笑ってそのまま駒を切ってはなち、

「ソレ、はやくこぎだせッ、左手の方へよって漕ぎのぼれよ」

　舳先(へさき)をなおしなお遡って漕ぎながら、爛々たる眼を睜(みは)って水中をみている又兵衛基次、此方秀忠公、いましも馬を放したまま みつからぬ様にジッと水中を潜っていても、黄金の値打ちはここに現われて、水中にギラギラ光りを放っている。

「さては……」とおもった又兵衛基次、槍をリュウリュウと捻ってピタリと覘(ねら)いをつけ、

「徳川新将軍へ後藤又兵衛基次見参せん」と大音声に呼ばわるとひとしく、「エイッ」と一声突いてかかる。カチッとたしかに手答えはありながら、スウッと空に流れた槍先、このとき又兵衛はなんとおもったか、パッと手許へ槍を引くとひとしく、「ソレ舟をかえせッ」と号令をくだしたから、舟はふたたび中流差して漕ぎだしてくる。

　後藤又兵衛ほどの豪傑が、三位のくらいある日本号の槍をとって、新将軍に見参なし、ただ一突にてそのまま舟をかえしたというのは、此方と見参したればとて、到底

それだけの徳を備えている人なれば、勝つことはできないと、はやくもそこに見切りつけた、基次そのまま舟をかえしたというのは、又兵衛の豪いところでございます。

　このとき秀忠公は虎の腮（あご）をのがれた心地、そのままホッと息溜を吐いて、水中より堤防（どて）の上へあがって来ようと、いましもザブザブ陸の方へあがってゆかんとして、ヒョイと向こうをながめると、堤（どて）のしたに真黒にみえる武者一人、槍を小脇にかいこんでひかえている様子でございますから、秀忠公はみつけられては一大事と、そのまま又もやブクブクッと水中に潜られる。これを眺めた此方の武者は声高く、

「コリャ、そこで鵜（う）の真似をするのは何者だ」と呼ばわったが、秀忠公は鵜の真似をするどころではない、一生懸命の場合です。こう黙りこんで返事もなさらない。

　スルとかの武者はまたもや言葉をつぎ、

「拙者は関東方の御使番、安藤治右衛門（あんどうじえもん）なり、名を名のれ名のれ」とよばわれば、秀忠公はこれをきこしめされ、

「オオ、安藤治右衛門か、予であるぞッ」とヒョイと水中から首をだされたのを安藤治右衛門は火の光にヨクヨクみると、紛う方なき新将軍秀忠公でございますからハッとばかりに打ちおどろき、

「オッ、さては上様でわたらせられますか」と治右衛門は持ったる槍を投げすて、鎧の袖を摑んで、ようよう水中より引き揚げたが、もとより衣類はズブ濡れになってい

る上に、逃れんとすれば、枚方堤一面の火となっているからどうしても遁れることができない。如何せんと主従二人は呆然として川縁に佇みたまう。

そこへ唐崎村の菓子売り平六というものが、品物を舟に積んで、関東勢へ商売をしようというので、しゅじゅな物を舟に積んで、この淀川へでかけたるかいもなく、まだ充分に夜も明けきらない内から、はや大御所公は木津にて焼討ちにあい新将軍は枚方にて焼討ちに、御親子とも同刻の御難戦、それがために関東勢はなにを買うという暇もなく、薩張り商売もできないから、平六も吐言きながらいましも舟をこいで唐崎村へかえろうと、エッシエッシと舟をこいでくる、これぞかの有名なる淀川くらわんか舟の起原。

四四　真田さんの焼き打ちをくらったのか

これを眺めた治右衛門は、

「コリャコリャ、それへまいるウロウロ舟、しばらく待て、ウロウロ舟しばらく待てッ」とよびたてられ、平六はヒョイと此方を透かし眺めながら、

「なにや、なにをいうているのや」

「その舟に用事があるからしばらくこれへ戻してこい」

「なに、用があるから舟をもどせ、横柄な口を利く奴ジャなア、全体お前は誰や」

「ウム、ここに御座あるは新将軍家である。しばらくその舟をわれわれにかしてくれ」

「エッ、それジャ公方さんじゃナ」

「ウムそうだ」

「若い方の公方さんじゃナ」

「そうだそうだ、はやくその舟を借してくれ」

「ウム、それでは大阪の真田さんに焼討ちを食(くろ)うたんじゃナ、ま、ままて、いま舟を戻してやるぞ」と平六は岸に舟をこぎよせる。治右衛門は秀忠公を背に負うたまま、槍をたずさえてヒラリと身をおどらせ、舟の中へとびこみながら、

「菓子売り過分であるぞ」

「ヤア、貴郎(あなた)方が乗ったので、船が豪く重くなったわい……、貴郎脇櫓(わきろ)を漕いでおくれ」

「ヨシヨシ、漕いでつかわす、しかしその方の家はどこジャ」

「おりャ唐崎村で名は平六というのだ」とこれから治右衛門が脇櫓を漕いで、ほどなく唐崎村の岸にビタリ船がつく。

「サア、ここが唐崎村や、お前さん手伝ってこの品物を上へ揚げておくれ……。しかし名が判らんとなんだかよび悪(にく)いが、お前さんの名前はなんというのや」

「拙者か、拙者は安藤治右衛門」

「ハハア、貴郎が安藤治右衛門か、マアときに治右衛門」

「なんだ、人のことをよびつけにしやがって」

「マア黙止(だま)っていやはれ、私が貴郎の主人を助けたのやないか、貴方も御主のためや、これも一緒に片付けておくれや」

「よいよい、サアはやく上様をそのほうの家に案内をいたせ」

「イヤよいわい、サアかえりましょう……」と平六に案内をいたさせて家にかえってくる。

「コレ平六」

「なんや」

「吾君様はそのほうが見るとおり、御召物がズブ濡れだによって、なにか御召物を借してくれ」

「なにかといったって私の家は貧乏者の独り暮らしじゃによって、よい御召物というのはないが、これではどうだナ」と戸棚からとりだしたのは茶弁慶の垢染(あかじ)みた広袖、なにしろ百姓の戸棚へ放りこんである物ですから、汚いの汚くないのと、それはそれはどうも縞目も判らないくらい。仕方がないから安藤治右衛門はこれをとって秀忠公にたてまつると、秀忠公は鎧を脱いでこれを着し、囲炉裡(いろり)に麁朶(そだ)をくべて御尊体を温めながら、鎧のうえに飾ったる兜をヒョイッと御覧になると、いつの間にか兜の鍬形が片一方とれてなくなっている。これは先刻後藤又兵衛の槍先に折られたのでございましょう。

これをながめて秀忠公は、

「アア、わが武運もなくなったのであろう」

嘆かせられると平六はこれをきいて、

「イヤ公方様、決して嘆かっしゃることはない。私が一つ貴郎の縁喜(えんき)が直る様に、歌を一首読んであげましょう」と、紙を取り出してなにかスラスラとしたため、

「どうや、これで貴郎の縁喜がなおったろうナ」と差しだした紙片を、秀忠公御手にとって御覧になると、

鍬形(くわがた)の落ちて残れる龍頭(たつがしら)
　雲井(くもい)にのぼる君の御武運

これをながめておおいに御感あらせられ、

「アア、人は見かけによらぬもの、身は賤しき者ながら、よくも歌詠むことをこころえたものジャ」とおおせられ、直にその筆をとってそこにおいてある料紙をとりあげ

られ、

一、予の危難を救いくれ候條過分（そろじょうかぶん）の至りに付（つき）一戦勝利後は恩賞のぞみ次第に
宛行うべきもの也
慶長十九年十一月　日
秀　忠
平　六　へ

秀忠という字が大きくて、平六という宛名は虫眼鏡でみる様に小さくなっている。そこで秀忠公は御名のしたに書判をそえ、これを平六にあたえる。平六はこの御免状をいただいても格別あり難いともおもっていないらしい。そのうちに夜がホノボノと明けはなれると、安藤治右衛門は秀忠公の鎧を背負い、御主君の御供をしてこの家をたちいでる。

秀忠公は暖かいから、平六が借してくれた広袖を着たままで、治右衛門をお連れになり、どこかへいってしまわれた。

跡で平六爺は大こぼし、

「オヤオヤ、馬鹿にしてけつかる、こんな詰（つま）らない書附をおいたまま、ろくろく礼も

いわないでいってしまった。おまけにおれの広袖を着たままで、今夜から寒くってねることもできん、本当に阿房らしいことじゃ」とブツブツ言っている。

此方は秀忠公においては、安藤治右衛門をつれて足にまかして伏見へ御立ちこしになり、ここに御親子御対面、まず御つつがなきを御悦びあらせられ、のち大阪落城のとき京都二条にて秀忠公かの平六のことをおもいだされたから、さっそく所司代板倉伊賀守の家老板倉治郎右衛門をもって、この唐崎村へ御使者にたてられ、平六を二条城へお召だしとなった。

そこで平六はなにやら判らぬながらに、名主同道にて二条の城へ罷りいで、その御届けをいたしますと、さっそく家来の者の案内にしたがって、奥殿へ御通しとなる。まず正面には板倉伊賀守、縁端には安藤治右衛門、行儀霰の麻上下、奥の間一段高きところには御簾を半巻あげて、誰か御着座になっていられる様子。平六はお庭前にかかって砂利の上に面形をおすばかり、なにしろ広々たるお座敷に厳めしいお庭でございますから、流石の平六も胆を潰したとみえる。

「コリャ平六とはその方であるか、予は板倉伊賀であるぞ、面をあげよ」とおおせられる。

平六はますますおそれいり、「ヘヘエ」

「コリャ平六、これにひかえている御方はその方存じているか」

安藤治右衛門もにこにこ笑いながら、

「平六、ひさしく逢わんナ、その節は過分であった」と優しく言われて、平六はジッと頭をあげて治右衛門の顔を眺めていたが、

「ヤア誰れかとおもったら安藤治右衛門ジャないか、なんジャ詰らん、ときに治右衛門」

治右衛門もおどろいた。こん礼儀をしらない奴があるものではないとおもっている。

「ウムなんだ」

「なんだジャない、あなたの主人の公方さんはエライ狡猾(ずる)い人やで。おれの広袖を着逃げしやはったが、あの公方さんは今何(ど)うしたのや」

御簾のうちに御着座になった秀忠公、完爾(にっこ)と笑をふくまれて、御簾を一杯に巻きあげさせ、

「コリャ平六、予はここにいるぞ」

「イヤア公方さんそこにいやはったかいナ、あなたおれの広袖をどうしやはった」といったが、秀忠公は、広袖はどこへ捨てたのか更(さら)におこころにも止めないから判りません。

「コリャ、その節予が危難をそのほうが力にてたすかりしは過分であるぞ、その節つかわしたる書附のとおり、なんなりとものぞめ如何様(いかよう)の物でもそのほうの望みとおり

とらするぞ、またこれは其節(そのせつ)仮りうけたる広袖の代りじゃ」と三宝の上に小判を載せてくだしおかれる。

　このとき安藤は、

「コリャ平六、上意であるぞ、遠慮にはおよばん、はやく望みの物をもうしあげるがよかろう」

「それではこの小判はおれが公方さんに広袖をうった代金か。オヤッ百両もあるナ、モウ一枚袢纏(はんてん)があるが、治右衛門お前それを五十両に買わんか」

「コリャ馬鹿なことをもうすナ」

「ハハハハ、こりゃアマア貰っておくとしよう。しかし外に望みというて別になにも欲しいとはおもわんが、全体おれの村は百姓ばかりで活計が立たんところジャさかい、いつも淀川筋へ商いにでるが、土台百姓じゃさかい、いつも粗相(そそう)なことをいうて、其度(そのたび)んびに武士にきられて死ぬのや。どうぞこれから後は淀川筋の商人に粗相があっても殺されんようにしてくりやはれ。それより外に望みというては別にないのや」

　これをきかれて秀忠公はおおいに御感心あそばし、

「ウムよいよい、後来は必度粗言(きっとそげん)を許してつかわす。その証拠としていま免状をやるゆえ万一のことがあったらこれをだすがよかろう。また此方よりは布告(ふれ)をだしてやるぞ」とさっそく平六に粗言御免のお墨付をくだしおかれ、諸家に対しては左の如きお布告をだされた。

一　後来淀川の船頭等に対したとえ廉言（そげん）あるとも手討ちにいたし候者は斬罪、縮（しば）り首、家名改易たるべきものなり

という厳しきお触れ、後にこれが淀川の食（くら）わんか船で、粗言御免というのでございますが、その食わんか船というのは、明治維新前まで淀川筋を大威張りで商売しておりましたが、維新後にいたって絶えて仕舞ったが、之（こ）れ幕府御隆盛の頃淀川筋の食わんか船の初めでございます。

しかしこれは後のお話、ちょっと御免をこうむりまして、次席においてはいよいよ関東大御所家康公が、十二支十干支干のそなえをして、真田幸村が出丸を攻め落とさんとしたが、かえって関東大敗軍というお話でございます。

四五　ヤア憎き真田の挙動（ふるまい）かな

さても家康公、秀忠公は伏見にて御対面ののち、またここに軍略をめぐらして大阪

表へお攻めよせにあいなる。かくして慶長十九年十一月より諸方にて、毎日の如く合戦はじまり、一日として安き日はございません。ところが関東勢におきましては、何時戦争しても大阪方真田の智謀、後藤薄田などの武勇によって敗北ばかり、一ヶ所の出丸も攻めることができない。大御所は茶臼山に本陣をかまえて昼夜その謀計に汲々たるありさま。

ところが時は慶長十九年十一月十九日の夜、大御所は厠へおいでになって御用をおわって、いましも長廊下から居間へ帰られんとするこのとき、ドーンと一発物すごく撃ちだした。家康公はこの物音におどろいてそのまま仰向けに打ち倒れた。

この物音におどろいたる数多の旗本、

「スワ曲者御参なれッ」とバラバラ、バラッと物音をたよりに駆けだしてみると、庭の茂みの中に真田家伝来の張抜け筒がおちてあるばかり、曲者のすがたは早くもどこかへ消えてなくなったから、旗本連中も足摺して口惜しがったものの、今更どうすることもできず、大御所公はいかがと皆立ち寄ってお伺いもうしあげると、別に御尊体にお怪我もございませんから、まず何よりとよろこんでいる。

このとき大御所公はおおいにこれを怒らせたまい、

「フム憎き真田が挙動かな。イデこのうえは真田が出丸を攻め立てて一潰しにしてくれん」というので、さっそく軍備をととのえて、真田の出丸へ手をおだしあそばしたのが大御所公生涯のあやまり。翌十一月二十日諸軍に令をくだして、まず南の方より越前少将忠直公士卒二万五千、東の方より前田肥前守利長三万の兵、乾の方より井伊兵部少輔忠弼、藤堂和泉守高虎二万五千を引卒なし、「ワアーッ、ワッ」と鬨の声天地にひびく陣鐘太鼓どうどうとして、さながら潮の湧くばかりのすさましきいきおいをもって、真田が出丸ただ一揉と攻めよする。

　このときの合戦は関東勢総勢二十五万、鬨の声は山をくずし、矢叫び鉄砲大砲の音は天地も震うばかりのありさまにて、たとえ孔明張良の妙計、孫子呉子の軍法も当り難くあいみえた。いましも関東の総勢は一同いさみ勇んでドッとばかりに大阪城の濠際へ攻めよせてまいり、城の様子を窺ってみると、城中はただ寂寥として物音なく、シンと静まりかえっているから、関東勢はこころの中に、

「ハハア、さては流石智謀に秀でたる真田幸村も、この大勢をみて目を廻し、手をつかねて関東勢に城を明けわたす覚悟とあいみえる、スワヤ乗りやぶれッ」と一時にドッと濠へとびいり、鍵縄を塀に打ちかけて、いましも潮のよせるが如く城内へ乗りいらんとする。このとき不意にドーンと城中より放ちたる一発の空砲、それを合図にかねて用意の白粥の煮え立てたる奴を長柄の柄杓で汲みだし、敵の頭から遠慮会釈もなくザブリザブリと打っかけた。

　城の石垣はたちまちの内に白滝のおつるが如く、湯気はもうもうとしてさながら雲

の中にあること、イヤ寄手の同勢はおどろいたの驚かないのジャない、みな頭は焼け爛れ、そのうえ襟首から熱い奴がゾロゾロ流れこんで、鏈縄を捕まえている手は焼けておもわずバラバラッと豆を転がす如く、堀の中へ落ちこんだ。みぬ世の大熱地獄のありさまか、阿鼻叫喚の苦しみもかくやあらんとおもわれたり。これによって二十万の大勢も、流石に進むことができず、躊躇をなしている。

このとき大手の城門をサッと左右に押しひらき、六文銭の旗、網代唐人笠の纏をたてたる真っ先には、真田左衛門尉海野幸村、金小実の大鎧には白檀磨きの小手脛当、大身の槍を引っ提て、栗毛の駒にうちまたがり、敵の前面に突立ちあがる。

跡に続いて真田の郎党望月六郎、三輪琴之助、猿飛佐助、霧隠才蔵、深谷新左衛門青海入道、弟伊三入道、穴山小助、その他一騎当千の勇士、みなそれぞれに甲冑に身をかため、「イザヤ関東勢に見参せん」と、ドットばかりに乱軍中にきっていり、縦横無尽、さながら猛虎の群羊中に荒るるが如く、斬ってきって斬りまくり、荒れに荒れてたたかえば、関東勢はこのいきおいに気をのまれ、

「ヤア、コリャ敵わん、返せッもどせッ、ひけやッひけやッ」と、雲を霞と敗走してしまった。大御所公は歯嚙みをなして口惜しがり、

「エッ、かかる大軍をもって攻めたてながら、白粥ぐらいの謀計に敗北なせしは残念なり。イデこのうえは妙計をもって討ちやぶらん」と諸将を茶臼山の本陣にあつめ、

軍議評定のうえ、翌二十一日またまた大軍をもって攻めかかったが、今度もまた楠公南蛮鎖千鳥塀の謀略をもってふたたび関東勢の大敗北、流石の大御所公も、進退ここに谷まりたるうえ、フトおもいだした十二支十干支干のお備えを御工風になった。これは弁ずるまでもございませんが、つまり子より亥迄十二段に陣をそなえて、だんだんに荒手をもって攻め立てるというのだから、どうしても二十四度の謀計をもって破らねばならない。まずその役割としては、

子の備え　大田備前守　丹羽勘助
丑の備え　本庄越前守　酒井左衛門尉
寅の備え　三宅対馬守
卯の備え　本多佐渡守
辰の備え　六郷伊賀守
巳の備え　大久保新八郎
午の備え　菅沼新八郎
未の備え　松平周防守
申の備え　阿部宗太郎
酉の備え　井伊兵部少輔

戌の備え　森山城守（もりやましろのかみ）
亥の備え　松平対馬守（まつだいらつしまのかみ）

かくの如くに十二段とし、一段毎に大名二人ずつ都合二十四段にそなえ、総家合して二十六万八千余人の大軍なり、しかるにこのとき真田の軍来（けらい）猿飛佐助は、いつもの通り忍術をもって、このことを窺いしり、立ちかえって主人幸村にかくとつげる。これをきいて幸村は、しばらくのあいだ腕を組んで、ジッとかんがえこんでいたが、十六段迄はどうかこうかたしかにうちやぶる工風をつけたが、のこる八段はどうかんがえてもやぶる謀計がない。そこでさっそく使者をつかわして、天王寺の大将後藤又兵衛をよびよせ、

「さて後藤氏、ただいま斯様（かよう）斯様の次第にて、十六まではたしかにうちやぶる工風（くふう）をつけたけれども、のこる八段をうちやぶる謀計がない。よってねがわくばお智恵を拝借いたしたいが、なにかよい工風はござらぬか」といわれて又兵衛も、しばらく小首をかたむけて考えたが、

「そりャどうも先生おそれいりました。まったくその八段はやぶれませんか」

「ウム、どうもいま急にやぶるという法はない様にかんがえられる」

「しからば斯くいたしてはどうでござりましょう」と幸村の耳に口をよせて、なにか

しきりに囁いていたが、幸村はこれをきくより、ハッタと小膝をうち、

「ウム、なるほどこれは至極の妙計、さっそく取りはからう事にいたそう」と後藤又兵衛を返したあとで、かの小幡勘兵衛を招きよせ、

「後藤又兵衛ことは真田の出丸に関東勢おしよせるについて入用なるゆえ、これを一旦引き揚げさせるにより、御身後藤にかわって今福口の出丸を固めよ」ともうしつけた。これをきくや否や小幡勘兵衛はおおいに勇み立ち、すなわち一万五千の兵を率いて、天王寺の出丸をかためたが、素よりこの勘兵衛は、関東勢の廻し者でございますから、さっそく自分の家来小野小兵衛という奴に書面をもたせ、ひそかに茶臼山なる本多佐渡守正信の陣につかわした。

四六　さては陰謀露現したか

此方小野小兵衛はその命令をきくやいなや、夜にまぎれて今福口の出丸を忍びいで、いましも住吉街道をドンドンドン駆けてゆかんとする。このおりから片側の大松の根本よりバラバラと現われ出でたる一人の大男、今しも駆けゆく小兵衛の前に大手をひろげ、「ヤイ飛脚待てッ」と大音声に怒鳴りつけられたが此方もさる者、

「なにッ、おれを止めてどうするのだ。この大騒ぎの中を追剝にでるとは不届き至

極、まごまごすりゃ斬ってしまうからそうおもえッ」

「ハハハハハ、追剝ジャない、ただ汝の懐中にはいっている、密書さえ渡してくれりゃそれでいいのだ」といいながら、パッと小兵衛の懐中に手をつっこんだ。

「なにを猪牙才なッ、覚悟をいたせッ」と左の手で懐中をおさえ、右の手が刀の柄にかかったとみるまに、かの大男は飛鳥の如く躍り込むが早いか、小兵衛の利腕グイッと引摑み、「エエッ」と一声かけるとみえたが、はやくも二三間彼方の方へモンドリうって投げつけたり。

「ワアッ」とばかりに逃げださんとするを、

「まてッ」と隼の如くにとびかかるや否や、かねて用意の麻縄をとりだし、高手小手に縛たが、それを引担いでドンドンドン真田の出丸へかえってくる。

　小野小兵衛はおそろしい奴だとおもいながら、かつがれたまま燈火の光でその顔を見ると、これぞ真田の郎党由利鎌之助、ハットおどろくその拍子に、

「御主人仰せの者をつれて戻りました」とドーンとそこへ投げだした。

「オウそれは御苦労御苦労。コリャそのほうは小幡勘兵衛より密書を渡されているであろう、サアすみやかにだしてしまえ」

　他からは由利鎌之助、「ヤイ馬鹿奴ッぐずぐずすると張り殺すぞッ」と大きな眼玉をむいてハッタと睨みつけられ、小野小兵衛もいまはたまりませんから、

「ハイ、エエこれでドドどうぞ命ばかりは、オおたすけを」と懐中探ってとりだす一通の密書、幸村はこれを取って披(ひら)らいてみると、まごうかたなき小幡勘兵衛が直筆にて、

密書をもってもうし上げたてまつり候、しからば今般(こんばん)十二支二十四段お備えに付き幸村十六段までの工風を相付け候えども、残る八段にさし支えたる為、後藤又兵衛を同道して真田が出丸に立て籠り候えば、拙者今福口を相まもることに相なり候。よって明夜御軍勢を此方に向けらるべし。その相図として朱引(しゅびき)の提灯をだしおき候。もっとも右大臣秀頼だに討ち取り候えば、幸村後藤は枝葉のこととて自然に自滅いたし候べし、一戦御勝利の後拝顔(はいがん)万々もうし述ぶべく候。恐惶謹言(きょうこうきんげん)

月　日

小幡勘兵衛景則判

本多佐渡守正信殿

そこで幸村は見終り、由利鎌之助にもうしつけて、小兵衛は首をはね、その死骸はひそかに城の濠の中に投げこみ、密書は元の如く封をしたままで、家来海野三左衛門

をよびだし、すがたを変えさせて、かの茶臼山に持たせてやる。本多佐渡守はこの密書を読んでおおいにうちよろこび、さっそく大御所公へこのことをもうし上げて、明夜今福へ攻めかからんの手配り、それに引き換え此方大阪城内にあっては、真田の家来大石半三郎（おおいしはんざぶろう）という人が、今福口をまもる小幡勘兵衛のところへでてまいって、

「小幡氏、今度の合戦につき軍議評定あり、至急本丸へ御出席をねがう」との口上、さっそく承知をいたしたる小幡勘兵衛は、ただちに支度をととのえて大阪城中玄関式台へやってまいり、いま玄関へ片足踏みかけたこのとき左右の襖の影よりバラバラッととびだしたる根本勘解由（ねもとかげゆ）、松本金太夫（まつもときんだいふ）の両人、いきなり勘兵衛の両腕を摑んで、

「小幡勘兵衛、汝の陰謀露顕なるぞッ、覚悟におよべッ」と引き立てんとする。

「さては陰謀露見いたしたかッ」とおもいながら、「なにを無礼者奴ッ」とパッと身をひるがえして、いましも飛びこまんとする松本金太夫の利腕とるよりはやく、肩にかついで岩石おとし、エイッと一声投げつけたが、つづいて根本勘解由の襟首つかんで力にまかせ、ヤッとばかりに玄関へなげだし、ヒラリ身を躱（かわ）して逃げださんとする。その前に立ち塞がったる薄田隼人正兼相、「ヤア小幡勘兵衛しばらくまてッ」と身構えた。「ヤアさては充分に手配りいたしたか、宜（よ）しこのうえは冥途（めいど）の道連れ、覚悟いたせッ」

腰なる一刀に手がかからんとするの途端、うしろの方より木村長門守重成、木剣を

もって、「エイッ」と一声勘兵衛の諸脛をうちはらった。なにかはたまらん勘兵衛、ワアッとそれへぶっ倒れるところを起こしも立ず薄田兼相、はやくも麻縄をもって雁字搦みに縛りあげ、ついにここで獄門の刑に処せられたのでございますが、実に獅子身中の虫とは此奴のことをいうのでしょうか。そこで幸村後藤の両軍師、豪傑は今福の出丸に合体して関東勢のおしよせくるを、いまや遅しとあいまっている。

ところがいよいよ十一月二十二日夜三更、関東十万の大軍、大田原備前守、小出信濃守、市橋下総守徳川左馬之助、本田縫之助、福島豊後守、本庄越前守、酒井左衛門尉、藤堂和泉守、佐竹右京太夫、土方掃部頭、板倉伊賀守、脇坂淡路守、伊東修理太夫、真田河内守、おなじく内記、毛利大膳太夫等の大将に引率され、今福口にヒタヒタと取り詰めてくると、かねてきいている通り、はたして出丸のそとに朱引の提灯がだしてあるから、仕済ましたりと関東勢は、隊伍をととのえてそれに近寄ってくると、燈火がどういう加減か暗くなったり、明かるくなったりしているが、その明かるくなったときにヒョイとその提灯をみると、不思議やその提灯に墨黒々と、

真田後藤妙計をもって関東勢を皆殺にいたすものなり。よって関東勢菩提のために常夜燈となす

としてあるから、関東勢はおこったの怒らないので、「大阪の奴に菩提を弔って貰わなくっても困らない。おもえば憎い奴だ」といいながら、みな鎗薙刀をとってこの提灯をズタズタに切りはらい、漸くのことにパッと叩き落とせば、どういう仕掛けか火はパッとその大提灯に燃えうつって、ボーッと燃えあがる一刹那、ドドドドドーンというすさまじき物音とともに、大地は破れてさながら地震の如く、焰はえんえんと天を焦し、何万という大兵は、みるみるうちに粉微塵に崩れてしまった。

これはかねて仕掛けてあった地雷火に、その提灯の火が移ったものとみえます。これを眺めてつづいた関東勢はおおいに驚き、アアおもえば幸村は離れ業をする人かな、さてはまたもや火攻めにかかったかと、ドッと恐気を生じて総軍崩れ立つところへ、風上より真田幸村、木村重成、真田大助、穴山等の大将分が、一万五千の兵を率いて、ドッとばかりに斬りこんだ。これと同時にまた風下より後藤又兵衛、深谷青海、おなじく伊三、由利鎌之助という一騎当千の勇士のめんめん、ワァーッワッと鬨の声を上げて斬ってでる。

「コハかなわじ」と関東勢、総軍一時に崩れ立ち、ドッとばかり、跡をもみずに逃げだしたが、突当りは以前の大和川、スワヤ川なりと、一同しばらく躊躇うたが、かくあるべきことではないから、われさきにザンブザンブと川の中へ飛びこんでみると、さいわい向う脛までの水嵩でございますから、ホッと一息吐いて、この川を徒歩わたりをせんと、人馬ともども川の中は真黒になる位にはいってくる。

このとき川上にひかえたる薄田は、かねて大松板を幾枚となく継ぎ合して、川の水を堰き止めていたが、いましも川下より軍馬のひびきワーワッと聞こえ渡るとともに堰をドッと切ってはなてば、濁浪はどうどうとして矢を射る如く、渦巻立てゴーッゴーッと流れくだる。

関東勢はハッとおどろくその隙もあらばこそ、その濁浪におし流されて、水音は激しく雷の如く、溺れ沈む人馬の阿鼻叫喚すさまじくもまた恐ろしきありさま。これがために死する関東勢は一挙になん万人という大多数、いましも今福において真田に焼きうちをされ、いままた薄田のために水攻にあい、水火両難に攻め立てられ、皆ほうほうの体で引き揚げる。このとき関東方にて討たれた者は四万千五百人という沢山の士卒。これより大御所公一つの謀略をおかんがえつきになって、いよいよ一旦関東大阪和談というお話。

四七　この儀は幸村にお任せあれ

ここにおいて大御所家康公は、かさねがさねの敗軍に当惑あそばしたが、それよりしばらくは戦いをやめてジッと謀略をおかんがえになっているうちに、フトおもいだされたのは、かねて豊太閤在世のみぎり、太閤淀川において前田徳善院玄以法印と碁を囲まれたときに、そのせつ豊臣秀吉自ら大阪城攻めのことを、碁になぞらえて徳善院にはなし給いしことあり。よってその謀略をそのままに使い、一手十万がかりとして八尾、久宝寺、神崎、中之島、小橋口、青屋口、黒門口、これ等へのこらず手配りをなし、三日三夜というものは大砲をドンドンドンうちかけ、ウワーッウワッと天地にひびく鬨の声をあげて、ジリリジリリと攻よせたのでございます。

ところが城内において臆病の者はこの物音ばかりでおののき慄え、今にも大阪城は粉微塵になるかとおもっている。そこを見破った関東勢はときこそよけれと城内差して和睦のことをもうしこんできた。

このとき真田、後藤、薄田等一騎当千忠義無類のひとびとは、皆不承知をとなえましたけれども、肝腎の大野道犬同修理の親子は一方ならずおそれおののき、なんとかして和睦をしようとおもっていたときだから、さっそく淀君、秀頼公の前をよい加減に繕い、ひそかに承知の旨を答えたのでございます。そこで大御所公はおおいに喜び、沢山の金子を板倉伊賀守を使者となし、このことを禁裏へ言上におよぶ。ところがいよいよその年十二月十五日、勅使庭田大納言秀宗卿、柳原大納言資義卿のお二方が茶臼山の本陣よりはお迎えとして安藤帯刀、脇坂淡路守両人を差しつかわされて、勅使はその翌日本陣へお着き、大御所ならびに新将軍へ御対面、それより大阪城中へ勅使庭田柳原の両卿下向（げこう）あられるにより、不日御入城にあいなるべし。このだん前もってもうしいれおかれ候ともうしこんできた。

これをきいたる幸村は、天を仰ぎ、

「ああ天なる哉（かな）命なる哉、いま勅使お下向とあるからは和談をなせよとのことなるべし、最早大阪の御運ここにかたむくの時節到来せしか」と嘆息いたしたが、やがて大阪城内重立つ諸将をあつめて、

「今般京都より勅使として庭田柳原の両卿入城あいなるよし、拙者これをもって考うるに、必定和談をせよとのことを察しもうす。それについて拙者に一つの存じよりあり、諸将には御用いくださるやいなや」ともうしますと、一同はこれをきいて、

「なんじょう軍師のおおせに背きもうすべき。吾君と軍師のお詞なれば、吾等が一命鴻毛より軽し、イザその御考をうけたまわらん」

「ウムさっそくの御承知拙者身にとりまことに喜ばしき次第、そのかんがえというのは、斯様斯様（かようかよう）しかじか」となにか一同にささやき示して、さっそくその支度をいたしたが、さても勅使はいよいよ明日御入城ということにあいなり、準備万端のこる方なく相ととのえ、秀頼公は自ら御城門に出てお迎えになって、さっそく両使を千畳敷へお通しもうしあげ、御儀式も厳重に諸将は綺羅星の如く列座をいたし、謹んで命を

まっているが、やがてその勅命としては

家康、秀頼和議有るべき事
両勢東西に分れて干戈を動かすは国家上下の難義すくなからずよって和睦の義をととのえ朕の意を安めよ。万一この義を背くにおいては違勅の罪軽からず、汝等それこれを諒せよ

おそろしい六ツケ敷勅文でございます。このとき庭田大納言はふたたび言葉をつぎ、

「このたび関東の本陣茶臼山に至り勅命をつたえたるところ、徳川ははや既に得心せり、よってこのうえ大阪城にて違背あれば勅違たるべし。この旨よくよくかんがえられてしかるべく」

このとき幸村席をすすんで、

「ハッ、おそれながら言上したてまつる。故太閤秀吉緒をつぎてより上天子を補佐し下万民を撫育したるに、当主秀頼事いかで勅命を違背つかまつらん。東国ののぞみはいかなることかは存ぜねども、当主秀頼においてしょうしょう望みの次第あり、この義万一叶わずとある上は、陪臣はただ主あるを知って関東あるをしらず。よってただ

一死あるのみでございます」と決然としていいはなった。このとき木村、後藤の両人はソッと真田の袖をひかえて、

「なるほど、真田氏のもうさるるところは道理ながら、その義はいうべくして行われざる、畢竟（ひっきょう）無用のこととぞんじます。それよりは両卿を当城内にとめおいて、いなやの勅命は、いつまでも延ばしおくが宜敷（よろし）うござろう」といまははやおもい定めたその顔色、幸村はしずかに頭をふり、

「アイヤお控え召され御両所殿、それにてはかえって勅命に背くのおそれあり。このは委細拙者にお任せくだされ」と皆のひとびとをなだめておいて、ふたたび頭をかえし勅使にむかって前のおもむきを再三のべ立てる。勅使はおおきにお困りになって、御両所御相談のうえ、庭田大納言御一人茶臼山へかえって家康公にことの由をいいきかせる。家康はこれをうけたまわって完爾（にっこ）と笑い、

「さもあらんさもあらん、とにかく相応のねがいならばお聞きいれくだされたい」というので阿茶（あちゃ）の局（つぼね）に京極若狭守（きょうごくわかさのかみ）を差し添え、大納言卿のお供をして城内につかわされる。このとき幸村は高麗橋（こうらいばし）より本丸までズラリと弓鉄砲にて警固をいたさせ、さっそく千畳敷へとおしたるうえ、

「まず関東ののぞむ次第をうけたまわりたし」ともうしあげる。

このとき秀宗卿は御座をすすめ、

「まず関東の望みというは

第一には秀頼を大和国郡山に移し摂河泉にて百万石を与うること、

第二には淀君を関東へ人質として差しつかわすべきこと、

第三には大阪城の総外郭堀埋立のこと、

第四には浪人放逐のこと、

望みというはこの四ヶ条おききいれこれあるべきや」と意外のぞみ、流石の幸村顔色をかえ、

「ハッ、まことに恐れいりたてまつりますが、当主秀頼公においてはこの四ヶ条はさておき、一ヶ条も用ゆることは決してできません」と、しばしば言い争ったが、いかにせん淀君のところは既に決したる後のことで、ここで総堀埋立の一箇条を承知し、その代り関東より当時大阪領内たる摂河二ヶ国の外大和郡山、播州姫路、紀州和歌山を秀頼公に与えるということになって、ついに和談に極まったのでございますが、これ大阪滅亡の根元と相成ったのでしょうか。ここで木村重成が茶臼山に乗り込んで、和睦の誓書血判見届けというお話もあるのですが、さきを急ぎまするところからこれはお預りといたしておきます。

さても東西一旦和睦とあいなり、その証として大阪城は出丸外郭を充分にとり壊し、いよいよ裸城同様とあいなったが、それを見届けて、井伊藤堂その他諸軍勢はいずれも御陣払いということにあいなる。もっとも両将軍にも滞りなく御帰国あいなったる次第でございます。

これによってまず諸国の民百姓も来年そうそうは芽出度き年をむかえんといずれも安心をして新玉の春をむかえたので、ところがここに大阪城内家臣のうちに、青木民部という者があって、この者はかねて織田常真入道とは、婿舅の間柄で、またかの織田有楽斎とも屋敷は隣家でございますから、両家とは殊更別懇にいたしておりましたが、この民部つくづく考えてみると、

「既に摂河二ヶ国の御領主も、大和郡山、播州姫路、紀州和歌山を手に入れて、にわかに五ヶ国の御領主となられたとはいうものの、おわりに至ってこれが大阪の手に入ることやら実にかんがえてみれば詰らぬことである」と、そこで青木は織田両家と相談をして、

「今のうちに関東へ降参して身の出世をはかっては如何であろう」と、ついに降参の相談をとり極めたが、実は是等の人は大阪方にとって獅子身中の虫とも謂うべき奴。なにぶん世の末となってその家がかたむき掛けると、かならずかかる不忠者ができるとみえます。

これより鏡開きの儀式、再度関東大阪手切れの発端とあいなるのでございます。

四八　汝女の分際として小賢きその一言

ころしも元和（げんな）元年一月十一日とあいなってくると、今日は例年のとおり城中においてはお具足開きの儀式を執りおこなわれ、臣下めいめいは皆惣登城をする。いましも千畳敷の広間におきましては、秀頼公は臣下のめいめいに御挨拶をあそばし、まず俗にいう年始の御儀式をいたされる。

しかるに第一番にまずお盃を軍師真田幸村にくだしおかれたから、幸村はあり難くお盃を頂戴におよびまするど、「下物（さかな）はなんなりとも望みに任す」とのおおせ、幸村はありがたくお礼をもうしあげたるのち、

「さらば何卒下物として、拙者に軍勢一万人を拝借の義ねがいあげたてまつります」

ともうしあげる。このとき後藤又兵衛もまた進みいでて、

「私にも一万人の軍勢をお貸与えをねがいます」

スルト長曾我部の老人も敗（まけ）ず劣らず、

「拙者にも一万人」

木村長門も一万人、真田大助は五千人と、いずれも軍勢借用の義をねがいいでた。

これをきかれて秀頼公はおおいに驚きたまい、

「その方等は、新春そうそうより軍勢を仮りうけて何といたす所存であるか」

幸村はハッと頭をさげ、

「おそれながら御主君へもうしあげます。既に昨年の暮れに、関東大阪和睦つかまつり、五畿内の知行相渡すとのことゆえ、已むを得ずその証として、出丸外郭を破却いたし候ところ、関東よりはまだ何等の沙汰もこれなく、しかるに目下は七五三の内とて近国の大名小名はいずれも年頭のため関東へまかりでて、本国はみな不在中でございまする。よってこの油断を見済まし、いまのうちに南北へ討っていで、大阪城の手を拡げんという決心。南方は泉州岸和田伯太城あるいは紀州和歌山までは拙者討っていでる心底でございまする」

すると、後藤又兵衛はその言葉の跡をつぎ、

「拙者ことは東方を引き受けて討って出で、大和河内の両国をいまのうちに手にいれる決心をいたしております」

このとき長曾我部元親は、

「吾等はそうそう京都へ討っていで、所司代板倉を討ちとって、おそれおおくも一天万上の君を迎えたてまつって大阪へ御供つかまつり、当城内を仮の行在所（あんざいしょ）と相さだめ、そのうえ関東を朝敵といたさん心底」

　また重成大助の両人は、

「拙者等はまず三田尼崎と、それ相当の城を乗取り、大阪の規模を拡めん心底にございます。その時はかならず西国筋の大名はいずれも吾手にしたがうに相違なし。そう相成る上は天下分目の大合戦とあいなります。よって何卒軍勢拝借の儀をねがい上げたてまつります」

　これをきいて執権大野は、大いにおどろき、

「それは甚だよろしくない。一旦勅使に対し御和談の儀承知いたす事に、たがいに神文の取交せもすんだる後である。しかるにまたまた当方より左様なことをいたしては、一天の御帝に対して違勅の罪免れがたし」と、怖気付いたる修理之助。

　このとき後藤又兵衛はからからとうちわらい、

「アハッハハハ、イヤイヤ決してさにあらず、そもこの度の御和談は途中においての虚構事、戦争にさえ勝たば和睦をやぶるともかならずその申し訳は相立つものでござる。すこしの事にこころを配りおのれの首に刃のかかるをしらざるは、実に愚かしき至りである」と、とうとうとして述べ立てた。

　このときかの織田有楽斎はジリリ膝をすすめ、

「まず暫時お待ちあれ。ただいま後藤殿のお言葉は実に道理のお言葉なれど、正月中はお見合せあってしかるべしと相こころえます。吾国はもとより外国にいたっても、

朝敵となりし家のまっとうを聞かず、ともかくも暫時好機をおまちあるがよろしからんとぞんじます」

　このとき淀君は口をひらかれて、

「皆の者のもうするところ、一応道理のようなれど、先般天神地祇に誓いをたて、神文をたて交せたる上なれば、しばらくは差し控えるがよろしからん。ことに正月中は一天の御帝に対してもおそれあり。ともかくもしばらく思い止まるがよかろう」とある。これによってこころある忠臣のめんめんは腸を寸断にするのおもいをいたし、実に歯痒いことだとおもったが、いまは何ともいたし方なく、黙ってさし控えている。

　それに引換臆病なる奴等は、まずこれにて大安神をいたした。モウこうなっては幸村もわが意思の達せざることであるから、おもわず無念の涙に暮れはて、かならず跡で後悔をなさるであろうとは思ったが、いまは運を天に任すより外いたしかたなく、已むを得ずこのことは思いとまったが、そのこころの内やいかならん。おもいやるだに傷ましきことでございます。

　かれこれするうちに早その月もたって翌二月と相成ったが、関東よりはかの条約の三ヶ国を引き渡すの御沙汰は、さらにございませんゆえ、淀君もここに至ってはたまりかね、大御所公へ催促として木村の母なる松栄尼および大野道犬の妻なる大蔵局をもってわざわざ駿府へ右の催促の使者にたてた。

しかるに大御所公は更にこれに御面会もなく、また両女を大阪へかえしもせずただ御風邪に就てお目通りはならぬとあって、長くこの両人を駿府にお留めあそばしたまま、ぐずぐず空しく日を送っているうちに、駿府からはなんの音沙汰もないので、大阪城内では非常の御心配でございます。しかるに織田有楽斎および常真入道の両名の者は、たがいに相談いたし、

「新春そうそうから戦争の評定をする様なことでは、到底大阪城も長くつづく気遣いはない。ことに末には幸村のためにどんな目にあうかもしれぬ。いっそのこと、いまのうちに駿府へ降参なし、大御所公へこのことを注進いたし、わが家をまっとうするが第一のことである。たとえ恥を掻くとも徳をとるのが上分別」と、ここに至って両人の者はひそかに家族の者を引きまとめ、大阪城を夜にまぎれて逃れいで、さて駿府にきたって大御所公へお目通りをねがいでた。

スルと大御所公には、さっそくお目通りをおおせつけられ、との次第をお尋ねにあいなりまするとこ、ここで両人のものは、当正月十一日大阪城内具足開きの節、真田、後藤、長曾我部、木村等が軍議評定の次第をおちなく物語ったのでございます。家康公はこれをおききになって、大いにおどろかれ、

「さては幸村後藤その他のものは、かねてのわが計略を推量いたしたものと相みえる。捨ておいてかれに魁されてはあいならぬ」というので、まずさっそく摂州三田の

城主有馬玄蕃頭（ありまげんばのかみ）、尼崎城主建部三十郎（たてべさんじゅうろう）、泉州岸和田の城主小出大和守、伯太（はくた）の城主渡部民部少輔、紀州和歌山の城主淺野但馬守、大和郡山の城主筒井隼人正（つついはやとのしょう）、この者どもをお手許へお招きとなり、

「その方共にはただいまより暇をつかわすあいだ、そうそう各本国へ引き取り、籠城の用意いたせ。万一大阪方より攻きたらば十分に防戦の用意をいたせ」とこの者どもを本国へかえし、やがて両女をよび出し、知行所のことは聞き届けがたしという無法なはなし。そこで松栄尼はおおいにおどろき、その無法を責めていろいろに申しのべましたが、どうしても聞き入れられない。とうとう阿房払いとなって、両女はすごすご大阪へ帰ってくる。

かくと淀君に申しあげると、淀殿は非常の立腹、そうそう幸村をよんで軍議評定におよび、まず手はじめに岸和田から紀州に攻め入らんと、大野修理之亮を大将に塙団右衛門を副将として、五千の軍勢でのり出した。団右衛門は大野の幕下になったのを非常に憤り、大野と大争論の末阪田庄三郎（さかたしょうざぶろう）とともに紀州へのり出し、かの樫井川（かしいがわ）で名誉の戦死を遂げた。

一方修理之亮は、岸和田で敵のはさみ討ちにあい、ほうほうにげかえり諸士にさんざんに辱（はずかしめ）られて縮みあがる。さればこれがために和談もやぶれ、いよいよ大阪落城ということに相成ります。

四九　真田幸村これにあり見参見参

　ここにおいて家康公および秀忠公におかれては、慶長二十年改元あって元和元年三月中旬にいたり、関東の軍勢百有余万を募って御出馬ということにあいなり、おいおいと京都へお乗り込みになる。ところが此方大阪城は以前とちがい、外壕出丸を破却いたし、まるで裸城同よう。これを討ちとるになんの造作やあらんと、ことの外のお勢いにて、東西より一挙に攻めおとすという手筈におよぶ。

　まず秀忠公は伏見より奈良に出で、暗がり峠をこして河内の松原へ御本営をお定めになる。また家康公は天満の森に御本営をお定めにあいなったが、方今でも天満天神の社内に大将軍社というのがあって、かの近辺を本営と御定めに相なったのでございます。まず先手のめんめんは大川へ船橋を架け、大軍をもって追っ取り囲みに相なった。これによって大阪城下の町人百姓は、折角太平と相なったのに、またまたかかる戦争のおこるのは情けない次第であると、めいめい安き心もなくいずれも隣国へ立ちのくことにあいなったから、この辺りには人家はあっても住む人はなし、実に大阪は火の消えたる如きありさま。

　また城内のものも、臆病なるものは敵の大軍をみて皆肝を潰している。しかしながら真田幸村は、日本一の軍師とも謂いつべき英雄なれば、このありさまを眺めてすこしも驚かず、泰然として持場持場を固めさせることにあいなったが、なにぶん昨年とはちがい、要害もなくなったことであるから、ただ城内へ立て籠るとのみでございます。さてここに飯島太郎左衛門というものについて、いろいろ面白いお話があるのでございますが、ここには略しおき、ただちに太郎左衛門の働きの一條に引き移ることにいたします。

そこで幸村はこの太郎左衛門に、

「汝等ただ今より城外にいで、斯様斯様に取りはからえよ」という。委細畏まったと同人は、自分の村へ立ちかえってまいり、さっそく下百姓小者の内より義心のあるものばかりを選み出し、かいがいしくも身軽の扮たち、簑笠に身をかためて四五十名のものを引きつれ、さて天満に御本陣をさだめられたる家康公の御陣中へやってくる。

「エエおそれながら手前どもは、近在の百姓でございます。将軍さまへ御冥加のため、なんなりとも御用がございますれば、おおせつけられまするよう……」と願って出た。よってこのことを家康公に申しあげると、いと御満足におぼし召され、

「ウム過分である、用事があれば申しつける。泰平の世となれば恩賞をつかわすぞよ」

「ハッ、まことにあり難くぞんじます」とそこでそれ等のものは皆小使い同ように

なって、陣中へ入りこんだが、何がさて土地のものであるから、勝手も充分ぞんじておりますし、まず道直し或いは小屋掛りの手伝い、人足同ように召しつかわれている。その中に中崎村の彦右衛門、野里村の三左衛門、これ等のものもおいおい人足を連れ来たって御用を勤めることになったが、ないないこれ等のものはみな秘密をもらし合めてある。

ところがやがてその月もすぎ、四月中旬になってくると、すこしく入梅の気味とあいなり、日々小やみもなく雨が降りつづき、ついに五六日間というものは大雨になってきたから、それがために淀川は水嵩増て満水となり、ややもすれば諸所の堤が切れんとするのありさま。飯島はこのときとくと地の理をみて、御本陣へ出てまいり、

「恐れながらもうしあげます。日々の大雨にて淀川筋は満水となりましたが、すべてこのあたりは地の低い場所でござりますから、万一のことがあってはなりません。よって私どもは土俵を築いて、その要害いたしたいと考えます」ともうしあげた。

家康公はこれを聞いて打ちうなずき、

「まことに道理のことである。しからばその方に万事もうしつけるゆえその用意をいたしてくれよ」とこれによって飯島は、さっそく多くの百姓または人足を募集いたし、さて大川の上流に当る源八長柄近辺の堤へおいおいと土俵を築きあげ、十分これを防ぐことになったのでござります。

しかるに太郎左衛門へはかねて幸村より申しつけてあったと見え、やがて十分の満潮を見すまし、時しも四月二十二日の夜、前以て城内へ合図をいたし、その夜の子刻すぎのころおい手配りをいたして、たちまち数ケ所の土俵をぶち壊し、今まで十分に堰きとめた水を一時にドッと天満へ切っておとした。

何をいうにもこの辺は地面の低いところで、そのうえ過日来の水を堰きとめてあったのですから、ドッと一時に流れおつる水は、さながら瀧津瀬の如く、たちまちの内に、ゴウゴウゴウという激しく流れ来たり、みるみるうちに天満一円は渺々たる大海の如くにあいなった。実に寝耳に水とはこれでござりましょうか、関東方はそれという間もなく、たちまちのうちに陣所陣所を水にひたされ周章狼狽、そのうちにまたたく間にゴーッゴーッと諸方へ押し流されるというありさま。

しかるにこのとき何処ともなく、「ワァーッワァー」という鬨の声がきこえ、おいおい軍勢の本陣間ぢかく押寄せてくるようす。これなんかねて源八堤に忍び忍びてあい待ったる、長曾我部の同勢、三千人の士卒をもって、高所にある陣小屋にはドンドンドン火を放って迫ったことでござりますから、低きところは水のために流され、高きところには火の手が揚がってえんえんと空を焦すまでに燃あがったから、実に関東方は上を下への大騒動、鼎の湧く如くに逃げ惑うばかり。

しかるにこのとき中崎村の彦右衛門、野里村の三左衛門をはじめ、いずれも組下の

百姓どもを引率なし、小船にうちのって本陣へ漕ぎつけてまいり、
「ハッ、なかなかの勢いにてとうとう堤が切れました。この上は浅瀬のほうへ御案内をいたしますゆえ、此方へおいでなさいまし」と軍勢の輩を助けるとみせて、ワザと深味へ連れだしては、流れへ押しこむというさわぎ、何が夜中のことという勝手はわからず、実に関東方は水責め火責めにおちいりましたのでござります。

かかるところへ真田大助は、三千の勢を率いて関東方の架けたる船橋を切り捨て、多くの船を奪い取り、長曾我部の勢と一つになって攻めたてる。しかるに此方船手のものは九鬼長門守、千賀與八郎、向井将監、小濱民部の人々は、味方のものを助けんと、はやくも沢山の舟をだしたが、何ぶん水勢激しくして上流へ漕ぎのぼすことあたわず、ただ周章狼狽するばかり。

このとき城内よりは、スワや時こそ宜けれと言いながら、ドッとばかりに討って出でたる木村、薄田。この二手の同勢は、天満の森を望んでおいおい小舟にのって押しよせきたり、辺り一面は泥海と変じたるその中より、半身水に浸って流されゆくものどもを、手当たり次第に斬っておとす。しかるにここに大久保彦左衛門は、第一番に本陣へ駆けつけきたり、家康公をお助けもうさんと、まずその身の肩に引っかけて、浅瀬の方をのぞんでドンドンドン逃げ出さんとするが、何ぶん勝手を十分にしりませんところから、おもいがけなくも深味へおちこみ、のちにはその身の背も立たぬくら

いにあいなったから、今は一生懸命、もとよりその身は裸のまま腰の大小刀を背に引っ背負ったなり、家康公を背に負い、下手の方へ泳いでくると、丁度そこに少しの高見があって、一本の松が見えだしたから、これを目あてにようよう泳ぎつき、ホッと一息ついたのでござります。これ今にのこる北野権現(きたのごんげん)の松のところでござります。

折しも向こうの方より薄田隼人の同勢が、

「ソレあれへとりついたる関東方を討ちとれよ」と此方をさしてドンドンドンのりこんでくる容子、この体見るより大久保は、今ははやこれまでなりと、背中に背負った一刀ギラリ鞘ばらいにおよび、ヒラリ身をおどらして水中にとびこみ、半身水に浸して近寄るものを斫(き)りたおしたが、そのうち四方を敵のためにとり巻かれ、知らぬ間にジリジリとその場をはなれ、ついに家康公を見失ってしまった。

そのうちに夜はおいおいと明けはなれると、家康公はただ一人この松にとりついたまま八方を見わたしていると、まったく四方は泥海と変じ、味方は遠く敗走して目に入るものは一人もなく、敵方はおいおいに人数をまし、小舟にのって彼方此方を漕ぎまわるありさまに、流石の家康公も今はいかんともする能(あた)わず、暫くはただ茫然として御心配のそのところへ、丁度北の方より小舟にのって一人の男に棹を差させ、矢を射る如くの急流を、ザアザア此方をさして漕ぎよせてくるは、これぞ本荘村(ほんそうむら)の三郎兵衛(さぶろべえ)というものだ。

　その身は下男に下知をいたして、

「それ早くあの松の木のところへやれよ」と申しつけたが、下男は、

「旦那様、なかなかえらい水でござりますナ、どうもこんな水の中で戦争と来ては駄目でござりますよ。かえって怪我でもなされてはいけませんから、一層元へ引っかえしましょうか」

「馬鹿をいえ、こんなことはまたとないのだ。こういう時に一つなんでも手柄をしておくと、後日かならず褒美が貰える。ぐずぐず言わずと舟をこげ。なんでもあれは大将とみえた。お助けもうして御褒美に預ろうというおれのつもりだ、ソレモウすこし上手へこいで行け」と、下男を励ましながら、ようようのことで此方へこいでくる。ところが今しも松の枝にブラさがりながら、家康公はこれを見られて、

「こりゃそれなるもの、はやくここへ舟を漕ぎよせてまいれ。予を助けよ」と大音に呼ばわった。三郎兵衛はハッとばかり、声をたよりにその方へ近寄って来てみると、一人の老人が松の枝にブラさがっているから、

「ハハン、これはなんでも大将分にちがいない、それ早く舟をこぎよせよ」と辛くもその下へ舟をこぎよせてくると、家康公は手が痺れるくらいに痛んでおりますから、今舟のつくのを待ちかねて、手を放すとそのままバッタリ船中へぶっ倒れ、既に気絶にもおよばんとする容子、これを眺めし三郎兵衛は、甲斐甲斐しくもいたはり介抱な

し、

「ソレ、はやく舟を戻せよ」と、そのまま北手の方へ舟をさし切らせる。これによって大御所公も、はじめてホッと一息おつきになり、

「時にその方はなんという者であるか」と、お尋ねになる。

「ヘエ、私は本荘村の庄屋三郎兵衛ともうす者でござります」

「ムムそうか、とにかくその方の着ている簑笠を予に借してくれ」と手ばやく簑をとって身にまとい、笠を頭からお被りになって、

「かならず徳川の世とあいならば、重く取り立ててつかわすぞ」といわれてハッとおどろいた三郎兵衛は

「エエッ、それでは御前（ごぜん）は関東の将軍様であられますか」

「ムンそうだ」

「豪いわ、さアはやく本荘村へやれよ」と一生懸命舟をこいで、ドンドンドン本荘村へ戻ってくる。ところが此方幸村におきましては、十分飯島に計略をさずけ、今日こそはと夜のうちより支度をいたしその身は一艘の小舟にうち乗って、只管（ひたすら）北へ北へとこぎだしたが、もとより屈強なる臣下両三名に竿をささせたことゆえ、舟は矢を射る如くにすすんでゆく。その内に今しも船中に小手をかざして四方をながめていた幸村は、何を見つけたかハッと後ろを振りかえり、

「あれをみよ、アレアレ北の方に当って光気の棚(たな)びくはさてこそ家康あの辺に逃げのびられたに相違ない」と言いながら、なおよくよく水中を見渡すと、今しも一艘の怪しき小舟は、飛ぶが如くに北をさしてこぎ行くようす。

「ソレ、あの怪しき舟へこぎよせよ」

「ハッ心得ました」と家来は一生懸命に舟をさしきる。このとき幸村は大音に、

「ヤアヤアそれなる舟しばらく止まり候え。それにおはするお方こそ徳川家康殿とみたは癖目(ひがめ)か。真田幸村これにあり、現参現参」と呼ばわった。家康公も幸村ときいては、胆魂(きもたましい)も天外に飛ぶのおもいをなし、

「ソレ逃げろッ、舟をモすこしはやくこげ」

「そんなにおっしゃっても、そう無闇にこげるものではござりません」と言いながら、なおも一生懸命にこいでいる。

五〇　薩摩へ落ちる心底でござる

幸村は今しも家康公を泥海中におっ駆けて、なんでも舟を近よせんといたしたが、なにぶんその間は二十間あまりも隔たってある上に、水はいきおい烈しく流れくることとて、おもう様に舟を近寄せる事もできませんから、「コハ残念なり」と幸村は、

手ばやく弓矢をとるよりはやく、あたかも空行く満月の如くに引き絞り、狙いをさだめて発矢(はっし)とばかり切ってはなったるその矢先は、はからず家康公がいま三郎兵衛より借りてお被りなすった笠を、カスッたことだから、笠は千切れてはるか彼方の水中にとびちり、ただ小枕ばかりが頭にのこる。此方幸村は、仕損じたりとおもわれて、舟よりよくよく顔をうちながめ、

「ムム、さてこそ推量に違わず、あれこそまったく家康なり。それはやくやれ」

よばわりながらまたまた二の矢をつがえて引き絞った。しかるに幸運なる君はどうしても撃てぬものか、今しも幸村が引き絞った弓弦(ゆみつる)は、中ほどよりブツリ切れたことであるから、

「コハ残念なり」

弓矢をそこへ投げ捨てて、なおも家来をはげまし、船をこぎよせるありさま、三郎兵衛はここを先途と力にまかせてこいでゆく。大御所公は舷に食いつきながら、

「こりゃ三郎兵衛、何をぐずぐずいたしている。はやく船をこがぬか。モすこしはやくやれ、トテモ間に合わぬから船を担いで走れ」

「そんな勝手なことができますものか」と言いながら三郎兵衛、夢中になって北へ北へとこぎ出す。

此方幸村は、十分に船をこぎよせんと、家来をはげましているものの、前もうしあ

ぐる通りの水勢とて、船の進退意の如くならず、次第次第に遠くなって行くばかり。このとき行手の方から赤裸にて陣刀をたずさえたる一人の男、水中より半身あらわし、此方へさしてズンズン泳いでくる容子。これぞ別人ならず、大久保彦左衛門であった。いましも薄田の手をのがれ、ここまで泳ぎついたのでござります。

しかるに水中より見渡せば、幸村がどうやら大御所を追っかけゆく容子でござりますから、叶わぬながらもここぞと、ようよう幸村の乗ったる船にとびつくやいなや、「ヤアヤア真田幸村、大久保彦左衛門現参せん」と必死のいきおいすさまじく、今にも船中に躍りこまんというありさま、かくと見た家来は「何をッ」と櫂を振りあげて、エイッと一声頭上をのぞんで打ちこんだが、パッと体をかわした大久保は、たちまちその櫂の中程を引っ摑んで、エイッと力にまかして引っ張ったから、これがために彼の家来は櫂をもったまま、真っ逆さま、ドブーン水けむりを立て、水中におちいり、下手の方へドードーと押し流された。

そのうちヒラリ船中に躍りこんだ彦左衛門は、エイッと一声、幸村目がけて斬ってかからんといたしまするを、「ナニ下郎め」とパッと右足をあげて蹴倒した。何ん条以(もっ)てたまろうや、ドブーン、彦左衛門は水中におちいり、そのまま下流へ浮きつ沈みつ流れゆく。

此方幸村は、それ等のものには目もかけず、家康公の跡をしたいて、追っ駆けんといたしたが、ついに残念にもはや船は遠く離れてしまい、まったくここに取り逃がす。これによって幸村も実に残念とはおもったが致し方なく、ついに後勢のつづくをまって、手勢を引きまとめ、一まず城内へ引き取ってゆく。

しかるにその隙に大御所は、どうやらこうやら本荘村の三郎兵衛方へお逃げこみにあいなり、まったく危ういところを辛くも助かったのでござりますが、しかしよほど体がお疲れになったものとみえ、なかなか自由の体になりませんのを、三郎兵衛夫婦の者はかいがいしく介抱をもうしあげたによって、ようよう少しく気をお鎮めになった。そのうちに味方の同勢はおいおいその辺りに逃れきたり、大御所のこの家にお止まりになっているをしって、みなみなこの家へはいってまいり、大いにその恙(つつが)なきを打ちよろこんだが、その後これなる三郎兵衛という者には、二字帯刀(にじたいとう)をゆるされ、多分の御褒美をくだしおかれましたが、これは後のお話。

しかるにこのとき大御所は、家来のめんめんを引き連れて、三郎兵衛方をお出ましになりまするると、すこし高見になるところがあったので、これに対してお登りになり、近習のめんめん四方をとり巻き、ここを仮の陣所とお定めに相なりました。ところへこれまた濡(ぬ)れ鼠(ねずみ)となり、襷鉢巻(たすきはちまき)の用意かいがいしく、乗りこみきたったかの飯島太郎左衛門、弟源左衛門、おなじく七郎、味方の百姓を引きつれて、今しも大御所へ斬ってかからんとするを、

「ヤッ土民の分際として、我が君に敵対するとは奇怪千万、ソレかれを生捕りにいたせ」と躍り出でたる本多出雲守、たちまちのうちに太郎左衛門の腕首取ってそれへ捻あげ、終(つい)に高手小手(たかてこて)にいましめた。

弟源左衛門おなじく七郎も、「コハ残念なり」と一生懸命に物狂いに荒れまわるといえども、何をいっても根が百姓の悲しさ、ついにそこへ生捕りになる。跡にのこった百姓ども、のこらず高手小手に縛られ、縄付きのまま本陣へお引き据えにあいなり、大御所自らお取り調べになると、飯島その他の人々は、今はこれまでなりと思ったから、今までの次第をつつまず白状なし、この上は一時もはやく仕置に行われたしと、土民に似あわぬよき覚悟。大御所これをお聞きになって、ますます御感心あそばされ、

「アア聞けば聞くほど天晴なる者ども、その心底なれば所詮(しょせん)徳川へ味方をいたす気づかいはあるまい。誰かある、それ彼をはじめ一同のものの縄を解いてつかわせ。決して咎めるな……、とりゃ太郎左衛門、予に敵対いたすは不届きなれど、彼の忠義にめでて一命は助けつかわす。よって今よりふたたび大阪城内へ立ちかえり、豊臣家へ忠義をつくせ」と厚きお言葉、

「ムム、どうも流石は天下を横領する人だけあって、なかなか面白い爺だ。ヘヘン、しかしお前さんに今助けてもらっても、決して恩には着ぬぞ。その返礼はキット仇で

返すからそうおもえッ」とあくまでも悪口をいたして飯島は、大勢の百姓を引き連れ、ゆうゆうとして大阪城へ引き揚げてくる。

ところが大御所はここでは危ういというので、その日のうちに本陣を奈良にお移しになったが、

「アアおそるべきは故太閤の余徳なり、秀頼の柔弱、淀の不品行、佞姦無道の大野等が大阪にあるゆえに、諸大名のめいめいもその無道をにくみ、大阪を見限って関東へこころをよするその中にも、上に真田のごとき智謀者あり、下にはやはり太閤の恩をわすれずして、かれ太郎左衛門のごとき者のあるというは、これまったく太閤の余徳にほかならず。さればにや事柄をわきまえざる民百姓は、予を捉えて天下を横領するなどというは奇怪至極、このうえからはまだ勅命をしらざる奴等に、一天の御帝の勅命によって、かく合戦におよぶという次第をしらしめ、そのうえ一挙に大阪城を攻め滅すにしかず。よってそうそう一天の御帝に奏聞をとげ、おそれ多きことながら、この南都まで行幸を仰ぎたてまつらん……。ヤアヤア本多佐渡守、汝ただいまより京都に馳のぼり、関白殿下にねがいをあげ、かならず御帝の行幸を仰ぐべし。まったくこの戦争終るときにおいては、昔の如くその御礼として京都へ大内裏を造営なし、尚そのうえ近江山城において、お賄料として二十万石をたてまつらんと願いをあげよ」

「ハッ、委細畏まりたてまつる」と佐渡守は、さっそく京都にのぼり、右のおもむき

を願いでる。そこで御所では御評定のすえ、いよいよ大阪追討の綸旨を下したまわります。

これによって関東勢においては、いよいよ豊臣征伐の御綸旨の写しをしたため、遠方よりも歴然とみえるようにいたし、それにつづいて百万の同勢は、ドッとばかりに大阪を指してくりだしてくる。

しかるに城中においては幸村は、諸勇士を集めていろいろ軍議評定に及びましたが、つまりトテも豊臣の御運は末なり、よってみなみな戦死をするということに相なり、一まず評定の席を閉じました。ところが幸村はひそかに又兵衛を招きまして、

「いかに後藤氏、今日評定の席にてあのようにもうしたものの、ねがわくば御身は討死を止まっていただきたい。万一この度の戦いに、わが計略の如くならざるときは、一旦秀頼公のお供をもうし、薩州島津家へおち延びるという心底でござる。そのうえ時節をまって島津家において人数をまとめ、ふたたび豊臣家を再興せんという所存、よって貴殿は誰か影武者をもって、表面討死をいたしたという体裁になしてくださるよう」

後藤もこの義をうけたまわり、

「実に軍師のお言葉御道理でござる。されば拙者家来山田幸右衛門と言える者を、影武者に使うことにいたし申す」と、ここに相談を極めました。ところがこの幸村の最

後の計略というのは、かの有名なる平野の焼き打ちのことで、これがために大御所秀忠の両大将は、既に火炎の中に戦死を遂げられんとした、危急の場合に立ち至りましたが、どこまでも幸運なる大御所は、遂にこの難関を斬りぬけ、ここに大阪夏陣最後の大戦となったのでござります。

さればこの一戦において、長曾我部、木村、薄田、後藤等の諸勇士は、はなばなしく戦死を遂げ、大御所は一々首実検をいたされる。ところが恐るべき又兵衛の首だけがどうも疑わしい。しかるにだんだん調べてみると、その兜の中から左の如き書付が出ました。

われその昔故主長政と口論いたし黒田家退去つかまつり候際、五十二万石一粒欠ぐるとも奉公すまじく誓いを立てたり。然るところ今般大阪へ入城におよび、秀頼公より七十万石のお墨附頂戴いたし、なおこの度の戦争について別段の加増三十万石、都合百万石に取り立てられ候也。よって拙者戦死ののちはこの墨付黒田長政におみせくだしおかれたく、偏に願上奉候、なお拙者事かくかるがるしく討死の所存はこれなく候得ども、何をもうすも城内においては淀殿の行状よろしからず、かつまた秀頼公の御柔弱、到底大阪方の勝利おもいもよらず、之によってもはや戦場を見限りかくの如く討死仕り候もの也

月　日

後藤又兵衛基次　書判

とある。大御所はこの書面を御覧になって、大いに御感心をあそばし、ここにいよいよ又兵衛はまったく戦死したものと信じられ、もうこのうえは恐るるに足らずと、乱れし軍を立て直していられる。

ところがこの騒ぎに、城内から千姫（せんひめ）を盗み出した青木民部、乱軍の中を才蔵を伴い、ドンドン駆け出してくる。すると才蔵は何おもいけん、

「モシ殿さま、ちょっとお待ちくださいませ」

「なんだ」

「ちょっと御相談があります、千姫さまの義につきまして……」

「どういう相談だ」

「ヘエ、ともかくもこちらへ……」と手ばやくその騒ぎのうちに裏手へつれてまいり、

「ヤイ民部、おれをなんとおもう。この霧隠れの才蔵はな、真田の忠臣だぞ。大助どのより色情のうえから喧嘩をしたというのは、まったく汝を謀（はか）るためである。汝は関東方の犬になって、よくも吾君に受けたる大恩を忘却いたしたナ。とくより主人はそ

れを承知相なって、畢竟ずる千姫を盗みださせてこれへ連れこんだのも、もとより申しあわせた上のことである。これよりおれは姫を伴い、この騒ぎに乗じて二代公を討ちとる心底、その手はじめに汝の一命はもうしうけたぞ」

言うよりはやくエイッと一声抜き打ちに斬ってかかった。青木は大いに驚きながら、

「ウム、さては汝の計略にかかったか」と一刀の鞘払いにおよばんとする一刹那、早くもザクリ肩さきへ斬りこんだる一刀に、何かはもって堪まるべき。民部はウワーと血けむり立ってぶッ倒れた。躍りかかって才蔵は、はやくも止めの一刀差しとおし、死骸は火の中へ抛(ほう)り込んでしまい、此方をさして取ってかえし、

「ヘエ姫君、青木は一足先きへまいりました。早くおいであそばせ、お供致しましょう」とやがて背中に引っ担ぎ、ドンドンドンドン駈け出した。しかるにこのとき秀忠公は、ようよう向こうの山手の方へ、この火をお避けになって、ホンのわずかな近習で、今その備えをお立てになった容子。これ幸いと才蔵は、姫を背負うたままようようそれへ駈つけてまいり、

「恐れながら姫をお助けもうしたる青木民部の家来才蔵でござります」と申し入れた。

秀忠にはお喜びのあまり、

「オオそれは満足、いずれ戦いおわらば、重く用いつかわすぞ」

「ハイ、まことにありがとうお礼を申しあげます」と姫を背負いながら、ズカズカと

進んでまいり、将軍の片えにドッサリおろしたが、じッと将軍の油断を見すました霧隠れ、物をも言わず一刀ギラリ引き抜くやいなや、エイッとばかり、二代公の真っ向より、兜ぐるみに斬りつけたが、おしい哉、モ一つ腕前が立っていないところへ、刀がすこし鈍かったものとみえ、兜へはザクリ斬りこんだものの、裏かくほどの事もなく、カチッと刀は止まってしまった。ハッとおどろいた将軍は、それへドッとお倒れになる。あまりの意外に近習のめんめんも、ただ狼狽するばかり。ところへ血眼になって、バラバラッと駆けつけたる本多出雲守、この体見るよりいきなり飛びこんでまいり、

「ヤッ無礼者めッ」と言いながら、手にたずさえたる鉄棒にて霧隠れの肩口よりエイッと一声、微塵になれと打ちおろした。あはれ忠臣霧隠れ才蔵も、わずかの隙が手違いと相なりここに本多のために討死にをとげた。

「ハッ上様、なにぶんかかるさわぎの場合、はやくここをお立ち退きあってしかるべし」と言ううちにも、出雲守は側を離れません。そこで秀忠は今ここをお立ち退きになろうとするところへ、はやくもドッと鬨の声をあげて、陣所前へ荒ばれ込んだる大助の一手、おいおい激しき戦いにおよぶ。この時これへ対して操り出してまいった佐竹、上杉の同勢が、ようようの事でこれを食いとめることになったから、そのうちに辛くも二代将軍はここをお逃れになったことでござりますが、この時姫は敵の手に生

捕りになる。そこで秀忠は、

「ヤアヤア誰れかある、姫を救いくれよ」とのはげしき仰せ、心得ましたと火の中を潜りぬけ、ようよう姫を奪いかえしたのは原崎出羽守（はらさきでわのかみ）という人。

さて大助はこの隙に将軍の側にちか寄り討ち取らんといたすといえども、どうしても近寄ることができない。そのうちおいおい本多の家来も、主人の跡を慕うてこれへ駈つけきたり、つづいて小笠原信濃守（おがさわらしなののかみ）の同勢も駈つけ来たったがため、ついに退軍ということにあいなったので、残念ながら大助も、最早これまでなりと、総勢をまとめて城内へ引き取ってくる。

そのうちにようよう夜も明けて、戦いは終ったが、なにぶん大御所のお行衛（ゆくえ）が知れぬと言うので、大いに二代公も御心配をあそばしたが、どうやら岸和田へ引き取って御安体と言うことをきかれ、ようよう御安神あそばしたのでござります。

さてそのうち両将軍は、たがいに無事なることをお悦びにあいなり、この度は平野に地雷火の焼跡へ、あらためて幕張りをなし、新将軍はそれへ陣所をお定めになる。そのうち大御所公にはようよう住吉にお乗り込みに相成ったるところへ、はからず天王寺に陣所をかまえたる真田の家臣が、わざわざのり込んできて、大御所に面会を願いたいという口上。

五一　その首は汝につかわす

そこで家臣の口上には、「もはや大阪も落城に近くよって、天王寺を最後の戦場とさだめ、はなばなしく一戦におよび、戦死をとげたく、大御所にも御出陣あるべし」とある。大御所も心のうちに、流石は大阪の軍師なり、いかにも承知いたしたと使者をかえし、さっそく部下の者に下知をつたえ、準備の上くり出せよ、もはや斯くなりしうえは、吾軍の勝利うたがいなしと言うので、自ら天王寺南門まで軍をすすめて、はるか彼方を見てあれば、おなじ打たちにて真田と名のる者が七名というもの、みな馬上に跨(またが)って厳然とひかえている。これ所謂(いわゆる)有名なる七人真田でござります。

高処にあってこれを御覧になった大御所は、いずれが真の真田だかさらに相わかりません。そこでまず晴れの一騎打と言うので申しこまれておりますから、味方のうちよりこれにむかう者を七手にお分けあそばし、小笠原、井伊、榊原、越前少将、伊達、蜂須賀、本多、この七名に仰せつけられた。ところが小笠原、本多はもとよりこのたびは討死にの覚悟であって、まず本多は七人のうちで、西より二番目にいるは、これ真田に違いなかろうと言う目星をつけたから、真っさきに立って、これにうちむかい、跡はおもいおもいに立ちむかうことになり、いよいよ一騎討ちの勝負が七組というものはじまったが、いずれも必死の勇を奮って、実に目ざましき戦いでござります。

就中(なかんずく)本多忠朝(ただとも)は、二十四貫もある鉄棒を、さも軽々とふりまわし、真田とたがいに名乗り合い、激しき渡りあいにおよぶことおよそ三十有余合のすえ、ついに真田の乗ったる馬の頭を、エッと打ちすえた。何ん条もってたまりましょうや、馬はヒヒーンと高くいななきをいたして刎(は)ねあがり、幸村はドッと真っ逆さまに落馬をした。ところを微塵になれとうちおろしたる鉄棒にて、腰のあたりをしたたかにうち据えたから、血けむり立て相果てたるを、はやくもヒラリ飛びおりたる本多は、ここに真田の首をあげたるは、実にすさまじき戦いでござります。

かねて孔明楠公(こうめいなんこう)といって、これまでおそれをなしたる幸村も、本多のために討ちとられたが、これまったく真田にはあらず、まことはかの根津甚八でござります。そのうち他の六名もおいおい討ち死をとげたので、のこりの軍勢は城内へにげかえってしまった。大御所はサアもう安神と、ことの外お悦びにあいなり、その首を一々実検になりましたが、いずれが真の幸村だかわからない。しかしそのうちでも、本多との勝負が一番はげしかったので、まずこれであろうくらいに思召したが、これを正しく見分けさせるには誰がよかろうとの御評定、するとここに昨年の戦いに、松平出羽守殿が、まだ庄三郎(しょうざぶろう)と仰せられたみぎり、幸村より褒美とし扇子を手ずからお貰いになった事がござりますから、そこでこれをお呼出しになってお調べあそばしますると、まったくこの本多の討ちとったる首に相違ないとの事。しかしまだ安神はなりません。そこで真田河内守おなじく外記(げき)、この兄弟に検分させる事にすると、

「おそれながら私どもは、子供の時分に別れた事ゆえ、どうもたしかには相判りません」と二人ながらお断りをもうしあげた。よって大御所も大いに御心配のおりから。

ここに小笠原の手に生捕になったは、これも大阪方の勇士にて大谷大学という人、もっともこの大学というは、彼の大谷刑部(けいぶ)の倅であって、刑部は関ヶ原の役に軍師をつとめ討ち死をとげた者でござります。ここに大学は大御所も顔は十分御承知になっておられますから、さっそくこの大学に目通へお呼出しとなり、

「いかに大学、汝の父は予に敵対を致して討死にをとげたが、それは戦場のならい是非におよばぬ。予は汝を憎からずおもうぞ、そうそう縄を解いてやれ」とおおせられて、かれの縄を解かせ、

「汝今日生捕とあいなったはいかなる子細であるか」とお尋ねになる。

そのとき大学は、

「ハッ御意にござります。もはや術計尽きて幸村も、討ち死をとげました。よって私も討ち死の覚悟を致していたに、かく生捕りと相なりしはぜひもなき事、この上のおねがいには、真田幸村の首を私に下しおかれまするよう、実は幸村は私のためには姉婿に当りますゆえ、何とぞ跡の弔(とむら)いをいたしとうぞんじます」

「ウム道理のことである。然らば望みにまかせてその首は汝につかわす」と、七つの首をそれへお出しになると、そのうちに大学は本多の討ちとったる首を取りあげ、さめざめと落涙におよび、

「アア、天下無双の英雄、天晴れ軍師と呼ばれし幸村どの。無残の最後はぜひもなき事、これが即ち拙者の姉婿幸村殿でござります」

「ムム然らばその首は汝につかわすあいだ、どこなりと持参いたし、跡懇に弔うてつかわせよ」

「ハハア、あり難う存じたてまつる」

ようよう大学は右の首を風呂敷につつみ、御前を下がって行ったが、そのままどこかへ立ち去るようす。そこで大御所はさっそく旗本の阪部三十郎に申しつけ、密かにその跡をつけさせたるところ、大学はそれより住吉の方へかけてまいり、今ではなくなったが御維新前まで丁度住吉の北に真空寺という寺があって、大学はこの寺へこの首をもって入り、和尚に面会のうえ、わが肌金五十両を奉納いたして跡々の弔いをたのみこみ、さて大学はこの寺で料紙硯をかり受け、いま和尚が回向を致しているその間に、

かくしたためてその書付をわが前にさしおき、物の見事に切腹をして相果てた。真空寺の和尚はこれをみて大いにおどろいたが仕方なく、右の首と大学の死骸はその寺へ葬ってやることになった。阪部は右のおもむきを篤(とく)と見届け、そのありさまを委(くわ)しく大御所にもうしあげる。

これによって大御所も、大学が切腹いたすとある上は、まことの真田に相違あるまい、もはやこの上はさっそく大阪城へのりこまんと、その準備におよび、大御所は四天王寺に本営をさだめ、新将軍は御勝山にお定めになったのが、その年夏五月六日のことでござります。ところが城内にあっては、何か計略を回らさんとしているところへ、関東方より大手の櫓をのぞんで何者か矢文を射かけたものがある。

これまったく勝間(かつま)の浦(うら)よりすこし沖合にあたって、多くの軍船にのり込み来たったる島津より秀頼公むかえの矢文とみえる。というのは、昨年高野に登山して出家を遂げたる、かの片桐且元(かたぎりかつもと)より、かねて島津へたのみおいたる事であってなにぶん島津兵庫頭の御子息のうち、御惣領は修理太夫といって、これはかねて関東方へお味方の人だ。しかるに御舎弟の源三郎(げんざぶろう)殿は、あくまでも大阪に心を寄せておいであそばしたが、この度日本国中の軍勢は、両将軍のお供をして大阪城を攻めるときき、その身も両将軍へお味方の体裁にて、実は過日来より安田森伊賀守島津三左衛門がつきそい、若殿源三郎殿は父の御名代として、そのところへ舟にてのり込んだのでござります。しかるにただの一度も上陸せられたこともなく、ただその旗色ばかりを眺めていられた。

しかるに大御所は天王寺へ陣所をお設けになったというので、源三郎殿ははじめて上陸をいたされ、家康公へ御対面のうえ、大阪へ対して戦争をいたしたいとねがい出でた。これによってさっそく家康公はこの源三郎殿に、京橋口の固めをおおせつけられたが、この時はじめて右の矢文を送ったのでござります。そこで大阪城にあっては、かねて幸村後藤その他の人々もうし合せ、まず薩州へ落ちるという支度が充分に出来あがった。

しかるにこのとき家康公の本陣は、天王寺の境内なる金堂にお定めになったが、かの南門において七人の真田が討死をいたしたるとき、まったく天王寺の内へふたたび仕かけたる地雷火、これは幸村が薩州落ちの置土産でござります。ところが今日しも家康公が、この金堂へ本陣をさだめられたその夜子刻ころおい、俄(にわか)にビリビリッと地響きが仕出したから、家康公はアッとおどろき給い、ソレッというので近習を連れたまま、夢中になって金堂を逃げいたし、今しも池の辺りまでバラバラッと駆けだしたるこのおりしも、たちまちドドドドドーン、バラバラバラッガラガラガラと、すさまじき物音とともに、かの金堂は微塵になって、はるかの中空へ飛びあがったから、余りのことにいずれも生きたる心地はさらにない。ところへ真田幸村は今日ぞ最後のたたかいなりと、ドッとばかりにこの天王寺の周囲を取りまいた。

五二　まだ真田の小倅は生きていたか

しかるにこのとき大阪の軍勢は、ドッとばかりに鬨を作って、貝鉦太鼓をうち鳴らしながら、はやくも天王寺を十重二十重に追っとりまき、この地雷火の内より逃れ出ずるものを、彼方此方へ打ち悩ますありさま、もはや五重の塔も火中に巻かれ、今や屋根も既に落ちんといたしている。

このとき家康公は、石の舞台に真うつむけに倒れながら、ようようの事で天にむかい、一生懸命になって、大日本の神祇(しんぎ)八百万(やおよろず)の神々、一天万乗(いってんばんじょう)の君の宸襟(しんきん)を安んじまつらんためのたたかいなり、何とぞわれを救わせたまえ、石にすがって祈念を凝らせた。

このときあら不思議、一天にわかに搔き曇り、空は宛(さなが)らする墨を流すが如く、電光雷鳴凄じく、雨は車軸を流す如く、ザーッザッとおそろしきまでに降りだした。これがために大阪方の仕掛けたる火薬にも十分火はまわらず、わずかの間に今やえんえんとして燃えあがらんとしたる火の手も、のこらず鎮火いたし、辺りはたちまちあやめも分らぬ真の闇となってしまった。このとき幸村が、

「われ十三歳より天文にこころざし、今日まで一度として当らぬということはなかりしに、今日この雨の降るということばかりは覚とらざりしか。アア残念なことである、わが大阪の武運も早これまでなり」と采配を投げすて、天を仰いで歎息をする。

その隙に此方旗本十四五名にて、家康公を引きかつぎ、夜中をさいわい暗きに紛れてここを逃れいで、またまた南の方へ逃げだした。このとき乱軍の中にあって働いている青海入道、同伊三入道の兄弟は、もはやわれわれの武運もこれまでなりと、討死の決心をいたし、雨の中にて関東方を十分駆けなやましたるのち西門石の鳥居のところに来たり、敵を睨んで大音に、

「われ死なば地獄の釜を踏みくだき阿保羅羅刹にことや欠かせん」と呼ばわり、馬上のまま石の鳥居に自分の頭を打ち砕き、ついに稀代の討死をとげたが、行年九十七歳の高齢。すると舎弟の伊三入道も、これまた馬上にあって鎧兜を脱ぎすて、見事に腹かききって相果てた。実に惜しむべし。この兄弟は真田家につかえて天晴誠忠をつくした人でござりますが、ついにここに戦死をする。

ところが此方家康公は、十四五名の旗本に伴われ、ようよう夜にまぎれて天下茶屋手前までお逃れあそばしたが、この辺の人々はまたまた大阪に戦争がはじまったとい

うので、今しも火の手を眺め、ワッワッ騒いでいる。そこへにわかの大雨でござりますから周章狼狽、家にはいって誰一人として外に出ている者もない。おりしも雲助とみえて一挺の駕を引きかつぎ、スタスタスタ泥道の中をやってくる容子をみて、お側に随っていた彦左衛門は、大いによろこび、ツカツカとその側に進んでまいり、

「コリャコリャ駕屋、これにおいであそばすは、もっとも尊き君である。褒美はいかほどでも遣わす故、そうそう住吉までやれ」

「ヘエ承知いたしました」と駕屋は駕をそれへ持ってくる。そこで家康公をそれへお乗せもうし、前後左右をとり囲んで、そのままドンドンドン、今しも天下茶屋を通りすぎて、住吉の方へ進まんとするこのおりしも、路の片えの木陰より、現われいでたる一群の曲者、たちまちバラバラと駕の側に近寄り家康公の駕をブスリと突き刺し、大御所は太股をさしぬかれ駕はドンドン逃げだす。この曲者は後藤又兵衛でありました。

この騒ぎの内に幸村後藤は秀頼公のお供をして尼大物(あまおおもの)の浦(うら)から島津の船へうち乗り薩摩へ落ちる一方、城内では松栄尼が淀君を刺し、自分も自害をして相果てる。

やがて城内に火の手があがる。ソレ今だと関東勢、ドッと攻め立て、とうとう落城いたしましたのは時節とはいいながら、また是非もなき次第であります。

さて秀頼公主従は薩州井上谷(いのうえだに)に住まわれたが、程なく御病死、これがために幸村も

大いに落胆いたし、これも遂に志を得ずして病死をいたしました。
まことに惜しむべき智者でありました。

編集部より

真田幸村（本名信繁）は一五六七年に信濃で、武田信玄の家臣だった真田幸隆の次男として生まれ、一六一五年、徳川対豊臣の最終決戦となった大坂の陣で命を落としたとされています。

没後四〇〇年というタイミングで真田幸村がクローズアップされたのは、もちろん三谷幸喜脚本によるNHK大河ドラマ「真田丸」放映というトピックが大きいわけですが、そもそもは、真田幸村という武将がきわめて日本的なヒーロー像の原点といえるからでしょう。縁と恩を重視し、大きな相手に向かってひるむことなく、仲間とともにあきらめずに戦いを挑んでゆく……。すこし元気のない今の日本に、そんな判官贔屓のヒーローが眩しく映るのではないでしょうか。

本書は、ベースは史実に置きながらも展開は完全なフィクションです。これも長い年月を経て紡がれていったもので、そのはじめは、江戸時代から明治にかけて大流行した講談『難波戦記』や『真田三代記』といわれています。これらが講談師玉田玉秀斎らによって明治末に講談本として、立川文庫『智謀　真田幸村』へ集約されていったようです。

関ヶ原の戦い以後、豊臣家の再興のために全国をめぐって同志を募り、味方につけ、満を持しての大坂入城、そして大坂の陣で破れ散るまでのことが、さまざまなエピソードとともに描かれます。猿飛佐助や霧隠才蔵といった真田十勇士の面々も、幸村とともにひとたびならず徳川軍をおびやかします。

本書には、こうした語り継がれてきた英雄真田幸村の原型が描かれています。娯楽性あふれた百年前の「国民的ベストセラー」、その魅力は未だ色褪せていないことがおわかりいただけると思います。


本書は一九一八年（大正七年）に立川文明堂から刊行された講談本『智謀真田幸村』を復刻したものです。元々の『智謀真田幸村』（一九一一年［明治四十四年］）に『真田諸国漫遊記』を組み込んで再編したものを「傑作文庫」として刊行されたもののようです。

復刻に際しては旧字を改めたほかに読みづらい当て字などは仮名にしたり、改行を増やすなどしてできる限り読みやすくしました。なお本文中に、現在では差別的表現にあたる可能性があるとしてあまり使用されなくなった言葉が数カ所出てきますが、こちらはそのまま表記してあります。ご了承下さい。

雪花山人（せっかさんじん）
講談師・玉田玉秀斎を中心とする「立川文庫」講談本筆記集団の筆名。

智謀（ちぼう）　真田幸村（さなだゆきむら）

●

2015年12月29日　第1刷

著者…………雪花山人（せっかさんじん）

装幀…………スタジオギブ（川島進）

発行者…………成瀬雅人
発行所…………株式会社原書房

〒160-0022 東京都新宿区新宿1-25-13
電話・代表03（3354）0685
http://www.harashobo.co.jp
振替・00150-6-151594

印刷…………新灯印刷株式会社
製本…………東京美術紙工協業組合

ISBN978-4-562-05274-5, Printed in Japan